JN000822

# 魂の歌が聞こえるか

真保裕一
Simpo Yuichi

KODANSHA

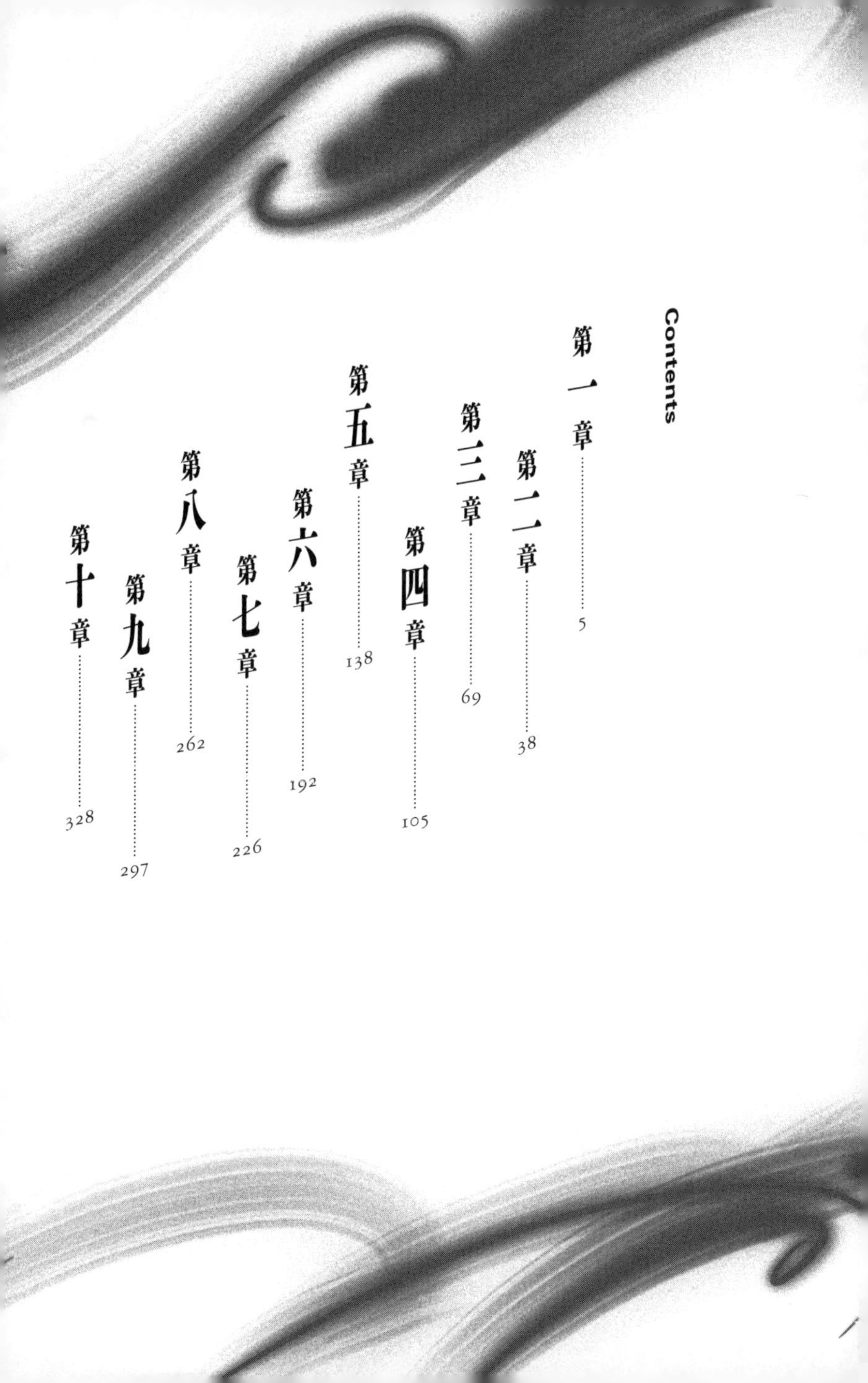

Contents

装幀　坂野公一（welle design）
装画　まめすけ

魂の歌が聞こえるか

《登場人物》

芝原修（しばはらおさむ）　カノン・ミュージックM2事業局第二制作部　A&R
丹羽智佐子（にわさちこ）　第二制作部　部長
西野信也（にしのしんや）　M2事業局　局長
大森昌樹（おおもりまさき）　M1事業局　A&R　修の先輩
伊佐直人（いさなおと）　カノン・マネジメント　御堂タツミのマネージャー

御堂タツミ（みどう）　カノン所属アーティスト
望月通雄（もちづきみちお）　音楽プロデューサー　アレンジャー

筒井照武（つついあきたけ）（タケシ）　ベイビーバードのリーダー　キーボード担当
石田俊介（いしだしゅんすけ）（ジュン）　ベイビーバード　ギター担当
芳山太蔵（よしやまたいぞう）（イゾウ）　ベイビーバード　ベース担当
新居司（あらいつかさ）（コアラ）　ベイビーバード　ボーカル担当

三上義実（みかみよしみ）　ミューズ・エンタテインメント執行役員　ライブハウス・ムーサ店長
稲岡清志（いなおかきよし）　弁護士

# 第一章

録音スタジオの空気が張りつめた。

今さらながらの自己主張がまた始まったのだ。スタッフの深いため息が足元に積もる。これでレコーディングのスケジュールはさらにずるずる延びていく。最悪だ。

「ちょっとイメージと違うんだよね」

大ガラスを挟んだブースの中、ラフな白シャツ姿の御堂タツミがヘッドホンを外した。

アーティストが音にこだわるのは当然だろう。が、どこに問題があるのか、誰もわからずにいた。じりじりと気をもむ時間だけが、ただすぎていく。

おい、どうにかしろよ。調整室のベテランエンジニアが目の端で芝原修に訴えてきた。担当を引き継いで二年目。御堂のアルバムを手がけるのは初めてだった。ただでさえ上から一方的に厳しい予算を押しつけられて、身の縮む日々が続く。

修はしかたなく腰を上げようとした。ところが、立ち上がるより早く、横に座る丹羽智佐子がパンプスの爪先でふくらはぎを蹴ってきた。遅いぞ。パワハラと紙一重の叱咤激励。前任者かつ厳しい予算を組んだ当人でありながら、丹羽部長はずっと涼しい顔を通していた。制作部門のプロデューサーは現場監督でもあるため、図太い神経を持っていないと務まらない。

ひたすら低姿勢に頭を下げて、修は調整室から廊下へ飛び出した。分厚く重い防音ドアを押し開ける。ブースの中央で腕組み姿の御堂タツミに走り寄る。

「御堂さん、今の歌い出しは、高音が特に伸びてましたね。とてもいい感じだと思います」

何ひとつ裏づけのない美辞麗句を並べる。どこが問題なのか、視線でじっと問いかける。機嫌を損ねる訊き方はできない。現場がさらに荒む。祈りたくなる。

「ごめんな。やっぱ、リハの時の感覚と違うんだよ。もっとBメロの歌い出しを強調させたほうがベストだと思えてきた」

たとえ漠然とした言い方でも、ありがたい。何かしらの方向性が示されたことで少しは展望も開ける。全アレンジを引き受けてくれた望月通雄がガラスの向こうで渋々と席を立った。気持ちを顔に出さず、譜面を手にブースへ歩いてくる。彼は大人だ。役割に徹してくれている。

「OK。ベースとドラムを抑えたバージョンをあとで録る手もあるね。要はメリハリだよな。サビ前のブリッジを変えて使うのはどうかな、こんな感じで」

すらすらと譜面に手を加えていく。頭が下がる。

ただし、うなずく御堂は楽譜が読めない。それでもヒット曲を世に送り、新陳代謝の激しい業界を十三年も走ってきた。その実績には素直に脱帽するしかない。

かつて望月は、修に言った。音楽の基本的な知識さえ学んでいれば、アレンジという仕事は誰にでもできる。けれど、作詞作曲は別物なのだ、と。

ダイアモンドの原石を磨いて巧みにカットし、商品に仕立てる作業は技術の力でどうにかなる。最も肝心な原石は、手を伸ばしたぐらいでは届きもしない地中深くに眠る。うまく掘り出せるかどうかは運の比重が大きい。人の心を揺さぶる曲作りは、知識の寄せ集めでなせるわけがない。

——認めたくないけど、サムシングが必要なんだよな。

アレンジという自分の仕事を卑下するような言い方だった。その〝何か〟が自分には欠けている。悲しい現実を受け止めようとする口振りが、今も修の耳の奥に残る。

目の前で悩む御堂に、そのサムシングがあるのか。

修も音楽に入れあげた若者の一人だったので、彼の名と曲は知っていた。カノン・ミュージックに入社した直後、初めて挨拶させてもらったアーティストでもある。

仙台のライブハウスで名を高めた御堂は、二十八歳の夏に念願だったデビューをつかみ取った。が、最初のシングル二曲とファーストアルバムは、社の期待を裏切る散々な売れ行きだった。その時のくすぶる感情を正直にぶつけた歌が、広告代理店の名物ディレクターに認められてテレビCMに採用された。

——誰もいない部屋　固く錆びて開きもしない窓　光は届いてくれない　暗い階段の踊り場がおれたちのステージ——

のどを振りしぼる歌声が印象的な歌だった。暗い路地裏で踊るストリートダンサーが映し出されて、次々とスポットが当たっていく。最後に足元のスニーカーがアップになる。御堂の歌のサビをそのまま映像化したCMで、商品もかなり売れた。

時代の閉塞感を巧みにとらえた楽曲。雑誌や音楽番組でそう評された。けれど、生意気盛りだった修は、さほど感心しなかった。歌いっぷりとリズムは力強くとも単調に聴こえたし、歌詞の暗喩も直接的すぎると思っていた。

「甘いな、君は。あの時の御堂君も同じことを言ってた。けど、下世話に思えても、大衆的でわかりやすい部分がないと、絶対にヒットはしない。よく頭にたたきこんでおきなさい」

担当を引き継ぐ際、丹羽部長に上から目線で言われた。

「言葉をつくして彼を説得した。洗練されすぎた歌だと、熱烈なファンしか理解してくれない。一度耳にしただけで受け入れられるわかりやすさが最も重要。あなたの歌声とメロディは絶対に悪くない。あとは騙されたと思って、自分の決めたハードルを蹴り飛ばしてほしい」

御堂が音を上げるまで、部長は論じた。差し出された歌詞を何度も突き返した。その裏で、広告代理店の知り合いに、御堂の歌を売りこんだ。

「足を棒にして通いつめた。だから、次に手がけるCMのコンセプトを聞き出せたわけ。狙いがまんまと的中したなって、褒めてくれる人もいた」

手腕を誇るような言い方だった。けれど、部長は冷ややかな目のまま修に言った。

「この業界のそこら中に転がってる話で、絶対に誤解したらダメ。我々はアーティストを裏から支える役回りだからね。自分の手柄を誇ってみせようものなら、必ず回りまわってアーティスト本人に伝わってしまう。そこで信頼関係にひびが入ると思いなさい」

さらに部長は目に熱をこめて言った。

「親身になってアーティストの悩みを聞くこと。けど、誠実なアドバイスでも生意気な意見に聞こえてしまうことはある。言葉は毒にも薬にもなる。注意は怠らないこと。でも……そもそも自分で迷いを振り切れない者は、遅かれ早かれ必ずつぶれてしまう。才能はあっても、芽の出なかった者が死屍累々の業界だから」

「部長はしつこいほど御堂さんに意見をくり出したわけですよね」

「そう。単に思いついたアドバイスじゃなくて、信念を持って本気でぶつかっていった。本物の熱意は必ず伝わる。嘘は絶対に見抜かれる」

御堂の担当を引き継いだが、いまだ彼の歌を心底から好きになっているとは言いがたかった。だから、信念を持てていない。そういった態度は必ずアーティストに伝わる。

好きにならせてほしい。それとも、好きになれない自分が未熟なのか……。

押し問答に近い打ち合わせが目の前で続く。御堂は自分の感覚との違いを望月に身振り大きく訴えている。ドラムやベースに手を加えてレコーディングをやり直すとなれば、さらにスタジオ費がかさむ。頭が痛い。

「どこか違うんだよな。バンド・メンバーも気にしてたんだ。シンプルと音の薄さは同じじゃないだろ」

「気持ちはわかるよ。けど、スケジュールはもう決められてる」

望月が不満の目を修に振った。そもそも予算がないから、音を分厚くするにも限界がある。

御堂と話はついていたんだろ。厳しい視線で問いつめてくる。

御堂タツミの売り上げは右肩下がりだった。近ごろは本人も、いい歌が書けないとなげくことしきりだ。この三年でシングル二枚を出したのみ。そのうち一曲を、社のごり押しで深夜ドラマの挿入歌にねじこんだ。泣きたくなるほど話題にすらならなかった。

けれど、コンサートを開けば、過去の栄光を知る固定ファンがついているので、大きな赤字は出ない。三千人規模の中ホールを埋める動員力はまだ持つ。無理してでもツアーを開催しないと、宣伝活動に支障が出る。関連グッズも売れない。さらなる先細りは見えていた。

「再来年は十五周年になります。その足がかりとなるアルバムを出しましょう」

修は御堂と会社を説得して、新たなアルバムの企画を通した。けれど、待ち受けていたのは、驚くほど厳しい予算だった。制作部に配属されたばかりの修には荷が重いと見て、丹羽部長自ら御堂に告げた。

——先を見すえるためにも、原点回帰を目指してほしい。力強いビートがあなたの最大のセールスポイントだから。

潤沢な予算があれば、様々な試みに挑戦できた。名のあるアーティストとのコラボも組める。宣伝も派手に仕掛けられる。けれど、次にまた赤字を出せば、十五周年の企画に暗雲が垂れこめる。

原点回帰とは、うまい言いようだった。信頼できるバンド・メンバーのみで曲を仕上げるのなら、予算は抑えられる。だが、アレンジがシンプルになるぶん、より聴き応えのある歌が求められる。御堂の原石が試される。

御堂は書きためた曲をすべて捨てた。スタジオにこもり、バンド・メンバーと意見を戦わせて曲作りに打ちこんだ。が、気負いすぎたのか、半年もの時間をかけても成果は上がらなかった。

会社の上層部が不安視したため、どうにか仕上げた五曲をバンド・メンバーと一発録りして、ひとまずデモ音源を完成させた。社内の評判は悪くなかった。力強さが戻ってきたじゃないか。世間を斜めから見たシニカルな歌詞も、彼の個性と合っている。

そう、悪くはなかった。が、御堂本人は納得できずにいた。ラフさとパワーは根本から違う。何かが欠けている気がする。アレンジを変えようと言いだしては、歌詞も書き直した。そのたびに予定がずれこんだ。

正直、曲の完成度にばらつきはあった。けれど、御堂は持てる限りの力を振りしぼった。その気迫と粘り強さには、ほとほと手こずらされたが、感心もした。売れてほしいと願っていたし、売るための努力を惜しみはしないと胸に誓っている。

「コーラスでごまかすことはしたくないんだ」

「ごまかすんじゃないよ。厚みを出す方策のひとつだよ」

意見のぶつかり合いは終わらない。救いを求めて調整室の丹羽部長を見た。こういう時に限って、目を合わせもしない。君の仕事でしょ。そう態度で圧をかけてくる。

ようやく手に入れた仕事だった。営業部で実績を積み、四年で制作部への椅子取りゲームを勝ち抜いた。

昔は社内ディレクターと言われた仕事だ。今はA&R――アーティスト・アンド・レパートリー――と呼ばれる。担当アーティストのあらゆる領域を引き受け、パートナーとして併走する。制作費の管理から楽曲の選定に、アレンジャーなどスタッフの人選、宣伝戦略も練り上げる。中には絶大な信頼を得て、マネージメントまで受け持つ猛者もいる。

御堂のように名のあるアーティストのアルバムを手がけるのは初めてなので、修の真の力量が今試されている。スタッフの視線を受け止め、修は言葉を探して言った。

「望月さんが言うように、バランスは重要だと思うんです。ある程度、曲調に差が出ていたほうが、バリエーションというか、幅を感じてもらえる気もします」

言っている自分自身に信念が欠けているため、御堂の表情は険しいままだ。

「もちろん御堂さんが納得してこそのレコーディングだと思います。けれど、この場で新たなアイディアを出すのは難しいでしょうし、今は最善のレコーディングをしておいて、あとで対策を練り直すのはどうでしょうか」

お願いだからレコーディングを進めてほしい。目で訴えかける。

アルバムが完成すれば、新曲を引っさげてのツアーが開催できる。全国のホールを押さえるには、一年前から準備を進めねばならない。このままではツアーまでが綱渡りになる。

御堂がついにヘッドホンを譜面台に置いた。

「ごめん……。今日は終わりにしよう。迷いがあったんじゃ、歌えないよ」

調整室で見守るスタッフの肩が落ちた。丹羽部長は天井を振り仰いでいる。

「そうだね、お互い頭を冷やす時間が必要だな」

望月が譜面を指先で軽く弾(はじ)いてから、一人で先にブースを出ていった。彼はよく我慢してくれた。その背に修は頭を下げた。

御堂は壁際の椅子に腰を落とした。考えこむように白い防音壁を眺め回したあと、動けずにいる修を見上げた。

「悪いな、芝原君」

自分自身への落胆が表れているような声だった。

「君ならわかるだろ。この曲には納得できていない部分がある。メンバーは曲の完成を催促した手前もあって、批判的なことは言わなかったよ。けど、雰囲気で伝わってくるんだ。音が薄いって言ったけど、アレンジの工夫がないってわけじゃない。メロディの起伏が安直で、頼りないからなんだ」

いいえ、違います。ここはまず否定すべきだった。が、修は馬鹿正直にうなずいた。御堂自身がわかっているのだから、下手なごまかしは口にできない。

「もう少しだけ時間をくれないか……。残りの曲は必ず完成度を上げてみせる。望月君にも迷惑をかけるけど、どうしてもやり直したい」

スケジュールと予算のどちらにも余裕はなかった。会社の方針をあらためて告げるのは簡単だ。けれど、アーティストを支える者の言葉ではない。

「わかりました。もう一度、スケジュールを組み直してみます」

本当にできるのか。半信半疑のまま請け合った。社の内外にまた雑音を広げるだろう。早くも正念場だ。この窮地を乗り越えないと、アルバムの期待値は低空飛行を余儀なくされる。結果がともなわなければ、御堂の立場はさらに追いつめられる。修にも同じ結果が待つ。

「素晴らしい歌に仕上げて、御堂さんの新たな一面を多くのファンに見せましょう」

「ああ、そうだな……」

御堂の声は消え入りそうで、悲しいぐらいに頼りなかった。

翌朝。修は定時に出社した。夜がいくら遅くなっても、甘えは許されない。ただでさえスケジュールの遅延は決定的なのだ。せめてもの景気づけにと、本社ビルの階段を駆け上がる。

カノン・ミュージックはグループ傘下の音楽制作部門だ。クラシック・コンサートの企画と興行からスタートして、今は音楽を中心にエンターテインメント事業を幅広く手がける。同じビルには、アーティストの契約と管理を担うカノン・マネジメントと、コンサート興行やグッズ販売を手がけるカノン・プランニングという系列会社が同居する。

修はM2事業局の第二制作部に所属する。第一が大物アーティストを受け持ち、第二がバンドとシンガーという振り分けだ。M1事業局は広くJポップのシンガーを扱う。演歌や児童向けなどの企画物はM3。クラシックとジャズをCJ事業局が担当する。

デスクに着くと、修は編成会議の資料をまとめた。

すべての楽曲は事業局ごとの編成会議に上げられて、発売スケジュールが決定される。業績に直結する会議なので、いつも辛辣な意見が飛び交う。

「言いたかないけど、接し方が甘すぎるな。この土壇場になって、怖じ気づいたに決まってるだろ。今まで何ヵ月スタッフを待たせたと思ってる」

M2局長の西野信也(にしのしんや)がいきなりボールペンの先を修に振り向けた。会議冒頭の荒波に、助け船が出される気配はなかった。テーブルを囲む同僚は身を硬くして、無言の凪(なぎ)を貫く。丹羽部長は例によって腕組みのまま遠くを見やる。

「いいか。作り手だけが、やたらと出来不出来で悩みたがるんだ。細部の善し悪しなんて、そもそも大した問題じゃない。なぜだか、わかるか、芝原君よ」

さらにボールペンの先を突きつけられた。西野の大胆な決めつけに、返事が思いつかない。

「善し悪しってのは、人の尺度で大きく変わる。それに、ドジョウは柳の下に何匹もひそんでるって、業界人なら誰もが知ってる。ファンは御堂タツミの変わらぬ歌声を聴ければ、大いに喜んでくれる。そういうアルバム作りは恥ずかしいとか粋がって、おかしなチャレンジをしたあげく、売り上げを落としていった例がどれほどあると思う」

西野局長はピアニストのような長い指が自慢だ。社外では笑顔を絶やさない人と知られる。が、仕事をともにした者であれば、その粘着質な性格に誰もが音を上げたくなる。

「一度押さえたスタジオをキャンセルしたら、当然仕上げだって遅れる。損失額はいくらになると思う。それくらい中学生でも計算できるだろ」

自覚はあった。ざっと見積もって、百万単位で予算が蝕まれていく。だが、金額よりも、スケジュールの遅延によって失う信用のほうが大きいのだ。

「いいか。人ってのは、目に見える結果に影響されやすい。御堂君も同じだよ。たくましく業界を生き残ってきたアーティストは、自分の姿勢を貫き通してきた強者に見える。けど、その裏で、数倍のアーティストが、自分のスタイルにこだわりすぎて、活躍の場を失ってきた現実がある。君はその具体例を挙げて、御堂君を説得したか」

「いいえ……」

担当するアーティストを信じて任せたい。そのくせ、いまだ彼の歌を全面的に理解はできていない。最も身近な応援者であるべきなのに、彼の悩みどころが見えてもいない。迷っているのは、修自身のほうだった。だから、反論の言葉を思いつかない。

「御堂君はコンサートの現場でこそ輝けるアーティストだろ。新曲を披露していけば、コンサートは必ず盛り上がる。話題になって、新たなグッズも販売できる。メディアにも売りこみをかけられる。彼にとってプラスしかない。ここで延期を決めたら、マイナス資産が積み上がるだけだ。土壇場で力を発揮できない者に、未来なんかあるものか。直ちにスケジュールを練り直せ」

議題が次の案件へ移っても、西野の厳しい指摘が耳の奥でリフレインする。真価を問われているのは、御堂タツミではない。本気でおまえは御堂と向き合ってきたのか。

たとえヒットにならずとも、明日の利益につながる売り方はある。けれど、アルバムが完成しなければ、販売戦略は練れず、社内で意見を戦わせることもできない。御堂のモチベーションをいかに高め、この先のレコーディングを進められるか。悩みの種はつきない。

ろくな意見も言えずに、会議が終わった。重い足取りで廊下へ出ると、呼び止められた。

丹羽部長が目で階段の先へ誘ってくる。また小言だ。心臓が縮んで、悲鳴を上げる。

部長は社内でスーパーレディの異名を取る。ろくに育休も取らずに二人の子を産み、多くのヒット作にかかわってきた。音大出身ならではの人脈を持ち、足と汗と知恵で仕事をこなす。社内はもちろん、外部の評価もすこぶる高い。よって、部下には分厚い壁でもある。

「昨日から気になってたけど」

ビルの壁しか見えない窓の前で足を止め、修に背を向けたまま言った。

「彼、やけに汗だくだったでしょ」

「それだけ集中していたんだと思います」

「空調は寒いぐらいに利いてた。まだろくに歌ってもいなかったんで、疲れてたはずはない。

よく眠れてないとか言ってたし」

その眠れぬ理由を押しつけた当人なのに、よからぬ嫌疑をかける言い方だった。

「まさかとは思うけどね」

レコーディングが迫ると、御堂は神経質になる。よく眠れないとこぼし、赤い目でリハ・スタジオに現れる。抱える悩みを払おうとするみたいに汗だくで懸命に歌う姿は痛々しく見える。

「……ありえませんよ」

何を言いだすかと思えば、とんでもない。

反逆者めいたポーズを気取る人ではあった。酒席での醜態や女遊びの噂は、修も耳にした。マネジメントのスタッフは苦労が絶えなかったらしい。が、歌には真摯に向き合う人だった。コンサートの前には酒を断ち、のどと体のケアを心がけた。スタッフに優しいとは言えないものの、自分の信じる歌を守るのに必死だから、言葉がきつくなると見ていた。

「彼のことは信じてる。けど、局長の指示もあって、少し追いつめすぎた気もして。どこかに逃げ道を探したりしてなかったか」

量産が利いてこそ、本物の才能。業界でよく言われるフレーズだ。

偉大なアマチュアも、時に名曲を世に送り出す。が、プロは苦もなさそうに次々と歌を作り上げる。A&Rの端くれを名乗るのなら、その見極めが肝心だぞ。社の先輩からも言われてきた。

「信じたい気持ちは強いけど……。最近の入れこみ具合は激しすぎたでしょ。念のため、注意はしておいて。マネジメントのほうにも伝えておく」

啞然となった。何を指示されたのか。理解に苦しむ。

楽曲制作に悩むあまり、薬物に手を出すミュージシャンの例は枚挙に暇がなかった。二度三度と逮捕される者も中にはいた。

興味本位に手を出すのではない。彼らは日々、名曲を求められる。過去に作った歌より、完成度の落ちるものは発表できない。その重圧と戦い、孤独な曲作りに打ちこむ。

修も学生時代に仲間とバンドを組んでいた。若者の特権で、メジャーデビューを夢見た時期もあった。ギター片手に理想とするメロディをひねり出したつもりでも、バンド仲間の評価は手厳しかった。有名アーティストの曲調に似てる。平凡なリズムで高揚しない。音の密度が薄い。カビが生えるほどに歌詞が古くさい……。

仲間も似たようなものだった。演奏テクニックはそこそこ高められても、名曲をコピーするしかないバンドに未来はなかった。それでも音楽にかかわりたいと願って、カノン・ミュージックにアルバイトとしてもぐりこんだ。大学卒業の一年後に正社員の座をつかんだ。

今もなお音楽活動を続ける仲間はいた。修とは比べものにならないテクニックを持つ者でも、いまだデビューの話は聞こえてこない。それほど、この世界で生きていくのは難しい。幸運にもメジャーデビューできても、ヒットが出なければ用ずみとなる。大衆は飽きやすく、力あるライバルは続々とデビューしてくる。

興奮剤系の違法薬物を使うと、高揚感にひたれて音の感覚が鋭くなる、と言われる。斬新なメロディラインが浮かぶのではないか。曲作りの苦しみから逃れられる。そういった誘惑に駆られるアーティストは少なくない。

「……注意しろと言われても、どうすればいいのか」

「遅刻は要警戒のひとつ。やたらと一人になりたがったり、自宅への訪問を嫌がるのもまずいし、トイレが長いのも危ない」

御堂の一挙手一投足に目を光らせろというのだ。またも難題を押しつけられた。

幸いにも社が契約するアーティストに、薬物事件を起こした者はいない。業界の知り合いに対処法を訊き回っては、噂が出てしまう。御堂を信じながらも、目を配るしかない。

吐息をこらえて、M2局のフロアに戻った。迷ったすえに、御堂へ電話を入れる。が、すぐ留守電機能につながった。

「昨日はお疲れ様でした。今後のことを話したいので、お時間ください。また連絡します」

脳天気なほどの明るさを心がけて、メッセージを残した。演技が下手すぎる。何かあると、思われるだけだ。

その後も電話はつながらなかった、折り返しの着信も入らない。一人で悩んでいるわけにもいかず、五階に入るマネジメントのフロアへ上がった。担当マネージャーの伊佐直人と対策を話し合うためだ。

昨日はレコーディングの三日目なので、彼は別の担当アーティストのミュージックビデオ撮影に立ち会っていた。今朝、延期の件を電話で伝えても、彼はまったく動じなかった。歳が近く、本当なら自由に意見を出し合えそうなものの、彼とは御堂への温度差が介在する。

「丹羽さんから電話をもらって、その場で文句を言いましたよ。御堂さんに限って、絶対ありえませんから」

修の顔を見るなり、不平をぶつけてきた。おまえの管理が悪いからだ。そう難癖をつけられたと受け取ったようだ。

伊佐もほぼ同じ時期に、御堂の担当となった。以前から彼の歌が好きだったので、自ら手を上げたという。だが、信者は全面的にアーティストの側に立つ。何があろうと、御堂を強く諫めはしない。修は御堂に心酔できていない引け目から、つい遠慮がちになる。マネージャーと立ち位置に差がありすぎて、言葉の匙加減が難しい。

「我々の間でタイムリミットを決めるしかないと思うんだ。スケジュールを練り直して、ぎりぎり許される日程をひねり出す。君から提示してほしい。さらにレコーディングがずれこめば、コンサートツアーまで難しくなる」

「了解です」

安請け合いをされたが、言葉どおりに日程の提示はしても、説得までは期待できない。

「局長は、このままだと次は危ないと言ってる」

次に脅し文句を添えた。御堂に惚れこんでいる伊佐は平然とうなずいている。

「大丈夫ですよ。御堂さんなら必ず仕上げてくれます。そうやって乗り切ってきたんですから」

修は肩を落として三階のフロアに戻った。

気が重い。そもそも締め切りを設定しないと、仕事に取りかかってくれないアーティストは珍しくもない。たとえ御堂を追いつめることになっても、発売の延期は許されない状況にある。アレンジャーの望月や録音スタジオにも電話を入れて、ひたすら低姿勢にスケジュールを組んでいく。

「でもさ、正直言うと、おれは悪いことばかりじゃないと思うんだよ。置かれた立場は彼だって、わかってるだろ。それでも覚悟を決めてレコーディングを延ばしたいと言うんだから。必ず納得いくものを持ってくるさ。でなきゃ、カノンに居場所はなくなるよね」

望月は冷静に事態を見ていた。こういうスタンスを取れる人だから、部長は彼を今回の音楽プロデューサーに推したのだ。鋭い先読みにうならされる。

ジグソーパズルのように関係者の都合を合致させて、スケジュールを組み直した。録音からダビングまでピースのどこにも余裕はない。ひとつのミスが命取りになる。関係各所へメールで送った。何を言われるか反応が怖いので、修は社を出て、用賀のリハーサル・スタジオへ急いだ。担当する〝グリーンアプリコット〟が曲作りを進めていた。

御堂のほかに二組の若手バンドを部長から引き継いでいた。どちらもまだヒットに恵まれていない。着実にファンはついている。手応えはあるものの、セールスは伸び悩みが続く。

次こそ勝負の一曲だ。彼ら自身も言っていた。新たな曲調にチャレンジしたい。矢継ぎ早に二曲のデモ音源を送ってきた。正直な感想を聞かせてほしい。そう問われた時の対応が難しい。

曲はまとまっていた。演奏につたなさはない。ただ、それだけなのだ、と思えてしまう。甘く優しい恋の歌ばかりを聴かされて、褒め言葉が出てこない。

修は差し入れを持ってリハ・スタを訪れた。たちまちメンバーの顔つきが変わった。たった一人の観客でしかないのに、演奏と歌に熱が入る。

恋愛にまつわる繊細な心の揺れを巧みに表現してこそ、ヒットにつながる。この業界での疑いない法則のひとつだ。たとえロック調の曲でも、社会への憤りを熱く歌い上げては、今の時代の共感は得られにくい。

休憩に入ったところで、言葉を待つメンバーに修は感想を語った。

「ギターの静かなイントロからスタートするのは、今までになかったから新鮮に聞こえた。ここを聴いただけで、あの曲だとわかってくれるまでに仕上げられたら、完璧だと思う。後半は期待どおりに盛り上がってくれるからね。欲を言えば、サビにもっと人を引きつけるフレーズのリフレインがあるといいんじゃないだろうか」

「よく使う手だけど、一度裏腹な気持ちをきつめに表してから、本音をそっと打ち明けるとかのテクニックが必要かもしれないね。曲調としては、ぼくの好みでもあるんで、社内でも強くプッシュしていけそうだ」

歌を評するには、感覚のみで語ってはいけない。より具体的な言葉での指摘が必要なのだ。どこか物足りなさが残る。そう正直な感想を口にすれば、言葉はそのまま自分へ跳ね返る。彼らは会社が契約を決めた貴重な人材で、才能は間違いなくある。

あとは何が足りないのか。

ほんのわずかなチャンス、というケースは多い。歌声と曲がマッチせず、ボーカルを替えたら売れたという話はよく聞く。些細なきっかけがヒットにつながり、才能をさらに磨き上げる。どうやって彼らの背を押し、ヒットの波間へ浮上させられるか。

「どの曲をメインにすえて売っていくかは、任せてもらいたい」

カノンの営業部には、〝局担〟というテレビやラジオ局への売りこみを担う部署がある。新番組のテーマ曲に使ってもらえるようプッシュするのはもちろん、番組スタッフの求める曲のイメージを聞き、即した歌い手を推薦する。広告代理店や映画制作会社へも頻繁に足を運ぶ。

西野局長はいつも会議の席で訴える。――レコードは元来、タイアップが基本なんだ、と。

大正時代の初めに、評論家で作家でもあった島村抱月(しまむらほうげつ)がトルストイの『復活』を脚色して上演した。その主演女優の松井須磨子(まついすまこ)が劇中で歌った「カチューシャの唄」をレコード化したところ、大流行した。その後も、映画の主題歌となった「東京行進曲」が爆発的に売れた。そもそもレコードの発売は芝居や映画のタイアップとともに始まったのだ。

「いいか。タイアップを勝ち取れば、たとえ月並みな歌だろうと、ある程度はヒットする。もちろん、力のない者は一発屋で終わる。けれど、多くの人に歌い手の存在を知ってもらわないと、活躍の土台を築くこともできず、消えるしかない。ヒット作の次こそ、本当の勝負作だ」

御堂もCMソングに採用されて土台を築いた。タイアップの情報は宣伝本部も各方面から集めてくる。制作部の務めは、大衆に広くアピールできる、わかりやすい美点を持つ歌を送り出すことにある。

「グリーンアプリコットの曲は間違いなくいい。あとはアピールポイントだと思うんだ」

手を替え品を替え、メンバーの顔色を見て、修は言葉を選ぶ。彼らにも理想とする曲やスタイルがある。とびきりのセールスポイントがほしいと言ったのでは、長所が見当たらないと言うも同じだ。褒めて、励まし、期待の持てる方向性を告げていく。

ロシアの作曲家で名ピアニストとしても名高いセルゲイ・ラフマニノフが言っている。——成功に絶対欠かせないのは賛辞なのだ。そして、さらにくり返しの賛辞が不可欠だ、と。

ヒットこそが大衆からの最大の賛辞となる。アーティストを成功へ導くには、まず担当者が嘘偽りのない心からの賛辞を送るしかない。決しておもねることなく、時に厳しい指摘も忘れず、長所をつぶさに引き出していく。

グリーンアプリコットに語りながらも、修はずっと御堂の歌が頭を離れなかった。どうやったら彼のモチベーションを高められるか。かつてのヒット曲ではないが、「閉ざされた部屋」からの出口はまだ見えていない。歌の完成を期待して待ち、そのつど賛辞を送るしかない。

最後まで激励して、リハ・スタを早めに出た。夕方に社へ戻ると、エレベーター前で大森昌樹とすれ違った。

「お疲れさん。聞いたぞ。編成会議でだいぶしぼられたそうじゃないか」

屈託ない笑顔を向けられて、苦笑を返す。早くも噂になっていたらしい。

大森はM1事業局の所属で、女性シンガーを担当する。大学の二年先輩だが、カノンでアルバイトを始めるまで彼の存在を知らずにいた。ところが、大森のほうは修のことをよく知っていて、驚かされた。

——ほら、君も参加してたろ。あの学祭のコンテスト、おれの仕切りだったからな。

大森は学園祭の執行部に所属していたのだ。しかも、当時からイベント企画会社でアルバイトを続けていた。その際にカノンの社員と知り合い、採用につながったという。修が一年間のアルバイトを経て正社員になれたのは、大森が会社に強く推薦してくれたからだった。

『耳を鍛えろよ。耳ってのは脳と直結してる。音を聴くんじゃない。脳で読み取るんだ』

『アーティストを知るのは当然の初歩だ。血肉になるまで吸収して、一緒に歌いあげろ』

『A&Rの役目は潤滑油だ。きしみが出たら、身を投じてなめらかにする。しつこいまでに粘りがあるほど、長続きもする』

修は多くの金言を受け取ってきた。

「その荷物、また行商ですね」

大森の背負うナップザックを見て、修は笑いかけた。

彼はいつも登山かと見まがうザックを背負って出かける。担当するシンガーのCDや販促グッズがつめこまれている。宣伝部だけに任せておけるか。暇さえあれば売りこみに走る。

宣伝本部が仕入れてくるタイアップは、社内すべてに情報が共有される。時に上層部の一存で決められてしまい、管理職にない社員の意見は通りにくい。

──だったら、あとは汗を流して新規開拓に励むしかないさ。涙と汗は昔から歌に欠かせぬアイテムだからな。

大森の担当する女性シンガーもまだヒットに恵まれていない。タイアップはのどから手が出るほどにほしい。

「やっと約束を取りつけたぞ。うちはまだまだアニメ業界に弱すぎる」

アニメは今や日本のエンタメ業界で大きな位置を占める。レコード各社は有望な声優と契約を結んで独自アルバムを出し、関連イベントも手広く開催する。アニメ作品が話題になれば、テーマソングのヒットが見こめ、広く東南アジアまで市場が開拓できる。世界も狙える。

カノンでは今、若手声優との契約のみでなく、アニメ制作にも乗り出すべきとの方針がようやく打ち出された。遅すぎる。かねてから大森は上層部にも嚙みついていた。

「朗報、待ってます」

「必ず食いついてやる。任せろ」

大森は重そうなザックを背負い直すと、地下鉄の階段へ走っていった。

負けてはいられない。オフィスへ上がると、気合いを入れ直した。さあ、やるぞ。

あと回しにしたデスクワークを片づけにかかった。アルバム制作に必要な書類仕事が山のように残っている。家でできる仕事は持ち帰れと幹部は言うが、終電まで社に残る者は多い。

A&Rの仕事は数えきれないほどある。スタッフのスケジュールを調整してスタジオを押さえ、各ミュージシャンとギャラ交渉をして、伝票を切る。宣伝販売部と必要なプロモーション経費を割り出し、編成会議の決裁を得る。予算の管理ができてこその制作担当なのだ。

修はパソコンに向かった。まずデモ音源のファイルを開く。デスクワークをこなす時は必ず、全国から送られてきた曲をイヤホンで聴く。

メジャーからインディーズまで、レコード会社は新人発掘に余念がない。デモ音源は絶えず受けつけている。大々的な募集の企画もふくめて、送られてきた曲はすべて共有ファイルに収められる。誰もがいつでも自由に聴ける。

今はネット上に自作の歌をアップする者が多かった。全国各地のライブハウスも、若者を支援している。ゆくゆくは彼らのマネジメントや地方興行に加わろうと、独自のサイトやチャンネルに曲をアップし、メジャーから声がかかるのを待つ。視聴者の感想も書きこまれるので、判断基準のひとつともなる。

そういったネット上の歌と比べるなら、デモ音源は残念ながらレベルが落ちる。ギターやキーボードのみでの簡単な弾き語りもあり、どこかで耳にしたような曲が大半なのだ。それでも、万にひとつの可能性を求めて、送られてきたデモ音源はもれなく社員が聴く決まりだ。

実際、今日まで何人もの名だたるアーティストが、レコード会社へ曲を送ることでデビューを勝ち取ってきた。金の卵を産む鳥がどこに隠れているか。原石を見出す作業はつらくとも、夢へつながる楽しみがある。

午後十時をすぎた。フロアの一角で照明がまた消えた。メモを片手に伝票を仕上げていると、デスクの横に人影が近づいた。

顔を上げると、大森が暗い表情で立っていた。

「収穫なしですか」

「いや、大ありだったよ」

言葉と裏腹に、大森はなげくように首を振った。

「制作会社の社長が元請け代理店のプロデューサーに相談を上げたっていうんだ。うちの宣伝部にも話が流れて、おいしいところをすべて奪われたよ」

せっかく現場が根回ししたところで上層部へ報告が行き、手柄が横取りされる。どこの組織にもよく見られる構図だ。

「冗談じゃない。何のために通いつめたと思ってる。無理やり次のアニメの企画書を手に入れてきた。見ろ。まだ音楽版権は決まってない。宣伝部や営業なんか無視して、直ちにプレゼン資料を山ほど送りつけてやる」

ザックから分厚い企画書が引き出された。見つめ合う若い男女のキャラが描かれている。イニシアチブを活かして、強引に先手を打つつもりなのだ。

「絶対、ものにしてやるからな」

「宣伝部との全面抗争ですね」

「引いてたまるか。まあ、見てろって」

戦闘モードのスイッチを入れるため、後輩の前で宣戦布告をアピールしたかったらしい。明日から社内でタイアップをめぐる鍔迫(つばぜ)り合いが始まるのだ。大森は企画書を手にM1事業局のブースへ足早に去っていった。幸運を祈る。

再びデモ音源を聴きながらの単調な伝票作業に戻った。

数字を間違えてはならないが、御堂のアルバムに気を取られて、つい手が止まる。前回の残念な結果があるので、タイアップは期待できない。地道に挨拶回りを重ねて、〝街鳴(まちな)り〟の機会を増やしていきたい。

ファミレス、コンビニ、娯楽施設などでは、絶えず音楽が流されている。街中で聴いた歌が耳に残れば、確実にダウンロード数に跳ね返る。いわゆる街鳴りは、今や音楽番組に負けないマーケティング・ツールだった。

あとはネット上での企画が考えられる。御堂と親交のあるアーティストを呼んでのミニ・ライブを配信するのはどうか。その準備を進めるにも、アルバムの完成が待たれる。

どうにか仕上げた伝票を経理部に送信した。今日は終電に間に合いそうだ。

大きく伸びをしてから、メモを束ねて抽斗（ひきだし）にしまった。パソコンを閉じようと、デモ音源のファイルにカーソルを合わせる。今日は高音に伸びのある女性シンガーが一人いた。が、自作の曲がつたなく、せっかくの高音域を生かしきれていなかった。名前と曲名でネット検索をかければ、何かしらの評判がつかめるかもしれない。そこそこ歌い慣れているので、地元で着実に経験を積んでいそうだ。

ファイルを閉じかけたところで、次の曲のイントロが始まった。

出だしのリズムアレンジに指が止まる。どんがらがっしゃん。おもちゃ箱をひっくり返したようなドラムの連打で曲がスタートした。

今はパソコンで曲作りが楽にできる。ＤＴＭ（デスクトップ・ミュージック）ソフトを使ったドラムの打ちこみが、やや耳につくイントロだ。練り上げたリズム構成と自分の入力テクニックに自信を持っているのだ。わざと連打を多用したビートが面白くはある。

修は椅子に座り直した。派手なスタートのあとで、通常のドラムツールのみでなく、合成されたとわかる打楽器系の音が入る。その裏で、八拍目にフィンガー・スナップの、これまた合成音がくり返される。Ｊポップにも増えてきたＲ＆Ｂ（リズム・アンド・ブルース）系の曲調だ。が、ミキシングの調節が甘く、肝心の歌い出しをリズム・アレンジが少し邪魔しているか。

――長いテールランプの先にもっと長い夜が待つと知りながら

一時の嘘があの日を置き去りに走り　いつのまにか行き違う

優しげな愛の歌が流れているのに　言葉は届かず　ノイズに消えて沈む

渋滞の夜の車内。別れの予感を二人とも抱いている。そういう状況の歌だ。が、やはりリズムのアレンジがやや克ちすぎている。

DTMソフトを使うと、リズムのパートは凝って仕上げられる。ループ（くり返しのできるリズムパターン）素材は多いし、クリックひとつでコピーを重ねられる。最初にリズムパターンを構成していく際に素材を重ねすぎてしまい、せっかくのメロディが目立たなくなる。初心者によく見られる計算ミスだ。

が、メロディラインと男性ボーカルの声は悪くなかった。愛の終わりを物語るに相応しいメロウな曲調に、ややハスキーながら優しげな歌声がマッチしている。

音程に乱れもない。デモ音源の録音だから丁寧に歌おうと気をつかったのか、ビブラートが弱く、優等生的な歌い方が、惜しい。

Bメロに入って高音域へ歌が展開していった。すると、新たにもう一人の男性ボーカルが加わった。しかも、交互に主旋律を変えていくテクニックを見せてくれる。面白い。

照明が半分ほど落ちたオフィスで、修はうなずいた。悪くない。まだ未熟さはあるものの、磨けば必ず光る。そう直感が走る。次の曲への期待がふくらむ。

デモ音源の応募には、エントリーシートと写真を添えてもらう規定だ。ファイルからエントリーシートを選んだところで、音が一瞬、途切れた。

録音ミスではなかった。たちまち荘厳なコーラスが聴こえた。

多重録音を駆使してのアカペラ（伴奏のない曲）になったのだ。半音上げての転調もしていた。ボイス・パーカッションも聴き応えがある。先ほどまで主旋律を交換し合っていた二人の歌声が、何重にも響き渡る。

——背いたわけをつきとめても　輝く朝が訪れるわけはない
見えないあなたと凍えた夜を追いかけて走る　走る
一人でうなずいた。そういうことか……。

大サビのアカペラ・パートを際立たせるため、イントロからリズムをうるさいほどに強く打ち出したのだ。だから、この大サビが荘厳さを醸し、聖歌隊の合唱に変わったかのように聴こえたのだ。つまり、より歌詞が伝わることを狙ったらしい。

まんまと、してやられた。

名もなき新人バンドの仕掛けに驚かされて、彼らの計算どおりに胸を揺さぶられた。入社して六年。送られてきたデモ音源を何千と聴いてきた。これほど意匠をこらした曲は初めてだった。

作為が見えすぎのようにも思われる。が、聴き心地のいい歌として見事に成立していた。歌詞はぎりぎりの及第点だろう。

急いでエントリーシートを開く。バンド名はベイビーバード。雛鳥という意味だ。

曲のタイトルは「疾走の朝」。感覚としてはわかるものの、似合ったタイトルとは思えなかった。メロウな曲調をうまく表現できているとは言いがたい。

不思議なことに、メンバーの欄が空白だった。作詞作曲の部分もバンド名があるのみ。

写真のファイルを開いて、さらに首をかしげた。四人の若い男の後ろ姿だった。背景は、空と海。どこか見晴らしのいい海岸沿いで撮ったものだ。

あまりに情報が少なかった。問い合わせが入ることを狙って、あえて出し惜しみをしたとしか思えない。ここにも計算が見える。でも、悪い気はしない。

連絡先として、静岡市内の住所が書いてあった。ライブハウス・ムーサ。社長の名は三上義実（みかみよしみ）。メールアドレスも添えられていた。

ライブハウスを活動の場としてきたなら、地元で名が知れているかもしれない。よくぞ今日まで話題にならなかったものだ。

二曲目のタイトルは、「大河が海へそそぐ時まで」とある。

一曲目がBメロのサビをリフレインしたあと、ふいにカットアウトして、終わった。二曲目もおそらく凡庸なできではない。確信が芽生えつつある。

もどかしいほどのギャップ（無音）があってから、二曲目のイントロがスタートした。

またもDTMソフトを使った力強いドラムの連打で始まった。今度はエイトビートだ。ベースも軽やかにリズムを弾き、キーボードは控えめにコードを奏でる。

――花びらの舞う公園から遠く続く道　君の背中が小さく見える　離したくない
目の前で揺れる花筏（はないかだ）に飛び乗れたら　このまま追いかけていける気がした　できないくせに
またも別れの歌か。

わずかに期待がしぼみかけた。が、歌声とリズムは軽やかで、その違和感が胸に残る。

Bメロに入ると、ベースラインが半音ずつ下がっていきながら、もう一人のボーカルとのハーモニーが高音域へ盛り上がり、主旋律がまたも交錯する。打ちこみのドラムが大きくなり、サビへ突入した。

――すべての川は海へ向かっている　ぼくらの汗と涙は大河となって大海原(おおうなばら)へそそぐ
眩しい海で泳ぐ日まで　必ず会えるその日まで――

サビの歌詞を聴いて、あっ、と思った。

男女の別れではなかった。卒業の歌だ。だから、花筏を登場させている。桜の季節の別れであり、社会という海へ泳ぎ出す仲間への応援歌になっている。あえて卒業や桜というわかりやすいフレーズを使わないところが、実に憎らしい。

技巧に走りすぎて、新人らしくない。そう評する人は出るだろう。けれど、抽斗(ひきだし)の多さは、デビュー後の強みとなる。このバンドの曲作りの根底には、チャレンジ精神がある。ただ聴き心地のいい歌では物足りないと考えているのだろう。強調しすぎの感のある打ちこみのドラム・パートにプロの技術で手を入れたり、生演奏に変えたりすれば、もっと効果的になる。

絶対に、いける。

ざわざわと肌が粟立った。これほどの手応えは初めてだった。

もっと別の歌も聴きたい。けれど、送られてきたデモ音源は二曲のみ。

薄暗いオフィスで立ち上がった。まだ大森はデスクで仕事を続けているだろうか。

誰かにこの二曲を聴かせたくて、辺りを見回した。が、自分が見つけた新人バンドだと考え直す。大森であれば、仕事を奪うようなことはしない。けれど、このバンドは誰にも取られたくない。社内に広めるのはまだ早い。自分で交渉して契約を勝ち取り、大きく育てたい。

必ずものにしてみせる。

高揚感に胸が沸き立った。深く息を吸って気を落ち着ける。時刻は午後十一時十七分。

矢も盾もたまらず、エントリーシートにあったライブハウスに電話をかけた。もう営業時間はすぎているか。だが、店仕舞いを終えたスタッフが残っていてもおかしくない時刻だ。一秒でも早く声をかけたかった。最初に連絡をくれたので契約した、というエピソードは業界に多い。デビューを夢見る若者は、メジャーに注目される時を心待ちにしている。

ようやく電話がつながった。本日は営業を終了した、とのメッセージだった。この時間ではしかたない。次はメールだ。スマートフォンをタップして、ライブハウス・ムーサの社長あてのメールを書く。

『お送りいただいたベイビーバードの曲を、たった今聴かせていただきました。新人離れした曲作りに驚き、感激しているところです。ぜひ直接会って、今後の話をさせてください。明日またあらためて電話を差し上げます。まずはご挨拶まで。

株式会社カノン・ミュージックM2事業局第二制作部A&R　芝原修』

こんな短いメッセージでよかっただろうか。疑問と不安に襲われる。

曲を聴いて感激したことを、もっと熱く伝えたほうがいい。最初のアプローチこそ肝心なのだ。今の興奮をあますことなく表現しよう。文章に綴ることで自分の考えを整理できるし、彼らベイビーバードの長所や課題も見えてくる。

修はワープロソフトを立ち上げながら、再びスマホを手にした。熱烈なラブレターをしたためると同時に、上司の許可を得ておく必要があった。

電話はかけにくい時間だった。共有ファイルの場所とともに、丹羽部長と西野局長に社内専用メールを送信した。

『送られてきたデモ音源の中に、素晴らしい曲を見つけました。明日にも静岡へ足を運びたいと思います。それほどの曲だと断言できます。大至急、聴いてください。お願いします』

まだ寝る時間には早い。返事はすぐに来るだろう。

感想を書く前に、ベイビーバードのネット検索を試みた。ライブハウスに出ていれば、SNSで話題になっていて当然だ。ライブを楽しむファンであれば、彼らの腕前は肌で感じられる。

ところが――ヒットしなかった。なぜだ。

同じ名前の飲み屋やアクセサリー・ショップが表示された。いくら検索結果をたどろうと、バンド名らしきものは登場しない。

これほどの実力を持つバンドが話題になっていない。常識では、ありえなかった。

次にライブハウスの名で検索をかけた。が、過去の出演リストにも登場しない。

謎だ。

地元で評判になっていないわけがない。連絡先がライブハウスなのに、出演していなかったとは考えにくい。

そうか……と気づいた。

違う名前で出ていたのだ。デモ音源を送るに当たって、バンド名を一新した。ほかには考えられない。

今度は曲名で検索をかけた。が、表示されたのは、似たタイトルの曲ばかりだった。試しに聴いてみると、凡庸で比べるべくもなかった。

どういうことなのか。薄暗い社内で天井を睨み上げた。

別名でライブハウスに出演していて、新たに作った二曲を応募してきたのなら、理屈は通る。そうであれば、まさに好都合だ。

地元で知られたバンドであれば、すでに別の会社が情報を得て、接触したかもしれない。この二曲を聴いて興味を抱かない音楽関係者はいない。別名で出演した際の評判をキャッチして、すでに数社がアプローチした可能性さえある。

頼む。どうか新たにメンバーを組み直して、これがベイビーバードとしての最初のアプローチであってくれ。修は祈った。とにかくこの先は、熱意と誠意が重要だ。

ベイビーバードの二曲を聴きながら、思いつく限りの言葉を連ねて感想を書いていく。まだ発表されていない名曲を聴けた喜び。多くの人の心を打つと確信している。広く世に問う手伝いを、うちの会社でさせてもらいたい。会社の育成方針も書き添えた。

新人を発掘して、育成できないA&Rに、未来はない。成果を上げられなければ、数年で地味な部署への異動が待つ。修にとって初めて訪れた大きなチャンスだった。

感想メールを送信した。ひと息つく間もなく、スマホが震えた。早くも電話がきた。丹羽部長からの着信だった。

「遅いですよ、部長。聴いていただけましたよね――」

修の第一声が終わらないうちに、丹羽部長が早口に言った。

「曲の構成テクニックは見所がある。歌はかなり多重録音に助けられてるかな。けど、鍛えていけば、即戦力になるかもしれない」

「ドラフト一位の逸材ですよ、間違いありません」

「連絡はした？」

「残念ながら電話はつながりませんでした。なのでメールを送っておきました」

「当然、ライブハウスと三上って人の情報はチェックしたでしょうね」

厳しい指摘に、返事が遅れる。

「……あ、いえ、まだですが」

「会う前に必ず情報を集めなさい。どっちも初めて聞く名前だから、注意したほうがいい。わかるでしょ」

ライブハウスの経営者は、独自にインディーズ・レーベルを立ち上げているケースが多い。地元で活動する有望な若手のマネジメントも手がける。メジャーデビューまでの橋渡し役を担い、彼らの契約にかかわりたいと狙っているのだ。地方での興行権を握る名士までいる。

静岡のライブハウス・ムーサ。部長でさえ初耳だという。手強い相手でなければいいが……。

「すぐ情報を集めて、明日の朝一で会いに行きなさい」

今にも飛んでいきたかった。

# 第二章

自宅へ帰ると、ビール片手にライブハウス・ムーサのサイトを確認した。開業は四年前の夏。店名のムーサは、神話の世界で音楽の神とされるミューズのギリシャ語読みと書いてあった。

客席の定員は百八十。中規模クラスの店だ。席を取り払えば、三百人まで収容できる。出演リストには、かつてヒットをいくつか出した女性シンガーの名前があった。ジャズやクラシックのピアニストの名も見られ、幅は広い。あらゆるジャンルを横断して演者をそろえないと、日々の集客が難しいのだろう。

三上の名でも検索をかけた。ムーサのオーナーという肩書きのほかに、学園祭のイベント告知に協賛者として名前が出てきた。地元でイベントをこなす顔の広さはあるらしい。

ムーサの出演を経てメジャーデビューを果たした者はいない。開業から四年では、土台作りの時期なのだろう。だとすれば、ベイビーバードへの地元の期待は高まっていそうだ。

興奮が尾を引いて、あまり眠れなかった。起き出して顔を洗っていると、西野局長から社内専用メールが届いた。

『丹羽君からも報告をもらった。確かに肩入れしたくなる曲だった。ただし、ムーサとオーナーの情報を集めてから行くこと。相手の出方をよく見たうえで慎重に話を切り出し、他社からの接触に関しても可能な限り探りを入れてほしい。もし不安を感じた場合は、丹羽君か私に、いつでも連絡をくれ』

電話でうるさく指示を出してこないところが、局長らしい。あくまで第二制作部の案件と見てくれている。調査と交渉の進み次第で、自ら乗り出すつもりなのだ。

急いでマンションの狭い部屋を出て、地下鉄で東京駅へ急いだ。新幹線の座席は多くのビジネスマンで埋まっていた。修はデッキに立ち続けて、さらにスマホで検索を続けた。

ようやく、それらしき評判をひとつ発見できた。

ある音楽イベントの書きこみ欄に、熱烈なコメントが並んでいたのだ。

――この人たち、プロじゃないんですか。

――ホント感動しました。生歌を早く聴きたいですね。

――お願いですから、CDを作るか、ネットで配信してください。

どの地方にも、熱烈なファンを持つ学生バンドは存在する。が、コメント欄に気になる符合がいくつも見受けられた。コーラスが抜群。リズムが心地よくてノリがいいのに、心に染みる歌詞。修が感じたベイビーバードの長所と同じなのだ。

静岡経済大学の学園祭イベントだった。ライブハウス・ムーサと地域も合致する。音楽イベントのサイトに記されたバンド名は「匿名希望」。残念ながら、感染症の影響でリモート開催だったため、彼らが演奏する映像は残されていない。

が、ここまで評価の高い静岡の無名バンドはほかになかった。彼らがベイビーバードだ。まず間違いない。

時刻は午前九時五分。まだ早いと思ったが、修は我慢できず、デッキからライブハウス・ムーサに電話を入れた。一度のコールで相手が出た。

「――はい、ライブハウス・ムーサです」

中年らしき落ち着いた男の声だ。修は一気に告げた。

「おはようございます。昨日メールを差し上げましたカノン・ミュージックの芝原です。三上さんはいらっしゃいますでしょうか」

「あ、はい――三上です。たった今、メールの返事を書いていたところです。ご連絡いただき、ありがとうございます」

男の声が一オクターブ近く跳ね上がった。喜んでくれているのがわかる。こちらの期待もいやが上にも増していく。

「実は今、新幹線の中なんです」

「えっ……？」

「突然押しかけるようで失礼かとは思いましたが、我慢できなくなり、今そちらへ向かっています。お時間の都合がつくようでしたら、今日ご挨拶だけでもさせていただけないでしょうか」

「……時間なら大丈夫ですが、こんな早く来てもらえるとは思ってもいませんでした」

「あれほど素晴らしい歌を聴いたら、誰でもすぐ駆けつけます」

少し勢いこみすぎたか。戸惑っているらしく、先方からの返事が戻ってこない。走行音が邪魔になって、うまく伝わらなかったのかとスマホを口元に寄せる。

「――ええ、そうですよね。わたしもそう思ってました。だから、いつレコード会社から接触があるかと、正直なところ心待ちにしていたんです」

「あと一時間ほどで静岡に到着します。何時ごろ、そちらにお邪魔すればよろしいでしょうか」

「えーと、わたしだけってわけにはいきませんよね。とにかくタケシ君に今、連絡してみます。少々お待ちいただいてよろしいでしょうか」

一も二もなく了承して通話を切った。タケシというのがバンドのリーダーだろう。

相手の反応は驚くほどよかった。心待ちにしていたと言うのだから、他社の接触はまだなのだ。よしっ、先手を取れた！　修はデッキで拳を握った。

三分もせずにスマホが震えた。

「お待たせしてすみません。タケシ君はこっちの会計事務所で働いていまして。昼すぎなら三十分ほど体が空くそうです」

「そうですか、会計事務所ですか。では、やはり静岡経済大学の出身ですね」

大当たりの手応えを得て、鼻高々に言った。また相手の返事が遅れる。

「……ご存じだったんですか」

修は正直に告げた。

「ネットでベイビーバードと思える学園祭の書きこみを見つけました」

「さすがメジャーの人ですね。調べが行き届いている」

少しは感心させることができたようで、ほっとする。修の声から若さを感じ取り、頼りなく思われたのでは契約交渉にも差し障る。

もっとベイビーバードのことを話したい気持ちはあったが、正午にムーサを訪ねる約束を取りつけて通話を終えた。初日に早くもバンドのリーダーに会えるとは胸が高鳴る。

静岡駅前のコーヒーショップで、ベイビーバードの歌を聴きながら遅い朝食をとった。時間があるのでCDショップをのぞいた。地元のインディーズレーベルをチェックしてから現地へ向かった。

ライブハウス・ムーサは八幡山公園に近い県道沿いのビルの裏手にあった。隣は大きなスーパーで、繁華街からは少し離れている。大きな看板は出ていたが、倉庫を改造したような外観だった。路地にエントランスがあるため、目立っていない。

防音らしき紫色の重い扉を押すと、薄暗いロビーが広がっていた。

「お邪魔いたします。カノンの芝原です」

テーブル席の並ぶフロアに足を踏み入れる。写真で見るより、中は狭く感じられた。壁際に組立式らしき長椅子がまばらに置かれている。右手の照明下に五メートルほどのカウンターがあり、奥にスタッフルームのドアが見えた。

修の声が届いたらしく、奥のドアが開いて人影が現れた。丸顔で四十代半ばに見える小太りの男だった。背も高いので、ちょっとした威圧感がある。外見から判断しては悪いが、こういう押し出しの強そうな人は要注意かもしれない。紫色の派手なトレーナーを着て、胸にムーサの文字がプリントされていた。

「わざわざご足労いただき、ありがとうございます」

男が小走りに近づき、名刺を差し出してきた。見た目以上にフットワークは軽い。

修は受け取った名刺から、三上に視線を戻した。ムーサ店長とともに、株式会社ミューズ・エンタテインメント執行役員の肩書きがあった。地元では名の知れたやり手なのだろう。

「昨年の十月一日づけで、正式にミノブ・グループの傘下へ入ることになりました」

ミノブ・グループは東海地方で運輸や建設など多くの業種を手がける複合企業だ。感染症の影響でムーサの経営が悪化し、支援を受けることで店の存続が決まったという。

「わたしどももコンサート業務を手がける部署にかなり支障が出ました」

「うちはここを守れただけ、まだラッキーでした。飲食店の多くが廃業に追いこまれましたから。そういう事情で、わたしはもうここのオーナーではなく、ミューズの一社員にすぎません。お情けで役員待遇にしてもらいましたが」

三上は笑い飛ばすように言って、カウンター席に修を誘った。バックに大企業がついていると知り、修は背筋が伸びた。お情けと言うが、単なる謙遜と受け取ったほうがいい。

「そろそろタケシ君も到着すると思います」

「メンバーの皆さんは、静岡で仕事を持っているんでしょうか」

修は話題を振って、探りを入れた。

三上が太いあごを引いてうなずき、コーヒーメーカーにカップをセットした。

「おかしなことを言うようですが、実はわたしも彼らの仕事をよく知ってはいないんです」

予想外の答えに、三上を見つめ返した。親会社のミューズが、地元アーティストのマネジメントを手がけているのだと思っていた。

　三上が丸顔をつぶすようにして、苦笑を浮かべた。

「アルバイトの子が、学園祭のリモートイベントに登場した彼らを見て、その曲の完成度に驚きましてね。わたしに知らせてくれたんです」

「デモに収録した二曲ですね」

「スタッフの中でも耳のいい子なんですよ。本人も密かに曲作りをしてたけど、とても敵わないって騒いでました。あんまり強く薦めるんで、学園祭の執行部に連絡を取って、タケシ君に電話を入れてみました。録音したものがあったら聴かせてほしい、ってね。けど、わたしの素性を怪しんだのか、渋られましてね。まあ、見てのとおり、なかなか怪しい見てくれですから」

　三上は笑って頬から首筋をなで下ろし、分厚い胸回りをたたいてみせた。

「そこで、このライブハウスに招待して、バイトの子たちと口説き落としたんです。お送りしたデモより完成度は低いものでしたが、目の玉が飛び出るほどに驚きましたね。うちに出演しているどの若手より、チャレンジングな曲作りでしたから」

「わたしもかなり驚かされました」

　修も正直に打ち明けた。歌と新人を見極める能力を認められたと感じたらしく、三上は満足そうに微笑み、コーヒーの入ったカップを置いた。

「演奏テクニックさえ少し磨けば、プロとして立派に通用する。まずはうちでライブをしないかって何度も持ちかけたんです。けれど、彼らは欲がないというか、ずっと尻ごみしてて、いい返事をくれなくて……。それなら、自信作をＣＤに焼いて、レコード会社に送ってみよう。そう提案して、ようやく重い腰を上げてくれたんです」

学園祭のイベントには出ても、ライブハウスには気後れしてしまう。自分たちの実力をつかみかねているところがあったのだろう。

「ところが、曲はなかなか仕上がってきませんでした。それもそのはずで、タケシ君は卒業して会計事務所で働くようになって、仕事に慣れるまでは曲を仕上げる時間が持てなかったというんです」

「では、タケシ君が作詞作曲を……」

「いえ、作詞は彼も参加してると言ってましたけど、作曲はギターとコーラスを担当するジュン君が手がけているそうです。タケシ君はキーボードとドラムの打ちこみをはじめとするアレンジ全般を受け持って、コーラスはみんなでアイディアを出し合っていると言ってました」

修は手帳を開き、メモに取った。

メンバーは後ろ姿の写真にあった四人。リーダーはタケシ、今年二十五歳。二年の浪人生活を経て進学し、この春に就職した。ギターのジュンとは高校の同級生で、ベースのイゾウはジュンと同じ中学の同級生だった。メイン・ボーカルのコアラは彼らの一歳下で、ジュンとは仕事先で知り合ったという。

「一度、貸しスタジオでの録音に同席させてもらいました。みんな気のいい、音楽が好きな、ごく普通の若者ですよ」

目を細めて言いながらも、なぜか表情は硬く見えた。

「そろそろ来ると思うんですけど」

三上が壁の時計を気にしながら言った。そこにメールかラインの着信があったようだ。スマートフォンに目を走らせてから、修を見つめてきた。

「今向かってるそうです」

時刻は十二時半になろうとしていた。タケシが到着するまで、ベイビーバードの歌の素晴らしさに話が弾んだ。ライブハウスの経営者らしく、三上はベースとリズムのアレンジが特に長けていると手拍子を刻みながら解説した。その話しぶりから、修とは比べものにならないほどの音楽活動を経てきている、と想像できた。それでもデビューはできず、若者に手を貸す仕事に就いたらしい。

彼らベイビーバードは、最初にジュンから曲をもらってタケシが大まかなアレンジのプランを考えて譜面に起こし、スタジオで実際に音を合わせながら修正していくそうだ。互いのパートを尊重しながら、それぞれがアイディアを加えて曲を仕上げる現場を間近で見て、ただ感心するしかなかったという。

四十分を回って、背後のロビーに足音が響いた。修はストゥールから立ち、振り返った。

紺のスーツに青いネクタイという、いかにも新人サラリーマンと見える出で立ちの若者が律儀に頭を下げた。

「すみません。お客さんとの話が少し長引いてしまい、遅れました。ツツイアキタケです。初めまして」

背は高くない。百六十五センチくらいか。髪は短く六四ほどに軽く分け、清潔感を漂わせたく感じられない。

身形だった。手には黒い鞄を持っている。姿勢もよく、ミュージシャンのたたずまいはまった

「アキタケが本名ですけど、仲間からはタケシと呼ばれています」

彼は名刺を渡してくれた。清水ヶ丘会計事務所、筒井照武。一番下には、手書きでスマートフォンの番号が書かれていた。

「小学校のころからタケチンと言われて、いつからかタケシと呼ばれるようになりました」

修は名刺を四枚取り出し、メンバーの分もタケシに手渡した。

「どちらも素晴らしい歌でした。よろしくお願いします」

カウンター席に横並びで腰を下ろした。三上は中で立ったままだ。

修は細く息をついた。新幹線の中で考えてきた口説き文句を口にする。

「まだどこの社もアプローチしていないと聞いて、小躍りしたぐらいです。間違いなくこの先、何社も声をかけてくるでしょう。君たちの歌を聴いて、会いに来ない音楽関係者はいないと断言できる」

「ありがとうございます」

頬を火照らせるでも目を見張るでもなく、タケシの答えは落ち着いていた。先ほどから浮ついたところがまったくない。

望んでいたプロへの道が開けるかもしれない。そう実感しているのであれば、もう少し喜びの気持ちがにじみ出てもいいように思える。

たぶん自分たちの歌に絶大な自信があるのだ。だから、当然の賛辞、と受け止めている。彼

はすでに大人だ。この春から社会に出たというのに、十年選手のように落ち着き払っていた。修のほうが興奮を隠しきれず、声が裏返りそうになる。

「レコード会社との契約は、具体的にどう進めていけばいいのか、わからないことばかりで戸惑うこともあるかもしれない。今日はまずこうして会えただけでも、こちらとしては本当に嬉しい限りだけど、次に面談の機会をもらえるなら、ぜひメンバー全員と会って、新人の契約条件がどういうものか、具体例を示しながら詳しく説明させてもらいたいと思ってます。カノンは本気で、君たちベイビーバードの歌を広く世の中に伝えていきたい」

「身にあまる言葉をいただき、メンバーみんなも大喜びすると思います。――ただ、我々は静岡で仕事を持っています。アルバイトではなく、正社員として働いてます」

「この先も仕事をしばらく続けていこうという意志があるなら、我々もサポートを考えていきたい。音楽で食べていけるのか、悩むのは当然だろうから」

「ありがとうございます」

また軽く頭を下げると、初めて安堵したように目をまたたかせた。若者の特権と言っていい自分たちへの自信は持ちながら、やはり不安は感じていたのだろう。

「うちに送ってもらったデモ音源は二曲だったけど、ぜひほかの曲も聴かせてもらえないだろうか。会社の上層部も君たちの歌をもっと聴きたがっている。デビューまでのスケジュールを社内でつめていくためにも、曲のバリエーションを我々が知っておいたほうがいいと思うんでね」

「すみません。人に聴いてもらえる曲はまだ本当に少ないんです」

「学園祭の前になって、今の四人で活動を始めたとは思えないけど」

たった半年あまりで、あのデモ音源を完成させられるとは考えにくい。多重録音に助けられているとはいえ、一朝一夕であの絶妙なハーモニーを合わせられるものではない。

タケシが視線をひざ元に落とした。

「以前はただ、好きなバンドのコピーとかで音楽を楽しんでました」

「どういう曲が好きだったのかな」

「本当に色々です。ジュンはR&Bが好きで、イゾウは熱烈なロックのファンで、コアラは歌のうまいミュージシャンに入れこんでて、ぼくはみんなの熱にずっと刺激を受けてきたんです」

具体的なグループや曲名は出さず、優等生的な回答だった。

修は話を元に戻して訊いた。

「あのデモ音源の完成度はかなり高いと思う。あそこまでではなくても、曲の雰囲気がつかめるだけでもかまわないので、ほかに録音した歌があれば、ぜひ聴かせてもらえないだろうか。君たちの力量を信じさせるためにも、社のスタッフに聴かせたい」

迷うようにタケシの視線が揺れた。

「みんなに相談してみます」

「タケシ君がバンドのリーダーだよね」

彼一人の判断で決めることはできないらしい。それぞれ仕事を持っているため、自己主張も強いメンバーなのかもしれない。

「ぼくだけ大学を出てるし、ＤＴＭソフトの知識も多少はあったんで、まとめ役みたいなことを任されてるだけなんです。みんなと相談してみます」

「練習を録音したものでもいいし、ジュン君の弾き語りでもかまわない。それと、厚かましいお願いだけど――あのデモはこの先、ネットにアップしないでほしい。お願いできますよね、三上さん」

頭を小さく下げたあとで、三上に視線を振った。この申し出には、ミノブ・グループのスタンスを見る狙いもあった。

三上はタケシの顔色を探るように見てから、修に視線を戻した。

「お気持ちはわかります、芝原さん。ただ、わたしが勝手にうちのサイトにアップすることは絶対にありませんよ。なぜなら、あのデモ音源は正真正銘、彼らがゼロから作り上げたものなので、著作権はあくまで彼らにあります。わたしに頼むのは、少し違うと思います」

今の言葉を信じるなら、ひとまず彼らの歌の拡散は食い止められる。

カノンの呼びかけに、三上は大きな手応えを得たはずだ。マネージャーを自任していた場合、有利な契約へ持ちこむため、ネットを使ってベイビーバードの名と曲をさらに広めようと考えても不思議はなかった。だが、三上は何よりタケシたちの気持ちを重んじていた。

「著作権の所在はもちろん明らかですが、デビューへの不安は彼らにもあるでしょう。なので、三上さんを頼りにしていると思ったんです」

「わたしはオブザーバーにすぎません。あとはタケシ君たちの気持ち次第でしょう」

議決権のない列席者だと、今は言っていた。が、彼らはデモ音源を送る先も、三上と相談のうえに決めている。この先も三上の判断は大きな比重を占める。

「どうかな、タケシ君」

話を振ると、タケシは背筋を伸ばしたまま言った。

「実は……レコード会社に広くアピールするためにも、ムーサのサイトで何曲か披露しておいたほうがいいと、三上さんには言われました。絶対に評判を取れるからって。けれど、デモ音源を送りながら、同時にネットへアップするのは気恥ずかしいという意見が多かったんです」

「気恥ずかしいとは……」

意味をつかみかねて、修は尋ねた。

「ふたつの意味があります。サイトで事前アピールするようなもので、デビューしてもいない無名バンドが宣伝活動にあくせくしてるみたいじゃないですか。それに、デモを送りながら、別方向からも声がかかるのを期待するのは二股かけるも同じなんで、たとえルール違反じゃなくても、フェアではない気がしたんです」

デビューのためになら、あらゆる手段をつくしても当然に思える。熱意が薄いように見えながらも、やはり彼らには自分たちへの絶大なる自信がある。恥ずかしいほどの売りこみをせずとも、必ず声はかかると考えていたのだ。

「彼らに言われて、はっとさせられました。潔いうえに初々しく、勇ましくもある考え方だなって。だから、最初のアプローチとして、デモ音源をメジャーに送ったんです」

「何社に送られたんでしょうか」

最も気になる点を質問した。

「失礼ですが、メジャーの三社にしぼらせていただきました。というのも、必ずいい反応があるとわたしは確信していましたからね」

たった三社とは驚きだった。

一社が外資系の最大手。残る一社がテレビ局傘下で今勢いのある社だった。いずれも業界内では、新人バンドの育成に定評がある。ライバルは少ないほうがいいものの、目のつけどころに感心させられた。念のために修は訊いた。

「三社を決めたポイントをうかがわせてもらっていいでしょうか」

「売り上げトップの会社なら組織も社員の力もしっかりしてるでしょうし、テレビ局とのパイプを持つ社であれば、宣伝に力を入れてくれそうだと見こめます。カノンさんは若手を大事にしている印象があったんで。タケシ君たちとすぐ意見はまとまりました」

「ありがとうございます。うちは今、アニメなどのコンテンツ制作にも乗り出しています。テーマソングや挿入歌を我々の判断で決められるので、若手のチャンスは大幅に増えていくと思ってください。何よりまずベイビーバードの素晴らしい歌を、より多くの人に聴いてもらうことが大切ですから」

会社のアピールもかねて熱く訴えかけた。ここが勝負どころだ。

タケシの表情に注目した。が、デビューが本当に決まるかもしれないという興奮の兆しは、やはり見えない。冷静に話を聞き、最も期待できる社を選ぶつもりでいるのだろう。さすが経済大学出の若者だ。ドライに考えている。

そろそろ昼休みが終わってしまう。タケシが申し訳なさそうに言い、席を立った。

次の約束を取りつけないことには、東京へ帰れなかった。が、メンバーの中には日曜日に仕事のある者もいて、今この場で次の日程を決めることはできないという。

「こちらからまた連絡します。メンバーみんなの予定に必ず合わせますので。それと、ほかの曲もぜひ聴かせてください。我々の期待はふくれあがるばかりですから」

「はい。今日は遠くまで来ていただき、本当にありがとうございました」

タケシは最後まで落ち着き払い、丁寧なまでに頭を下げた。顧客の前で見せる態度と、たぶん違ってはいない。礼儀正しくはあるが、どこかよそよそしさも感じさせる一礼を残し、タケシは店をあとにした。


最初に声をかけたことで優先権を得られたわけではなかった。が、ひとまず他社より一歩リードできた。修は三上に礼を告げて店を出ると、路上から丹羽部長に電話を入れた。

「油断はしないこと。いい」

いきなり釘を刺された。部長の慎重さはいつものことだ。

「交際を申しこんでおきながら、愛情表現を欠かしたんじゃ、本心を疑われる。その反対に、しつこくしすぎたら、つきまとうように思われて煙たがられる。相手の反応を見ながら、臨機応変に動くこと」

「了解です。向こうの出方を見るためにも、こちらの条件というか、通常の契約条項を早めに提示しておきたいと思います。うちは包み隠さず、駆け引きもしない。そう表明しておいたほうが、相手は会計事務所で働いてもいるので、信頼を得られる気がします」

「悪くないけど、ほかの歌を聴かせてもらってから、条件面の話を出しなさい。両者が胸襟を開いてこそ、初めて信頼が成立するものでしょ。いくら才能があると信じられても、下手に出る必要はないし、会社の威光を笠に急いで話を進めたがると、警戒心を呼ぶものだからね」

厳しい指導に身が引きしまる。どうやら電話の声が正直なまでに弾んでいたらしい。

「そもそも、三上って人に間を取り持ってもらう必要があるわけだし。他社の動向は気にせず、じっくり取り組んだほうがいいと思う。局長も君の手腕を楽しみにしてると言ってた」

「はい、必ず契約を勝ち取ります」

社に戻ったらすぐ、お礼のメールを三上に送ろう。その中で、今後の話し合いをどう進めていくかの腹案も文書で示そう、と決めた。

「それと――もうひとつ、君の手腕が試される話が出てきたんで、早く帰ってきなさい」

興奮が一気に冷めた。もうひとつの試練……。

御堂タツミの件に違いなかった。スケジュールの遅れが知れ渡り、不満が噴出したか。

急いで新幹線に乗り、東京へ戻った。寄り道せずに社へ向かう。

フロアへ上がると、奥のデスクで丹羽部長が早くも席を立った。目で修をとらえて、先に廊下へと出ていく。

鞄を置いて、すぐに廊下へ走り出た。会議室のドアが開いている。

心して中へ入った。部長が丸テーブルの横で立ったまま窓の外を見ていた。その立ち姿で話向きの見当はつく。ドアを閉めて小声でそっと尋ねた。

「悪い話でしょうか」

部長は振り向かずに言った。

「ラッシュビートというロックバンドを聞いたことがある？　わたしは知らなかった」

「初めて聞く名前です」

「ニュージーランドのバンドだって」

修はスマホを取り出し、素早く検索をかけた。今は世界の歌がいつでも瞬時に聴ける。直ちにバンド名はヒットした。英文の紹介欄に目を通していると、部長が窓を見たまま言った。

「そのバンドの歌に、フレグランスという曲があるから、聴いてみてくれる」

嫌な予感に指がうまく動かなかった。

バンド名と曲名で検索すると、ＹｏｕＴｕｂｅの動画が見つかった。五人組のバンドメンバーの写真が斜めに移動し、イントロが流れ出した。ギターのリズミカルなリフにベースとドラムが加わっていく。軽快なエイトビートだ。

映像は写真が移動するのみなので、許可を得ずにアップされたものかもしれない。丹羽部長は黙ったままだ。問題はこの先にある。

ドン、と大きくバスドラが鳴って、サビへ進んだ。ボーカルの声も力強くなる。

「似てるでしょ」

怖れていた言葉が発せられた。修はボーカルの歌声に意識を集中させた。

声の質が違う。言語も違った。だから、受ける印象も違って聴こえる。が、盛り上がるサビのメロディに聴き覚えがあった。最初から懸念を抱いていたので、レコーディングの延期が決まった御堂の曲と聴き比べていた。

ボーカルの熱唱とは裏腹に、修の首筋を冷たいものが落ちていく。汗はまったくかいていなかったので、別の何かだ。信頼や失望に近いものだったかもしれない。

「最近のスマホのＡＩは優秀だからね。ちょっと鼻歌を聴かせてやれば、たちどころに似た曲名を教えてくれる」

「調べてみたんですか、部長が……」

御堂を売り出した人でありながら、薬物に注意しろと厳命したうえ、盗作まで疑っていたとわかり、さらに背筋が冷えた。

「スタッフにも自分にも厳しい人だけど、レコーディングを途中で打ち切るなんてことは、一度もなかった。社内でデモをチェックした時も、彼の過去のレベルを下回る歌はないと、みんな思ってた。でも、一人で悩み続けてた。どうしてだろ、と疑問でならなかった……」

御堂を追いつめすぎたのかもしれない。薬物に手を出す人ではないとすれば、ほかにどういう理由が考えられるか……。

「最初はアレンジに難癖をつけるような言い方をしながら、そもそも歌に力がなかったと、話の矛先（ほこさき）が変わってきてたでしょ。レコーディングの現場に臨んで、急に自信がなくなることは誰だってある。けど、やたらナーバスになりすぎてた。もしかすると、あの場で不安が押し寄せてきてもおかしくない別の理由があったんじゃないか。そう思えてならなかった。君の意見を聞かせてくれる」

部長はまだ窓の外を見ていた。修は戸惑いから立ち直れず、言葉につまった。

「……確かに似ている気はします。でも、この業界に似た曲調の歌はたくさんあります」

洋楽が今のように浸透していなかった昔は、明らかに海外作品と似通った歌が、日本の音楽シーンには少なくなかった。アレンジの一部を変えて使い、メロディを継ぎ接ぎして、盗作との指摘を受けないようカモフラージュした作品があったものだ。

業界には、よく知られた逸話がある。

ある大物作曲家に、若い音楽評論家が踏みこんだ質問をした。元ネタになったと疑わしき曲名を挙げて、以前から知っていたのではないか、と訊いたのだ。その作曲家は言ってのけた。

——君はよく勉強しているね。

その曲を知っていたと暗に認めたのは、決して盗作と言われないように手を加えたとの自信があったからだろう。

世界中でこれまで、曲を盗まれたと主張する訴えが裁判所にいくつも持ちこまれてきた。中には、訴えが認められて賠償金の支払いを命じる判決が出た例もある。

けれど、誰が聴いても似ていると思われるケースでも、メロディの一部が改変されていれば、ほぼ盗作とは認定されない。何小節もそっくり同じであったり、訴えられた側が過去にその曲を聴いていたと明確に証明されない限り、裁判に勝つことは難しい。

多くの場合、盗作があったと指摘することで、自分の優先権を広く世に主張するための裁判に終わってしまうのだ。

現代はネットワークの広がりによって、いつどこにいても世界中の音楽が手軽に聴ける。今まで知られずにいた歌も、多くの人に聴いてもらえるチャンスが増えた。国境のハードルが取り払われたことで、似通った楽曲があれば、指摘されやすくもなっていた。

一部の音楽ファンの間では、よく似た歌を探し回って、盗作だと糾弾するサイトまでが作られている。

楽曲に著作権が認められていても、そのすべてを管理することは難しい。かつて耳にした歌が脳裏に残り、無意識のうちに影響されてしまうケースはある。意図的な盗作なのか、無意識下の影響か、その見極めは困難だった。

特に日本の演歌のジャンルでは、ヨナ抜き音階といって、西洋音楽における四つ目のファと七つ目のシを抜いた音階をよく使う。音の数が少なくなれば、そのぶん確実にメロディのバリエーションは少なくなる。よって、演歌の世界では、似た印象の歌が多くなりがちだった。たとえ盗むつもりはなくとも、似通ったメロディが生まれやすい土壌があるのだ。

そのため、ファンから厳しい指摘が寄せられても、関係者が盗作を訴えるケースは非常に少ない。相身互いの意識がどこかにあるからだった。

修はスマホを握りしめたまま、部長の背に問いかけた。

「ほかにも……見つかったんでしょうか」

レコーディングを予定していたのは計十二曲。そのうちの一曲だけであれば、偶然の産物と見ていい気がする。

部長はまだ修と目を合わせようとしなかった。

「ほかにもＡＩの網に引っかかった曲はあったけど……。よく聴いてみても、盗作を疑いたくなるほど似ているとは思えなかった。今は、その一曲だけ」

今は、と部長は限定の言葉を添えた。入念に探していけば、もっと見つかるかもしれない。

その疑念をぬぐえずにいる。

「ぼくは御堂さんを信じます」

担当者として、アーティストを疑ってかかるわけにはいかない。義務感から出た言葉だった。

部長が振り向き、眉根を寄せてうなずいた。

「わたしだって信じてる。でも、そうでもないと、急にレコーディングを中止したがった理由がわからなくて」

「まさか、御堂さんに問いただせと……」

あなたは盗作をしただろ。そう面と向かって、担当するアーティストに問えるものか。だから、修の手腕が試される案件だと部長は言ったのだ。

「うちの方針はわかってるでしょ」

「はい……」

たとえ外部の者から盗作の嫌疑をかけられても、絶対に認めてはならない。偶然の一致にすぎない、と申し立てる。どこのレコード会社でも、対応は同じだ。

日本では、たとえ裁判に持ちこんで勝訴しても、認められる賠償金の額は少ない。海外のように億を超える高額の判決はありえなかった。仮に勝てるとの手応えを持っていようと、裁判費用にも足りない賠償額になるのがほとんどだった。

裁判所に訴え出るケースは、盗作の事実への憤りのほかに、ほとんどが別の動機を持つ。名誉を取り戻す目的のみでなく、侮辱されたことへの意趣返しや、売名を狙った訴訟さえある。

いずれにせよ、盗作を認めてしまえば、訴えられたアーティストの今後の活動に大きく響く。将来にわたって利益を生むと見こまれるアーティストは、会社を挙げて守らねばならない。その逆に、利益を期待できない者の場合は、盗作騒ぎを機に、あっさり見切りをつけることもある。

「ある人物から指摘があった。誰から寄せられたのかは言えない。我々は御堂さんを信じている。そう前置きしたうえで反応を見て、判断するしかないと思う」

それを修にやれ、というのだ。

「伊佐君にも丹羽部長にもまだ伝えていない。そう言って彼の懐に入る自信はある？」

まったくない。できるものなら、首を横に振りたかった。が、A＆Rに託された仕事であるのは疑いなかった。

ベイビーバードのリーダーと会えた高揚感は消し飛んだ。デスクに戻っても、しばらく仕事が手に着かなかった。

電話を入れても、おそらく御堂は出てくれない。あと回しにしたいが、レコーディングのリミットは迫る。考えた末に、御堂のスマホにメールを送った。

『二人だけで話したいことがあります。曲作りの邪魔をするようで申し訳ありませんが、重要な案件です。お電話をお待ちしています』

これで返事がなければ、御堂の自宅前で待つしかなかった。

次にお礼のメールを三上に送った。

『貴重なお時間をいただき、ありがとうございました。リーダーのタケシ君と話ができて、まだ興奮が続いています。他社からも連絡が入ると思いますが、うちの社の熱意はどこにも負けないとの自信があります。四人と会える機会を熱望してやみません。ぜひほかの楽曲も聴かせていただきたく、首を長くして待っています。まずは御礼まで』

もっと書きたいことはあったが、今は我慢した。熱意は伝わったはずだ。時機を見て、しつこくならない程度に連絡をしていくしかない。

御堂から電話は入らなかった。夜遅く誰もいない部屋に帰宅すると、ようやくスマホにメールが届いた。

『今は待ってもらえるだろうか。時間が惜しい。曲作りに集中したい』

『お邪魔になるのは承知のうえでのお願いです。もしお時間をもらえない場合は、ご自宅に押しかけねばなりません。それほどの案件です。三分後に電話します。心苦しいお願いですが、電話に出てください』

半分脅し文句に近かった。無視を決めこまれるのであれば、信頼関係は築いていけない。

三分待って、電話をかけた。もう出ないかとあきらめかけた時、コール音が途切れた。

「――いい話じゃないよね」

「申し訳ありません。電話ですませていい用件とは思えませんでした。明日どこかで時間をいただけないでしょうか。二人で話せる場所を指定していただければ、何を措(お)いてもうかがいます」

長い間があき、御堂の吐息が耳に届いた。

「……じゃあ、午前十時に来てくれ。その時間なら、うちに誰もいない」

「必ずうかがいます」


御堂の自宅は、中央区の運河を一望できる高層マンションの上層階にあった。見上げると、首が痛い。部長に連れられて一度立ち寄ったが、一人で訪ねるのは初めてだった。部屋番号も住所録を見て初めて知った。

約束の時間にインターホンを押した。音もなくオートロックのドアが開いた。エレベーターを降りた先は、左右に廊下が伸びて、それぞれ一軒ずつの玄関ドアがある。プライバシーとセキュリティーは完璧だ。

「開いてるから、どうぞ」

インターホンを通して言われるがまま、ドアを開けた。長い廊下の先に広々としたリビングが見えた。壁にギターとステージ写真のパネルが並ぶ。ゴールドディスクのトロフィーも棚の上に置いてある。デビューしてもいないベイビーバードのメンバーからすれば、早く手に入れたい光景だろう。一社員にすぎない修には、望むべくもない。

御堂は革張りのソファに浅く腰かけ、待っていた。修は窓から見える東京湾の眺めには目もくれず、姿勢を正して頭を下げた。

「不躾（ぶしつけ）なお願いを聞いていただき、ありがとうございます」

「声がいつもと違ってたよ。音には敏感なたちなんで、批判的な響きがどこかにないか、つい神経をとがらせてしまう。悪い癖だ」

手を差し向けられたので、また一礼しつつ向かいに腰を下ろした。

「どうやって御堂さんに伝えればいいかわからず、声が硬くなっていたんだと思います。申し訳ありませんでした」

「その点、丹羽君は声も顔色も変えず、堂々と意見してくるから、ハートの強い人だよね」

「はい。見習いたいですが、まだまだ経験が足りません。御堂さんに心細い思いをさせているという自覚はあるつもりなので、今回のアルバム制作を通じて、少しでも信頼していただける関係を築いていきたい一心でいます。ようやくレコーディングがスタートできて、販売戦略を練っていこうと決意した矢先に、今回の話を聞いて、戸惑うしかありませんでした」

修は長い前置きを切り上げ、本題に入った。御堂は前屈みの姿勢を変えない。

「実は……ある人から耳打ちをされました。それで、まず二人で話したいと思って電話を差し上げました」

言葉を切り、わずかな反応も見逃すまいと視線を据える。

「御堂さんはラッシュビートというニュージーランドのロックバンドをご存じでしょうか」

「いや……」

すぐに首が振られた。待っていたかのような反応の早さに思えた。

「勉強不足でぼくは知りませんでした。二年ほど前に全米デビューの話もあったようですが、まだ実現はしていません。ですので、母国ニュージーランドでの活動実績しかほぼないバンドです」

「なるほどね。君が声を張りつめさせてた理由が読めてきた」

これまた、予期していたような返しの言葉だった。

「こんなことを御堂さんに訊くのは、無礼極まりないとわかっています。けれど、その人が、どうしても気になってしかたがないと言うんです」

修はスマホを手にして、用意しておいた歌を再生させた。

御堂はじっと耳をかたむけていた。時に小さくうなずき、目を閉じては開き、両手を深く組み合わせもした。けれど、表情は変わらなかった。盗作の嫌疑をかけられていると理解しながらも、無表情を貫きとおそうと、内なる決意を固めたように思えるほどだった。

修は昨日から何度もこの歌を聴いた。聴けば聴くほど、サビの一部が同じに思えた。リズム・パターンは違っていても、メロディラインはそっくりなぞったように感じられてならない。

最後まで「フレグランス」を無言で聴きとおした。修は指を伸ばして停止させた。

御堂は何も語ろうとしない。修も口をつぐみ、言葉を待った。

あらぬ疑いをかけられたと思うのなら、もっと怒りの目を見せていい。情熱をほとばしらせる歌を発表してきたアーティストなのだ。プライドを傷つけられて、怒りださないほうがどうかしている。

御堂は目を閉じ、じっと何かを考えていた。

ここはうながすべきか。それとも待ったほうがいいか。丹羽部長であれば、わざと黙りこんで相手からの言葉を待つ気がした。

沈黙の長さに耐えた。意地でも待とうと決めた時、御堂が先に口を開いた。

「――ありがとう」

「えっ……」

つい訊き返していた。内密に話を持ってきたことへの感謝なのか。まず最初に、何より強く否定してくると信じていた。願ってもいた。

「確かに似てると、おれにも聴こえたな。世界中で、それこそ無数の歌が今も生み出されてるんだろうけど、あんまり似すぎてたら、厳しい指摘を受けかねないものな。レコーディングを延期して、よかったみたいだ」

御堂の言葉と表情に乱れはない。真実の吐露だったのか。急いで作り上げた言い訳に感じられないこともない……。

「急に不安になってきたよ。ほかにも似たものがなかったか、調べたんだろうね」

静かに問われた。君は持ちかけられた疑惑を鵜呑みにして、さらに調査したんだろうな。そう問われていた。修は迷った。正直に答えるべきか。

昨晩、部長と同じ方法で今回のデモ音源をＡＩに聴かせて、曲名を調べてみた。部長が言うように、似た部分はあるが、判断のつきにくいものがほかに三曲見つかった。

指摘した人が試しにほかも調べてみた。そう偽ることはできた。が、修は認めて言った。

「ラッシュビートの曲を初めて聴いて、心配ばかりがふくらんでしまい……失礼とは思いましたが、検索をかけてみました。レコーディングをひかえた三曲に、似た部分があるようでしたが、厳しく指摘されるほどではないと思えました」

「すべてラッシュビートというバンドの歌だったのかな」

御堂の冷静さは変わらなかった。

「違います。ひとつはアメリカの有名アーティストが無名時代に歌っていたものでした。けれど、Ａメロのコード進行が同じだったのと、ベースのアレンジが少し似ていたため、同じ曲だとＡＩが判断したんだと思います。あとの二曲も、似ていると言われれば、そうかなと感じられる程度でした」

「その人は、今回のアルバムの曲を知ってたわけだから、いわば我々の身内だよね」

「身内ですし、御堂さんを応援する気持ちが強かったんで、どうしても気になってしまったんだと思います。ぼくも同じ気持ちです」

「ありがとう」

また礼の言葉が返された。今度は、ごく自然に口をついて出たように感じられた。人のよすぎる見方だろうか。

「君は知らないだろうけど、過去にも盗作の疑いをかけられたことがある。この仕事を続けていれば、誰もが味わうことなのかもしれない。幸いにも、ネットでの指摘で終わったけどね」

社内で聞いたことはなかった。が、不安になって、ネットの書きこみを調べてみた。

すると、五曲がやり玉に挙げられていた。

聴き比べてみると、曲調は少し似ていた。ラッシュビートの「フレグランス」ほどとは思えなかった。熱心なファンほど、自分の愛するアーティストの歌に似た部分があると、派手に騒ぎたがる。この業界ではよくある雑音のひとつだ。

「どこかで耳にしたメロディが頭の片隅に残り、何かの折に呼び起こされてしまっても不思議はないと思います。世の中には無数の曲があふれ、我々は絶えず多くのメロディに囲まれながら暮らしていますから」

「連絡をもらって、こういう事態かなと、考えてはいたんだ。以前のこともあったしね。けど、ラッシュビートというバンドは聞いたこともなかった。本当だよ」

事態を憂うように、御堂はあごの下に手を当てた。

「レコーディングの延期で、多くのスタッフに迷惑をかけてすまない。でも、少し安心したよ。おかしなケチがつくとこだった」

自分は知らない。怖ろしいまでの偶然なのだ。今なら曲を修正できる。ファンや業界人から後ろ指をさされることもない。

彼の主張を信じるほかはないのだろう。本当ですねと強く迫ることはできても、確証を得る手立てはなかった。指摘を受けたと正直に伝えたので、御堂が盗作めいた行為に手を染めることはもうないと思いたい。そう信じるのが最善の策でもあるのだから。

「芝原君。全力を挙げて、曲を仕上げるつもりだ。だから、望月君へ渡す前に、君のほうでも似た楽曲がないか調べてもらえるかな」

「わかりました」

アレンジャーの望月であれば、海外アーティストの歌にも通じている。難癖をつけるようにレコーディングを中止したから、彼が自分を疑ったのではないか。そう考えたのかもしれない。

「望月さんが言ってました。レコーディングの延期は悪いことじゃない。御堂さんなら必ず期待に応える曲を仕上げてくるって。伊佐君も同じことを言ってました」

嘘偽りない事実なので、よどみなく言えた。次も躊躇したように見えなければいいと願い、修は続けた。

「ぼくも信じています。まだ担当を引き継いで一年半ですが、御堂さんの歌への熱意には頭の下がる思いでいます。会社側の意向ばかりを押しつけるようなことを言ってきたので、申し訳ない気持ちがありました。けれど、十五周年の足がかりを築くため、力の限り仕事をさせていただくつもりです。今は期待しかありません。曲の完成を待っています」

修は精いっぱいに微笑んでみせた。

「もちろん、早く仕上げてもらわないことには、ぼくの立場がますます危うくなります。ですから、本当にお願いします」

下手なジョークを聞かされても、御堂は笑わなかった。悲しげに眉の端を下げた。

「頑張るよ。いろいろ、ありがとな」

覇気を感じさせない声が気がかりでならなかった。

# 第三章

ベイビーバードの四人といつ会えるだろうか。ひたすら連絡を待ち望んでいると、一週間ほどして三上からスマホに電話が入った。

「とても話しにくいことなんですが……」

そう切り出されて、心臓が縮まりかけた。別の社と契約が決まってしまったわけか。

修が息をつめていると、三上がすまなそうに声を落とした。

「えー、四人で会うのはまったく問題ない、と彼らは言ってます。けれど、ひとつだけ最初に話しておきたいことがあるそうなんです……」

「育成条件に関して気がかりな点があるなら、何でも遠慮なく言ってください。うちの社としては、包み隠さず契約内容を伝えたうえで、意見交換をしていきたいと考えています」

修は動悸を抑えながら言った。三上があらたまって言うからには、マネジメントや地方での興行権に、彼と親会社が加わる契約にできないか、との確認だろう。

「本当にカノンさんと契約できるのなら、願ってもないと思っているそうです。けれど、どうしても譲れない条件があるらしくて……。わたしも少し驚いたんです」

三上が言いにくそうに声を途切れさせる。

「――デビューできるとしても、自分たち四人の本名と顔は明かしたくない。できれば、今の仕事をこの先も続けていきたい。そう考えていると言うんですよ」

修はそっと息をついた。

まだ無名の彼らには、将来の不安が大きいのだ。デビューの条件として、今の仕事を辞めろと言われたのでは、鳴かず飛ばずに終わった時、一切の保証がなくなってしまう。おそらく今の仕事への愛着もあるのだろう。

「どうかご安心ください。仕事を辞めてくれ、とは決して言いません。アーティストの中には、別の仕事を持つために、音楽活動の際は別名を使う人もいます」

「そうですよね。わたしもそう言ったんです。けど、彼らとしては、その保証がどうしてもほしいと……」

「心配ないと伝えてください。ただ、ゆくゆくはコンサート活動もしていくべきと思いますので、仕事とのスケジュール調整はしっかりやってもらわないと難しい面はあります」

「わかりました。彼らに伝えておきます」

三上の声に安堵の響きが増した。

修は覚悟を決めて、懸案される点について切り出した。

「我々も事前にうかがっておきたいことがあります。正式な契約相手なんです」

社として最も気がかりな点でもあった。三上と親会社のミューズ・エンタテインメントをふくめた三者間での契約を望んでいるのか。

「その点に関しても、彼らには考えていることがあるようなんです。ぜひとも直接会って話をしたいと言っています」

電話で手の内をさらすわけにはいかない、と言われたようなものだった。先方が何を提案してくるか。あらゆるケースに備えた回答を用意しておくしかなかった。

面談の日時は、次の日曜日の午前九時を提示された。

修としては食事でもしながらじっくり話をしたいと考えていた。日曜の朝を指定してくるとは思ってもいなかった。

新人の契約は、多くの社が似た内容になる。ただし、彼らの実力を見て、より有利な条件を提示してくる社はありそうだった。その場合、カノンも追随するしかない。もし条件面で差がなければ、あとは支援の態勢が重要になる。デビューまでの大まかなスケジュールと育成方針をまとめて、詳しいプレゼン資料を作成した。

契約の完了がスタートではない。同時に音源制作を始めたい。デビュー曲を決めるには、彼らの強みをさらに磨き上げてくれる音楽プロデューサーの選定が鍵だ。その意見交換の具体的なプランも箇条書きで列挙しておいた。

契約後は直ちに社のプロモーターを加えて、広告プランの練り上げに入る。プロモーション用の映像制作にも着手し、アート・ディレクターと宣伝素材を作成する。可能であれば、販売店や音楽評論家を招いてのミニ・ライブや、テレビ出演など媒体でのアピールも探る。

彼らは今の仕事を続けていきたいようだが、このスケジュール表を見せることで、メンバー個々の本気度がわかる。四人で乗り越えていくハードルは多いのだった。

日曜日に、再び新幹線で静岡へ向かった。

開店前のムーサへ足を運ぶと、店内の照明がすべて灯されていた。約束の時間にはまだ二十分も早かったが、カウンター席に四人の若者がそろっていた。修の姿に気づくなり立ち上がり、きびきびと頭を下げてきた。三上は例によってカウンターの中に立ち、四人を見守る。

「わざわざお出でいただき、ありがとうございます」

リーダーのタケシが言うと、右の背の高い若者がまた律儀に腰を折った。

「ギターのジュンです。よろしくお願いいたします」

事務所で会計士の実務補習を積んでいるというタケシよりも髪が短い。色も染めておらず、清潔感を求められる仕事に就いているのだろう。羽織ったジャケットも落ち着いたブラウンで、アクセサリーひとつ身につけていない。細身で手脚が長い。髪形さえ少し凝れば、ステージ映えしそうな顔立ちだった。

次に頭を下げた左の若者は、青いジャケットの下のTシャツがたくましく盛り上がっている。角刈りに近い短髪で、彼らの曲調との違いに、少し戸惑う。修を見る視線も鋭い。バンドきっての肉体派、とのキャッチフレーズがすぐに思い浮かぶ。

「ベースのイゾウです」

「ボーカルのコアラです」

最後の若者だけが、髪に銀色のメッシュを入れていた。スタジャンにジーパンと服装も音楽好きの若者らしい。最も小柄でありながら、彼も鍛えられた体に見えた。切れ長の目で、そこそこ鼻筋も通っている。女性ファンの獲得を期待できる。

よし。修は密かに拳を握った。四人を見て、ますます手応えを感じられた。ビジュアルに力を入れる売り方もできそうだ。

カウンターの前に折りたたみ式の長机が置かれ、四対一で向かい合って座った。三上はカウンターの中から出てこない。あくまでオブザーバーの立ち位置を保つためだろう。

「三上さんから聞きました。それぞれこちらで仕事を持っていて、なるべくなら今後も続けていきたい。君たちのそういう気持ちは尊重したいと考えています」

修は言って、今後のスケジュールをまとめた資料を渡した。

四人が真剣な眼差しをそそぐ。

「これを見てもらえばわかるけど、順調に話が進んでいったとしても、デビューまでには四人でこなしてもらわないといけない仕事が次々と待っている。そう何度も東京へ来てもらうのが難しいとなれば、深夜に曲を仕上げる作業を続けてもらったりと、負担は大きくなるかもしれない」

「三上さんにも言われました」

タケシが用意してきたように言った。彼らの考えはすでにまとまっているのだ。

「今までも四人の都合を何とか合わせて、曲作りをしてきました。その点は心配していません。ただ、ここに書かれているテレビ出演やライブ活動は、そう頻繁にできないと思います」

仕事を辞める気はないという、あらためての宣言だった。

修は彼らを見回した。

「音楽の世界でずっと生きていきたい。そう強く思っているわけではないんだろうか」

純粋な気持ちからの問いかけだった。が、聞きようによっては、彼らの動機を怪しむも同じに思えたかもしれない。

タケシの視線がわずかに落ちた。四人の姿勢のよさは変わらない。

「自分たちの音楽を多くの人に聴いてもらいたい気持ちは強くあります。できるなら、ライブ活動もしたいと思っています。けれど、そう軽々しく夢を語ってみたがるほど、ぼくらは子どもではありません」

「仕事を辞めたくないのは、現実的な判断からだろうか」

修がまた問うと、そろって四人が背筋を伸ばした。タケシが大きくうなずいた。

「正直に言います。――イゾウの父親は多額の借金を残して行方をくらまし、二年前に病気で倒れて、そのまま亡くなりました。医者にも通えない生活をしていたようなんです」

何だって……？　話の中身が耳に入ってこなかった。

タケシの横で、当のイゾウが申し訳なさそうに言う。

「小さな町工場の社長をしてました。けど、放漫経営っていうんでしょうか、飲み歩くのが好きで、借入金の返済ができなくなって、社員を放り出して逃げたんです。一億円近い負債を妻と二人の子に押しつけるわけにはいかないと言って、離婚届に判をついてからでした」

予想もしない話に、ぎゅっと胸がしめつけられた。一億円の負債とは、聞き捨てならない。

カウンターのストゥールに座った三上が、助け船を出すように言い添えた。

「驚かれるのは無理もありません。でも、離婚は間違いなく成立していて、相続放棄の手続きも済ませているので、彼ら親子に返済の義務はありません。銀行と信用金庫から融資を受けていたのは、経営していた工場とイゾウのお父さんなんです。たとえ離婚しなくても、法律上は家族に返済の義務はありません。その点は弁護士さんにも確認してもらっています」

会計事務所に勤めるタケシが、話の先を引き取って続けた。

「ただ、怪しげな街金からも多少は借りてたらしくて、ヤクザみたいな取り立て人がイゾウたちにも返済を迫ってきてました。それに、八人の社員を置き去りにして逃げたこともあって、地元では暮らせなくなったため、イゾウのお母さんと妹さんは今、清水（しみず）のほうへ越しています」

「そう……」

同情的な相槌を返すことしかできなかった。自分は恵まれている。修は思った。

父親は中堅メーカーのエンジニアで、何不自由なく暮らしてきた。大学に進学するため、評判の塾にも通わせてもらった。だから、念願だった今のA&Rの仕事にも就けている。

タケシが視線を修に戻した。

「そういう事情があったんで、学園祭のイベントに出る時も、匿名希望というバンド名にして、顔も化粧やサングラスで隠しました」

「父親のしでかした不始末に、君まで責任を感じることはない。そう言って、うちに出演しないかと持ちかけたんですけど、彼らの決意を変えさせることはできませんでした。法律上は返済の義務がなくたって、世間の人はそう見ないものですからね。親が借金を残して死んだっていうのに、息子が呑気にバンド活動をしてるだなんて許せない。そう言われるに決まってますから」

三上が言って息をつくと、イゾウが短く首を振った。

「ぼくが何を言われようといいんです。けど、母親と妹まで苦しむ必要はない。特に妹は年ごろなんで、この先結婚とかに支障が出てきたんじゃ、あまりにも可哀想じゃないですか」

「だから、本名は伏せておきたいんです、四人ともに。ＣＤのジャケットやテレビ出演をする際も、化粧やサングラスで顔を隠させてください。そういう条件を呑んでいただけるのであれば、ぼくたちは喜んでカノンさんと契約させていただきたいと考えています」

タケシが代表して言い、四人の若者が気持ちをひとつにしたとわかる熱をこめた目で見つめてくる。三上も保護者のように見守っている。

修は表情を変えず、素早く計算した。迷いを見せては、彼らを不安にさせる。法律上は確実に、イゾウたち親子に返済の義務はない。本来であれば、名前や顔を隠す必要もない。

安請け合いと受け取られたくなかった。修は慎重に言葉を選んだ。

「どこに問題があるのか、ぼくは嘘偽りなく、そう思う。たぶん会社も同じ判断を下すだろうね。けれど、法務部の確認が必要だと思うので、少しだけ時間をもらいたい。いいだろうか」

言葉の途中から、イゾウの顔から張りつめたものが消えた。タケシたちメンバーも安堵の表情に変わっていく。

「ありがとうございます」

「本当に、うちでいいんだね。まだろくに契約条件も伝えてないのに」

修は彼らの緊張感をほぐすために、笑顔で訊いた。

「まったく問題ありません。ぼくは会計士の実務中ですから、契約書はそこそこ見慣れています」

タケシが言って、おどけたように胸を張ってみせた。

「そうだったね。こりゃあ手強い交渉相手だ。覚悟しないといけないな」

修が苦笑を返すと、四人が初めて笑顔になった。

その後は契約書の雛形を見せて、具体的に話を進めた。公認会計士の試験をパスした者が相手なので、詳しく説明せずともすぐ理解してくれるのがありがたい。

最も気になっていた契約先は、三上の親会社ではなかった。仮契約のあとで、彼ら四人で新たな会社を立ち上げるのだという。

「面倒に思われるかもしれませんが、弁護士さんのアドバイスなんです。ぼくたちが得られる収入は念のため、すべて会社で管理しておいたほうがいいと言われました。イゾウのお父さんが残した借金の件があるので、弁護士が管理する形を取っておいたほうが安全だと言われたんです」

社員はメンバー四人。そこに監査役として弁護士が加わる。社長は持ち回りで交代する予定だという。

三上のほうを見て、修は訊いた。

「その点は問題ないでしょう。ですけど、マネジメントもその会社で引き受けるということでいいんでしょうか。それとも三上さんの会社で——」

「うちの親会社はイベント企画を手がけてますが、マネジメントの実績はほとんどないんです。ただ、彼らが活躍の場を広げていった暁には、うちも色々と参加させてもらいたい。その細部をつめさせてもらって、パートナーシップの形を契約書に盛りこんでいただけたら、と考えています」

修はそっと息をついた。その辺りは法務部がうまく取り仕切ってくれる。デビュー前からマネジメントを地元のプロモーターなどに任せているケースは珍しくないのだった。

ただ、ベイビーバードのメディア露出には、気を遣うことになるだろう。第三者がマネジメントを請け負うとなれば、直接の意思疎通ができにくい面も生じてくる。カノンの系列でマネジメントができれば、彼らのプライバシーは守っていける。

マネジメントの正式契約もふくめて、今後は話をより具体化する。次からは法務部の社員も同席して話し合うことに決まった。

修は四人の本名と連絡先を訊き、メモにひかえた。

ギターとコーラスのジュンは、石田俊介（いしだしゅんすけ）。地元のスーパーマーケットで商品管理の仕事に就いている。シュンでは言いにくいので、いつしかジュンという呼び名になったという。

ベースのイゾウは、芳山太蔵（よしやまたいぞう）。自動車整備工場の修理工だった。

ボーカルとギターのコアラは、新居司（あらいつかさ）。地元の施設で介護福祉士として働いている。

彼らの仕事を知って、修は予想をつけた。この先も仕事を続けていきたいと言ってきたのは、コアラの気持ちを優先させてのことではないか。

それぞれ仕事への責任感や愛着はあるだろう。けれど、会計士に商品管理や修理工といった職種は、決して代わりの利かない仕事とは思いにくい。介護福祉士の場合は、少し違ってきそうだ。きつい仕事を続ける同僚や介護する入居者から、コアラが厚い信頼を得ていた場合、すぐに辞めるとは言いだしづらいだろう。

その辺りは彼らと親交を深めていって、話を聞くしかない。初対面で深く尋ねていいことではなさそうだった。

最後にジュンが一枚のディスクを取り出し、修に差し出した。

彼らの新たな曲だ。ジュンが照れくさそうに視線を落とす。

「貸しスタジオで録音したものや、ぼくの弾き語りも入ってるので、ご期待にそえないかもしれませんが、今お聴かせできそうなのは、この五曲です」

「ありがとう。ここで聴かせてもらってかまわないだろうか。我慢できそうにない。お願いできますか、三上さん」

「わたしも聴きたかったんだ。ダメだなんて言わないでくれよ」

三上は四人に笑いかけて言うと、ディスクケースをつかむや奥のスタッフルームへ走った。

四人が恥ずかしそうに互いの表情をうかがい合う。

しばらくすると、キーボードとギターの落ち着いたイントロが、正面の大型スピーカーから聴こえてきた。

最初の曲はスローバラードだった。

ドラムはやはりDTMソフトでの打ちこみで作られている。送られてきた二曲と違って、ひかえめにシンコペーションのリズムを刻む。

——その日によってわからなくなる　体と心　どちらが正直なのか　日々うららに　日々うらはらに　そっと　じっと　もっと　ずっと　ここにいてほしい——

ストレートな愛の歌とは思えない。うららとうららはらの韻や、促音を続けたフレーズに即したリズミカルなメロディが耳に心地よく響く。こういう企みを仕掛ける大胆さが心憎い。サビの歌い上げには感心した。ファルセットの使い分けが手慣れている。ボイス・トレーニングを積めば、コアラの高音域はもっと伸びが出てくるだろう。

二曲目は再びR&B調の軽快な曲だ。スタジオで演奏したものらしく、多重録音は使っていないため、ベイビーバードの特徴がやや薄く感じられるのは仕方ないか。

――立ち止まるのは悪くない　朝はまぶしすぎるから　少しだけ休んで　夜明けを追いかけてみようか――

悩める若者の背を押すような歌詞だった。アレンジを練ることで、充分に聴き応えのある曲になる。

三曲目に驚かされた。

歌い出しから終わりまで、コーラスのみのアカペラだった。仕事に疲れても、歌があれば心は浮き立つ。さあ、一緒に歌おう。ドゥーワップのノリだ。自然と体が動いてしまう。これが彼らの持ち味でもある。

四曲目はアコースティックギターの弾き語りだった。ボーカルはコアラではなく、ジュン一人による静かなバラード。中盤までは違和感を覚える古めかしい歌詞が続く。修は首をひねった。

途中で、はたと気づいた。

――山桜　我が見に来れば　春霞　峰にも尾にも　立ち隠しつつ――

和歌なのだった。記憶が正しければ、古今和歌集の詠み人知らずの歌ではなかったか。昔の和歌に物悲しいメロディをつけて、しんみりと歌っていく。唸るしかない。

五曲目が再びR&B。けれど、これまた歌詞に驚かされた。

——街がぐんぐん甦っていく　人の笑顔はまだうら寂しい　でも君と歩いていきたい　新しい記憶を　ぼくらの足音とともに——

震災がテーマの歌に違いなかった。つらい記憶を乗り越えて街と人を再び結んでいこう、と歌い上げる。軽快なリズムでありながら、ずしりと重みを持つ歌詞が胸を震わせる。何という壮大な試みなのか。

——思い出は流されないよ　新しい風の香りがしてくる　この風はどこへ連れていってくれるんだろう——

切ないリリックに涙がこぼれそうになる。

「本当に不思議でならないよ。これだけの実力があったら、もっとガツガツ、デビューを目指しそうなものなのに」

三上が苦笑しながら優しい目で四人を見た。修も同感だ。

あまり発言をしてこなかったジュンが、仲間を見てから言った。

「しかたないですよ。タケシのアレンジがあってこその、ぼくらなんです。会計士を目指していたのは、みんな知ってましたから。そう趣味の作業を急かすわけにもいかなかったし」

イゾウとコアラがうなずくと、タケシが首を振りながら言った。

「ぼくの仕事が遅すぎて、みんなにずっと迷惑をかけてました」

「そんなこと言ったら、おれだって休みが不規則だから。いつも練習、遅れてばかりだったものな」

「コアラはいいんだってば。おまえがいないと、いろいろ困る人がいるじゃないか」

ジュンの発言に二人が大きくうなずいた。やはり職場で責任ある仕事を任されているのだ。

三上があとを引き取るように言った。

「頭が下がりますよ。もう六年も障碍者施設で働いてるんです」

「おれ、勉強が苦手だったから、なかなか仕事にありつけなかったんです。親に説教されて、講習を受けに行って、なんとか就職できたんです」

「いやいや、おれには絶対ムリだね。人より車を相手にしてたほうが、何千倍も気が楽だよ。人の金の計算も、絶対にムリ」

イゾウが胸を張って言い、笑いを取った。

タケシが笑みを消して、修を見た。

「ぼくにもコアラの仕事は到底できません。彼には仕事を辞めるわけにはいかない事情があるんです」

障碍を持つ人が暮らす施設で働きながら、音楽活動を続けていたと知り、修は胸をつかれた。

どういう種類の障碍を持つ人たちの施設なのか、興味半分で訊いていいものではないだろう。けれど、精神的な落ち着きを習得させたり、心理療法のために音楽を使うことがあると聞く。

「もしかすると、君の歌声でミュージック・セラピーのようなことを――」

修が尋ねると、コアラが両手を顔の前で振った。

「いえいえ、ぼくの歌にセラピー効果なんかありません。ただ、ちょっと長く接してきたんで、ぼくの話をよく聞いてくれる入所者さんが何人かいるだけで」

「子守歌をせがまれる時もあるって言ってたじゃないか」

イゾウがひじでコアラの二の腕を突くようにして言った。

「たまにだよ。小さな子だと、子守歌で本当に寝てくれるからね。ぼくだけじゃなく、同僚はみんな、いつも歌ってるよ」

「謙遜しなくたっていいさ。君の歌声に説得力があるのは、そういう今の仕事の裏づけがあるからだよ。もっと自信を持っていい。ねえ、芝原さん」

三上が言って、同意を求める目を向けた。迷いなく修は言った。

「まったく同感です。仕事を続けたい君たちの気持ちは、最大限に優先させたいと思う。今の話を聞けば、社の誰もが必ず納得してくれる。ぼくが請け合います」

「お願いします」

四人が姿勢を正し、そろって頭を下げた。


翌朝、定時に社へ出ると、早くも窓際の席に西野局長が陣取っていた。修を見るなり、にこやかに手招きしてくる。笑顔が怖い。昨日の首尾は、丹羽部長をはじめ、局長や法務部長にも詳しくメールで報告してあった。

「おい。夜逃げの話はともかく、介護施設の職員ってのは、使えるぞ」

西野は自ら席を立ち、耳打ちでもするように言った。意味がつかめずに、局長を見返した。

「鈍いやつだな。宣伝材料に打ってつけだろ。障碍者施設で日々、子守歌を歌う。世間やメディアは、お涙ちょうだいのエピソードが大好きなんだ。感動の秘話を用意しとけよ」

修は目をまたたかせた。したり顔の西野をまじまじと見つめ返す。

「要はタイミングだな。いつ大きくアピールするのが最適か」

「何を言うんですか、局長。彼らは素性を明かしたくないと言ってるんです」

「つまり、本名と顔さえ隠しておけばいいわけだよな」

気持ちはわかるものの、修は真正面から言い返した。

「責任感を持って続けてきた仕事を宣伝に利用するなんて、彼らは絶対に反対します」

西野は当然とばかりに、とがったあごを引いてみせた。

「だから、タイミングと切り出し方をうまく考えるんだよ、君が」

いつもの丸投げ。声が出ない。

「彼らの素晴らしい歌を世に広めていく。そのために力をつくすのが君の仕事だろうが、え？」

「もちろん、そうですけど……」

「起爆剤だよ。彼らの歌を聴いて、すんなり多くのファンがついてくれれば、言うことはない。けど、いくら素晴らしい歌だろうと、なぜか世間にうまく認知されていかないケースを、おれたちは何千何万と見てきている。ファンに気づいてもらうには、何かしらの足がかりが必要なんだ。わかってるだろ」

「でも……」

「デビューできても、売れ行きがイマイチとなったら、彼らだって考えるさ。うちの社が彼らに多額の投資をしたと、実際のデータを見せたってかまわない。百人を超えるスタッフが君たちを支え、多くの音楽ファンに届くよう奮闘している。その現状を知らされれば、必ずわかってくれる。だろ？」

レコード会社は曲をヒットさせるのが最たる仕事だ。ヒットが生まれてこそ、会社もアーティストも報われる。そのために全力をつくす。けれど、A&Rがアーティストの信頼を裏切ってまで彼らを売り出したところで、次の仕事につながるとは思いにくい。

「いいか。使えるものは、たとえ親の死だろうと何だって使うんだよ。演歌歌手を見てみろ。自分の不幸な生い立ちや、親とか友人の病気だって、アピールポイントに利用したがる。そういう姿勢を浅ましいと見下すのは簡単だよ。けど、綺麗事だけで生き抜いていける世界じゃないから、誰もが必死になる。彼らの歌をヒットさせるのが、君の最大の使命だってことは忘れちゃならない。会社のためにじゃなく、君と彼らのためにだ。いいな」

「……はい」

軽々しい返事に聞こえないよう、修は充分な間を取って答えた。局長は歌うように人をしかりつける。いつものことだ。

そもそも悩む必要など、ない。自分が力をつくせば、必ず音楽ファンの耳に届く。それだけの実力を、ベイビーバードは間違いなく持っている。

あとは、デビュー曲をどう磨いて、光を放たせるか。売り出し方の戦略次第だ。A＆Rである自分がミスさえ犯さなければ、必ず結果はついてくる。感動秘話など必要ない。

修の胸の内を見透かしでもしたように、西野が唇の端で薄く微笑んだ。

「うるさく言いたかないけど、絶対に宣伝材料は用意しておけ。何せ君は、大きなマイナス材料になりうる面倒を抱えてるって現実がある。忘れてくれるなよ」

言われずともわかっていた。御堂タツミのニューアルバムだ。

「早速、君の仕上げた新しいスケジュール表を見て、プランニングの幹部さんがご立腹だぞ。昨日、営業主催のイベントがあったろ。リハに顔を出したら、おれまで嫌味を散々聞かされたよ」

怖れていた事態が襲来した。発売の遅れは、プロモート態勢に大きく響く。

西野がさらに顔を寄せた。耳元にささやきかける。

「君にお呼びがかかってる。伊佐君と一緒に事情を説明してきなさい。急げ」


こういう時に限って、丹羽部長はまだ出社していない。意地の悪い見方をするなら、プランニングから厳しい意見が出たと聞いて、社外の用を入れたとも考えられる。ホワイトボードの予定表は見事に空欄だった。

マネージャーの伊佐と相談のうえ、ひと月ずつ予定をずらすスケジュールを組み、関係各所へ伝えてあった。もしこの間に曲が仕上がらないと、アルバムの発売が延期になる。春の発売に合わせたコンサートツアーにも黄色信号が灯る。

近年はコンサート会場を押さえるのが困難なのだ。一年前から入念に計画を進めないと、黒字を出せない。CDの売り上げが鈍くなってきた昨今、嫌でもツアーやグッズ販売の比重は大きくなる。

伊佐と連絡を取り、イベントやグッズ販売を仕切るプランニングのフロアへ上がった。

営業統括局の執行役員が手ぐすね引いて待っていた。修たちはたちまち会議室へ連行されて、企画部のスタッフに囲まれた。難事件に立ち向かう刑事ばりの勢いで問いつめられた。

「君たちだって素人じゃないから、わかってるよな。とにかく会場を押さえるのが年々難しくなってる。我々も地元のイベンターを回って、いいハコを押さえようと懸命に頑張ってはいる。けど、頼りとすべき肝心のアルバムが完成しないんじゃ、イベンターに宣伝材料を提示できない。まともなプレゼンができなきゃ、相手にもされやしない」

通常は、ニューアルバムの発売に合わせて、コンサートツアーが決まったと大々的に発表する。メディアに取り上げてもらう機会が増えるため、相乗効果を狙うのだ。

「言いたかないけど、ただでさえ当初の計画より遅れてるんだよ。本当にあと一ヵ月で完成の目処が立つんだろうね。最新の配信データを見てもらえば一目瞭然だけど、かなり厳しい状況になってるんだから、御堂君は」

ツアーを計画するに当たり、イベント企画部ではアーティストの実績を詳細に分析したうえで、公演の規模と回数を決定する。

その際、調査会社の集めてきたデータが重要視される。CDの売り上げやダウンロード数の推移に、各メディアで流された曲とその回数までが集計される。さらには、好きなアーティストを尋ねるアンケートも定期的に行い、あらゆるデータが弾き出される。

それらの数字とコンサートの集客力には、否定できない相関関係が見られる。アーティストの側に立つ修たちも、データを前にしては何も言えなくなる。

御堂タツミのデータは、ほぼすべてが下降線をたどっていた。このグラフを、十五周年に向けてどう上昇させていくかがチームの最重要ポイントなのだ。

修が今回のアルバムを企画した時点で、同時にツアーの開催計画も始まっていた。

最初にイベント企画部がデータを見て、コンサート会場の規模と集客できそうな公演回数を弾き出す。次に各地のイベンターに話を通して動向をうかがい、会場の候補をリストアップする。

押さえられそうな会場と地方の状況をつかみ、各種データとすり合わせることで、ツアーの予算総額は自ずと見えてくる。実際にチケットが販売されると、その売り上げ推移を見つつ、細かい金額の修正を重ねて黒字化を目指す。

計画がスタートした段階で、すでにツアーの大まかな全体像は決まっているのだ。

「わかるよな。チケットの発売前に、アルバムの延期が発表されたら、どうなると思う。待ち望んでいるファンの期待を裏切るんだ。データはますます悪化して、下手をすれば、手を引くと言いだすイベンターまで出るかもしれない」

「御堂さんにはツアーの実績があります」

伊佐が果敢に抵抗を試みた。

執行役員はあごの先でうなずき返した。

「そう。デビュー十周年は、何かと話題になったんで、チケットはほぼ完売だった。けれど、その後のライブは、なかなか厳しい数字が続いてるだろ。そのうえにアルバムの発売が延期になったら、イベンターを不安にさせるだけだ」

「必ずアルバムは完成させます」

まったく裏づけのない決意表明を伊佐が語ってみせたが、役員の仏頂面は変わらなかった。

「芝原君、現状でテレビ出演の確約は、どれだけ取れてるのかな」

「すでに根回しは進めています」

「つまり、確約はひとつも取れてないわけだ」

事実なので、認めるしかない。

第二制作部の重点アーティストに、御堂は入っていなかった。M2局を挙げての売り出し態勢を取れる状況にはないのだ。すべて担当A&Rのフットワークにかかっている。が、ベイビーバードの契約に時間を取られて、御堂の件は伊佐に任せきりだった。

アルバムの形が見えてきたところで、メディアへ売りこもうと考えていた。が、それでは遅すぎる、と役員は言いたいのだ。

「うちの企画部が、修正案を出してきた」

役員が言って、横に並ぶ若い部下に目をやった。用意されたペーパーが、テーブルの上に押し出された。

さして読む手間はかからなかった。全国六ヵ所での、ツアーと呼ぶには寂しい計画に縮小する案だった。一気に半減させてこようとは、想像もしていなかった。

「前にも君たちに言ったと思うけど、今回は土台作りと考えようじゃないか。拠点となる主要都市の中規模ホールに集中させて、ぎりぎり赤字は出さないように心がける。ＣＤの宣伝活動と割り切ってもらうのも、ひとつの手だ」

ここへ来ての掌返しとは……。言葉が出ない。

たとえ同じ社内のアーティストでも、コンサートの会場は奪い合いなのだ。御堂のアルバムが遅れそうだと聞きつけた誰かが、横取りすべく話を持ちかけたに違いなかった。敵は身内にもいる。

カノン・プランニングとしても、より集客できるアーティストに大きな会場を振り分けたほうが利益につながる。スタッフの実績にもなる。

修は役員に頭を下げた。

「お願いです。実は、うちの営業からも切実な声が上がっています。今回のツアーを大々的に宣伝していき、相乗効果を狙いたい。そのためにも、主要都市では大きな会場を確保して、メディア各社を招待したいんだ、と」

「レコーディングが延期になったのは、完成度を高めるためなんです。あと数曲を仕上げるところまできていますから、発売がこれ以上引き延ばされる心配は絶対にありません」

伊佐も深く頭を下げた。その情報は修でさえ聞かされていなかった。その場しのぎの主張でないことを密かに祈る。

「気持ちはわかるよ。けど、東京や大阪だけで特設ステージを組むのは無理だな。予算の額に限度がある。回収の見こみが立たない」

レコーディングを終えた四曲はすでにデモを聴いてもらっていた。社内の評判は悪くなかったが、ヒットするかどうかはまた別問題だった。宣伝予算が少ないことも、彼らはつかんでいる。

「芝原君、もうひとつかふたつ、もっと人目を引く別の企画が必要じゃないかな」

ツアーにだけ頼られても困る。本音を隠さず、静かに首を振られた。

「すでに、局担と話はできてるんです。番組出演はかなり仕掛けられると踏んでいます」

「地方のラジオ局も回るつもりです。御堂さんも協力すると言ってくれてます」

修に続いて、伊佐も熱弁を振るった。

それでも役員は表情を変えない。企画部のスタッフも目を合わせてくれない。

「部内の総意なんだ。今回は堅実に行くべきだと思う」

あとは君たちの努力次第だろ。そう匂わせて言うなり、役員は席を立った。

ベイビーバードの契約は問題なく進んだ。イゾウの父親に関して、法務部が顧問弁護士と相談のうえ、必要事項を見極めていった。静岡の弁護士とも話し合いが持たれて、離婚と相続放棄の手続きも終わっていると確認された。

イゾウたち兄妹と母親に返済の義務はなくても、世間の厳しい目を警戒したがる気持ちはわかる。弁護士のアドバイスにもとづいて、マネジメント契約とは別に、彼らの会社に報酬をまとめて支払う形での契約が認められた。

修が預かってきた五曲のデモで、彼らの才能はさらに確かめられた。西野局長はＭ２事業局を挙げて支援のプロジェクト・チームを立ち上げる、と役員会議の席で宣言したのだった。

「チーム・リーダーは丹羽君に務めてもらう。直ちに営業統括と宣伝開発の人選を進めてくれ。社内のスタッフを固めたところで、音楽プロデューサーとアート・ディレクターを決めて、チームに入ってもらう。そのつど、芝原君は彼らと連絡を密に取っていく。いいね」

「――はい」

わずかに返事が遅れた。

西野が鋭く視線をぶつけてくる。

「不満そうな顔をするな。君が最初にアプローチして契約を取ってきたバンドだって、誰もが認めてる。ただし、ベイビーバードにかかりきりになったのでは困る状況だってことは忘れないでくれよな」

またも御堂の件を念押しされた。レコーディングの延期から、三週間がすぎた。マネージャーの伊佐が自宅を訪ねて話し相手になっていたが、御堂はまだ迷いの海から脱していなかった。

録音スタジオはすでに押さえてあった。あと一週間で曲が完成しないと、三度目の延期となる。確実にアルバムの発売は遅れ、ツアーのさらなる縮小が決まる。

タイムリミットが迫る中、丹羽部長が選抜したチームの初会合が開かれた。ベイビーバードのデビューに向けてのスケジュールをまずつめていく。

正式な契約とともに、音源制作をスタートする。彼らの意向は聞き、デビューシングルの候補を今から挙げておく。音楽プロデューサーによるアレンジの方向性が決まれば、音源完成の時期が読める。その時点を待たず、先行して宣伝プランニングを練り上げて、プロモーションの根回しを進める。

丹羽部長は最後に視線を修に向けた。

「急ぐつもりはないけど、目標は半年先の早春。彼らの力量であれば、無理なスケジュールではないと思う」

「つまり部長は、『大河が海へそそぐ時まで』をデビュー曲と考えているわけですね」

先読みするまでもなかった。あの歌は卒業ソングなのだ。早春のデビューを想定するなら、最適な時期と言える。

「あらためて言うまでもなく、ヒットの法則に最も合致した曲なのは間違いないでしょう」

その点は同感だった。近年の売れるJポップは、日本の四季が巧みに織りこまれている。特に春は、卒業や旅立ちのシーズンであり、歌とともに感情が揺さぶられやすい。また、季節の定番ソングに育てていけば、毎年その時期になると曲が流されて、長く売り続けることができる。

「もちろん、気になる点がないわけじゃないけど……」

部長は言って、チーム・スタッフを見回した。想像はできたものの、修は発言をひかえた。担当A&Rとしては、彼らの意思をまず尊重してやりたい気持ちが強い。

「そうですね、花筏とか、ちょっと今の子たちには伝わりにくいでしょう」

宣伝チーフが真っ先に意見を述べた。

「もう少しわかりやすくて、インパクトのあるフレーズがいくつかほしいかな」

「音楽番組に出演する際には、生のドラムを入れるんですよね。その辺りも踏まえて、デビュー曲も練り直すべきかもしれません」

「アレンジでごまかすわけにいかないしね。打ちこみが目立つと、堅い印象が強くなるから」

社内のミーティングは、いつも辛辣な意見が乱れ飛ぶ。

営業企画部の課長代理が修を見た。

「どうなのかな。ドラムをメンバーに入れてない理由は何かあるんだろうか」

修が答える先に、宣伝チーフが言った。

「そうだよね。今の四人でデビューするより、五人のほうがプロモーションのライブも仕掛けやすい気がする」

修は慌てて言った。

「彼らはタケシ君の作ったリズムをもとに曲を仕上げていくと言ってました。ある種ベイビーバードの根幹にかかわってくる重要なパートなんです。ドラマーを加入させるなんて、彼らが納得するとは思えません」

「わかるよ、気持ちは。でも、ドラムは必須でしょ。ライブのたびにサポートしてもらうんじゃ面倒だしね」

「それに、彼らの技量も確認したいな。とりあえず四人で合わせたところを見ないことには、プロモーションのライブも企画できないだろうし」

「Mプロ（音楽プロデューサー）を決めたところで、スタジオ練習に立ち合わせてもらおうか」

人の発言をいたずらに否定せず、自由闊達に意見を出し合う。単なる思いつきの発想が、別のスタッフに刺激を与え、思いがけない妙案へつながるケースはあった。カノンの打ち合わせは、ブレーン・ストーミングの形を取る。

飛び交う意見に熱が帯びるのは、ベイビーバードの楽曲に誰もが手応えを感じているからだ。御堂タツミのアルバムを企画した時は、修一人で熱弁を振るうしかなかった。

局内総出で知恵を出し合っても、御堂のアルバムの数字は読めている。けれど、ベイビーバードには未来しかない。余計に熱が入る。

部長が最後にまとめの言葉を放つ。

「では、芝原君。今日出た意見をうまく整理したうえで、彼らの意向を確かめておくこと。それと、早急にスタジオ練習の日取りを決めてくれる。その場でMプロの選定を進めましょう」

最終的な契約を固めるため、修は法務部の者と静岡へ向かった。

弁護士が仲介役として入ると聞いて、当初カノンの法務部はだいぶ慎重な姿勢を見せた。が、ベイビーバードが最後までこだわったのは、本名と顔を明かさずに活動することの確約だった。

報酬の配分に関しては異を唱えず、当面のマネジメント業務もカノンに委託することで落ち着いた。ムーサの三上と親会社がタッチしてこなかったのは幸いだった。

午後六時、駅に近いホテルのラウンジで待ち合わせた。ジュンとコアラは仕事で欠席すると連絡をもらっていた。イゾウもたまたま用事が入ったというが、父親の件があるので、あえて遠慮したとも考えられた。

タケシは時間どおりに、若い弁護士とやって来た。駿河中央法律事務所に所属する稲岡清志。三十三歳。彼らが設立した新会社『ビービー』の顧問も務める。

「ぼくらの勝手なわがままを快く受け入れてくださり、本当にありがとうございます」

例によってタケシの態度は落ち着いていた。

法務部と稲岡弁護士で細部をつめていたので、最終的な確認事項は少なかった。会社の設立登記も無事に終わり、その謄本を法務部が受け取って預かり証を書いて渡した。あとは本契約を残すのみだった。

「これから忙しくなるよ。覚悟しておいてほしい」

笑顔で言ったが、やはりタケシの表情からはデビューが決まったとの高揚感はうかがえなかった。先々への不安がまだ拭いきれずにいるようだった。

スタジオ練習を見学させてもらう際に、正式な契約を完了する。音楽プロデューサーを選定して、依頼に動く。その後にデビュー曲とアレンジの方向性を決めると再確認した。

「例のミニ・ライブの件だけど、少しは考えてくれただろうか」

「まずはぼくらが練習しているところを見てください。正直言って、学園祭レベルの演奏だと思います。だから、多重録音や加工ソフトに頼って、曲を仕上げました。プロの人たちを招いてライブをする自信はとてもありません……」

「社内の期待は高まる一方なんだ。君たちの実力を知ってもらうには、ライブで直に見てもらうのが一番だと思う」

「ありがとうございます」

否定のニュアンスを感じる礼の言葉だった。

謙遜と気後れの気持ちがまだ強いのだろう。が、プロであれば、歌を直に聴くことで必ず四人の力量を実感できる。その反応を目の当たりにすれば、彼らも自信が持てる。賞賛を浴びてこそ、才能を信じて道を歩んでいける。

修は書類を鞄にしまい、タケシに言った。

「どうかな。上のバーで軽く飲まないか。好きな音楽の話をもっと聞いておきたいしね」

すぐ律儀に頭を下げられた。

「今日は遠慮させてください。ぼくだけ抜け駆けみたいなことはできませんので」

「イゾウ君やジュン君も呼んだらいいじゃないか」

「夜中も働いてるコアラに悪いですから。次の機会を楽しみにしています」

まだA&Rとして全幅の信頼は勝ち取れていないのだった。


翌日は、部長の許可を得て、一人で仙台へ向かった。ベイビーバードの契約に目処がつき、次なる懸案事項に臨むのだ。

カノンは東京のほか全国五大都市に営業所を持つ。まだ御堂のレコーディングは終わっていないが、そろそろプロモーションに動いておきたい。その手始めとして、御堂が育ち、音楽活動をスタートさせた仙台から回ることにした。地元の販売店やメディアの期待感を御堂に伝えれば、曲作りに力を入れてくれるはずだった。

地元のスターなので、仙台の営業所長はテレビ局をはじめメディア各社に話を通し、いくつも面会の約束を取りつけてくれた。

「三年ぶりのアルバムを準備中です。再来年の十五周年を盛り上げていくためのジャンプ台にしたいと、御堂も張りきっています。従来の力強い歌をさらにパワーアップさせるとともに、新たな一面も見せていきたいと考え、曲作りに取り組んでいます。発売の折には何を措いてもまずプロモーションで仙台にまいりますので、ご紹介の機会をいただければ幸いです」

デモ音源の二曲をCDに焼いて、関係者に手渡した。評判の高かった二曲で、御堂の了解も得ていた。在庫に余裕のあった名前入りTシャツとマグカップのグッズも添えた。

「コンサートツアーも計画していますので、地元の仙台では大いに盛り上げていきたいと秘策を練っているところです」

秘策どころか、ツアーの縮小を提案されたが、景気の悪い話はもちろんできない。ひたすら熱をこめて、売りこみに励む。

CDショップの店長からは、危惧していた話題が出た。

「最近、動きが止まってるんですよね」

「出身地をもっと大切にしてもらいたいな。だって、以前やってたFMの番組も東京発信だったじゃないですか」

御堂は一年前まで、三十分のレギュラー番組を持っていた。聴取率が落ちたため、スポンサーの意向もあって改編期に終了した。

東北のみでのFM番組を持つのは、御堂からすれば、都落ちに感じられて難色を示すかもしれない。が、地元で番組を持つアーティストは多いのだ。評判が高まっていけば、全国に拡大していく道も見えてくる。

コンサートに帯同して仙台には何度も来ていた。地元のテレビ局を訪ねる機会もあった。けれど、ＣＤショップを回ることはしてこなかった。望んでいた制作部への異動に満足して、足元の地道な仕事をおろそかにしてきた、と言われてもしかたなかった。

修は自覚した。やはり自分は、御堂を売ることへの熱意が欠けていた。思い上がるな。今日はカラオケで、御堂の歌を片っ端から全力で歌うのだ。歌いこんで、身に染みこませて、初めて見えてくるものがある。

担当する歌を広めるには、大きなイベントや代理店を巻きこんだ仕掛けが重要だ。が、売り上げやメディアでの紹介は、単なる数字でしかなかった。その裏には、数字として表れにくいファンの熱意が隠れている。その期待に応える方法を探っておきたい。

最後に立ち寄ったラジオ局で、音楽担当のプロデューサーに持ちかけてみた。

「御堂はデビューの時から地元への思いを強く持っています。十五周年に向けて、仙台でまた何かやりたい。そう言ってました」

年配のプロデューサーは小さくうなずいてはくれた。

「コンサートはもちろん、ライブハウスからの生配信とか……。ラジオも貴重な発信源だと思っています」

「……うちでは難しいかもしれませんね」

気乗り薄な様子で言われた。

「どうしてでしょう」

「上層部はともかく、現場の若い者らはたぶん、昔の人だと見てると思いますから。先頭に立って動いてくれる者がいないと、イベントの企画は厳しいでしょうね」

「うちだけじゃなく、代理店とも相談して企画を立ち上げたいと考えています。プランができたところで、あらためてご相談に上がります」

代理店、と聞いて現金にもプロデューサーの眉が跳ねた。

広告代理店がスポンサーを見つけてくるなら話は別なのだ。ただし、代理店はデータを重視してスポンサーに声をかけていく。かなり厳しい戦いとなる。

でも、地元の仙台だから仕掛けられるプロモーションがあるはずだった。その方向性が見えてきただけ、仙台に足を運んだ甲斐があったと言える。今日が最初の一歩だ。

次の一歩を探しながら、新幹線で東京へ戻った。社に上がると、例によってデモ音源を聴きながら、御堂あてにメールを書いた。

仙台での反応はよかった。みんな期待している。懐かしのライブハウスから生配信するというアイディアも出た。メディアもニューアルバムの紹介に時間を割くと言ってくれた。名古屋と大阪も訪ねる予定なので、必ず成功させましょう。

激励のメールになることを心から願った。仙台で芽の出なかった時代を思い出して、新たな意欲をかき立ててもらいたい。

午後十時半。デスクを片づけにかかると、背後にふと人の気配があった。

振り返ると、大森昌樹が立っていた。いつものナップザックは背負っていない。

「あ――お疲れ様です」

実は今日、先輩を真似て仙台のショップとメディアを回ってきました。そう言いかけて、声が続かなかった。大森の目が睨むかのように鋭く向けられていた。

「何かあったんですか」

「まあ、せいぜい頑張ってくれよ」

大森は言うなり、猫背になって制作部のフロアから出ていった。

首をひねる。ぶっきらぼうな態度の意味がわからなかった。修の仕事ぶりを揶揄する響きがあった。突き放したような言い方で、激励の言葉には聞こえなかった。

そうか……。ひとつの可能性が胸に浮かぶ。

想像が当たっているなら、追いかけて尋ねるのは、傷口に塩をすりつけるようなものだった。でも、ほかには考えられない。後輩に冷ややかな捨て台詞を浴びせたくなる理由は、そう多くなかった。

翌朝、早めに出社して、書類仕事を片づけた。デモ音源は聴かず、部内の足音に耳をすませる。やがて廊下に、いつもの甲高いヒールの音が近づいた。席を立って、足早に歩み寄る。

「あら、おはよう」

ドアの横で待つ修を見るなり、丹羽部長は静かに微笑んでみせた。確信する。部長はすでに修の怒りを悟っていた。

「お話があります」

一言で、やはり用件は伝わった。部長は無言で身をひるがえした。周りの目を気にしたのだ。奥歯を噛む。悲しいかな、予想は的中していた。

修は会議室のドアを閉めて、部長に向き直った。胸を張って、言う。

「ベイビーバードのA&Rは、ぼくです」

「あらたまって宣言するようなことじゃないでしょ」

部長は平静を装った顔で答えた。ガードを固めるつもりなのだ。

「どうして相談していただけなかったんでしょうか」

「君は昨日、仙台へ出張してた。だから今朝、社に出てきたところで言おうと思ってた」

その何が悪い。開き直るように、部長は腕組みのポーズで身構えた。

「大森先輩がアニメの制作会社に通いつめたから、新番組の情報がもらえたんです」

「おかげで製作委員会の幹事を務める代理店から直接、素晴らしい商談を持ちかけられたわけ。彼の働きぶりには幹部も大いに感謝してた」

「つまり、テーマソングを任されるんですよね」

「正式に動き出す前だったから、うちもそれなりの額を出資して、製作委員会の仲間入りをしてほしいと言われた。テレビ局も了承ずみの話だって聞いてる。その見返りに、挿入歌をふくめた計四曲をうちが引き受ける。交渉次第で、ワンクールずつテーマソングを変更できるかもしれない。そうなったら、さらに二曲のタイアップが可能になる」

「ベイビーバードの曲を代理店に聴かせたんですね」

「プロジェクト・チームを立ち上げるほど、会社一押しのバンドでしょ。宣伝部の佐藤君が上司の許可を取りつけて、代理店に直行したって聞いた。今回のアニメは、難病で死の淵にある主人公の魂が学生時代にタイムスリップして、当時の事件を解決する話だそうで、イメージにぴったりだって、スタッフみんな大喜びしてくれたみたい」

テレビアニメのテーマソングを任される。毎週かかさずベイビーバードの歌が流れる。アニメの宣伝素材にも彼らの情報が掲載されて、パブリシティー効果は高い。メインの視聴者となる若者層ともマッチする。文句のつけようはない。

デビューが決まったばかりの新人には、願ってもない話だ。ともに喜ぶべきなのに、心は晴れなかった。

「大森先輩も担当する女性シンガーをプッシュしてました。だから、アニメ制作会社に通い続けていたんです」

「もちろん、聞いてる。それに正式な決定は後日になる。今は代理店と監督たちが気に入ってくれただけ」

「幹事会社と監督が推すとなったら、決定したも同じじゃないですか」

「そうなるように、君は直ちにベイビーバードのプレゼン資料を作りなさい。完成したら、自分の手で一目散に届けること。デビューまでの売り出しプロジェクトも今、宣伝部が新たに練り直してる」

担当するバンドのPRは、A&Rとして当然の仕事だ。けれど、製作委員会にベイビーバードを認知させてテーマソングを獲得すれば、大森が開拓した仕事を横から奪うことになる。

「ベイビーバードの担当は君でしょ」

答えるまでもなかった。

「彼らのために全力をつくしなさい。大森君のおかげで製作委員会にうちが加われた事実はびくとも動かないし、その点は局長も賞賛してる。役員会にも報告を上げると言ってたから、君は安心して仕事に集中しなさい」

すべては会社のためなのだ。

手柄を競い合うから、社員のスキルが磨かれ、経験値も上がっていく。何を遠慮することがあるのか。社の利益こそが優先されるべきなのだ。

理屈はわかる。けれど、大森の仕事を間近で見てきたので、割り切れなさが残る。

修は一礼して、会議室のドアに手をかけた。後ろから呼び止められた。

「芝原君」

本音を探ろうとするような目をそそがれた。

「社内の競争を嫌がるようじゃ、アーティストから信頼されなくなると思いなさい」

返事を求められたわけではないだろう。せめてもの抵抗だ。修は黙って見返した。

「この業界は強烈なライバルがひしめき合ってる。いずれアジアや世界とも戦っていかなきゃならない。わかるでしょ」

もちろん、わかる。けれど、納得はできそうにない。

自分はまだ仕事への向き合い方に甘さがあるようだった。

# 第四章

その日、大森はなかなか社に出てこなかった。修はＭ１事業局のフロアへ顔を出して、スケジュールの書かれたボードをのぞいた。打ち合わせから戻るのは夕方だった。

席に戻り、部長に指示された資料作りを進めた。が、個人情報の制限もあって、アピールできそうな話題が少ない。

静岡で音楽活動を続けてきた四人組。平均年齢二十五歳。地元で名が知られずにきたのは、気軽にライブを行いにくい、凝りに凝った音楽性に理由がある。なぜなら、彼らはメンバー四人で歌詞の世界観を討論し合い、曲構成のアイディアを決めるというスタイルを貫いてきているからだ。

多重録音を駆使したハーモニーに最大の特徴があり、新人とは思えない技巧の冴えを見せてくれる。ビートの強い曲調でも、突如アカペラ・パートが展開されて、聴く者の心をとらえて離さない。歌詞も味わい深い。聴きこんでいくと、急に別の光景が目の前に立ち現れてくるギミックを駆使する。カノン・ミュージックが惚れこんだ衝撃の新人バンド。

学園祭のリモートライブに参加した際の視聴者による書きこみも、大学のサイトからピックアップして添付した。

午後四時。Ｍ１のフロアをのぞくと、ようやく大森が席に戻っていた。

『時間があったら、詳しい説明をさせてください』

メールを送ると、すぐ返信があった。

『ゴメン。また打ち合わせに出ないとまずい。うちの局長から大まかな話は聞いたよ。挿入歌のほうは絶対にゲットしてみせる。覚悟しとけ』

勇ましい返信に、ほっとする。一夜明けて、少しは気力を取り戻してくれたようだ。

『来週、ランチをご馳走します』

『高くつくからな』


早速、ベイビーバードの資料を代理店に届けた。こちらの予想を超える反応のよさに驚くとともに、自信が持てた。アニメの制作陣も喜んでいる。社交辞令とは思えない笑顔で迎えられた。テーマソングとの相乗効果に、彼らも期待を抱いているのが、ひしと伝わってくる。

急いで社に戻ると、大阪営業所に電話を入れた。御堂のプロモートの件だ。販売店を回る際、地元の放送局やメディア関係者と会っておきたい。

「実を言いますと、あまりいい返事がもらえなくて困ってまして。音楽担当のＰに声はかけたんですが。アシＰでよければ時間の都合はつけられる、と言われてしまい……」

「問題ないよ。ぜひアポイントを取ってくれないか」

関西での売り上げは、如実に落ちているとの現実がある。たとえアシスタント・プロデューサーでもＰＲのチャンスは逃したくない。大阪でのコンサートも予定に組まれているのだ。

「地元の情報誌にもお願いをしたい。何とか話をつけてもらえないだろうか」

あとは札幌と名古屋に福岡だ。許された宣伝予算には限りがある。地元のイベント業者に会う機会も重要だった。

各方面に電話をかけ続けていると、スマホに着信があった。

マネジメントの伊佐からだった。御堂の曲作りが終わったのなら、願ってもない。手短に用件を切り上げて、伊佐にかけ直した。

期待はもろくも砕け散った。葬儀場にいるのかと疑いたくなるほど声が沈んでいた。

「御堂さんに何を言ったんですか」

返事がのどの奥につかえた。盗作疑惑の件を、いくら信頼のおけるマネージャーでも、御堂が正直に話すものかと思えたのだ。

「急におかしなことを言ってきたんです。何とか仕上げたけれど、よく似た曲があったんじゃ困る。だから、君が調べてくれないかって」

「前にも、いろいろ疑惑をささやかれたことがあったからじゃないのか」

「ミュージシャンなら、誰でも難癖をつけられた経験ぐらいありますよ。でも、あの時は御堂さん、怒りまくっていたんですから。なのに今回は、こっちが心配になるほど自信なさそうに言ってきて……。ある人から指摘されたばかりだからって」

御堂は考えたのだ。自分の歌に入れこんでいない者が周囲にいる。その人物が、不可解なレコーディングの延期に疑いを持ち、新曲を調べてみたのではないか。

「正直に教えてください。ニュージーランドのバンドの件を御堂さんに伝えましたよね」

修はスマホを手に深く息を吸った。ここで部長の名は出せない。御堂を売り出した最大の功労者なのだ。その人が懸念を持ったと知ったら、御堂は裏切られたと思って傷を負う。

「指摘をくれた人が誰かは教えられない。でも、相談を受けて、ぼくも気になったんだ。だから、御堂さんに伝えるしかなかった」

「少し似てる曲ぐらい、誰にだってあるじゃないですか」

伊佐は修をなじるよりも、世を儚むかのようなニュアンスを強めて言った。そうなげきたくなる理由があるとすれば……。

答えを予期しながら、修は訊いた。

「完成した曲を早速調べてみたんだよな」

伊佐は答えなかった。頑なに黙りこんでいる。つまり、調べた結果を御堂に伝えられず、困り果てて修に電話してきたのだ。

「そんなに、似てるのか」

修は不可解でならなかった。人に頼むぐらいなら、自分でまず調べてみればいい。今はＡＩを使って調べられるし、類似曲を見つけるサイトもあった。

そもそも、御堂に相談した際、修に頼むと言っていたのだ。ところが、なぜか伊佐に任せた。もしかすると、自分のファンと言ってはばからない若者に、あえてその指摘をさせたかったのではないだろうか。

自分は責任を果たそうと努めた。けれど、また似た曲が見つかってしまった。せっかく作り上げたのに、残念ながら使い物にならない。レコーディングはまた延期するしかない。そう関係者に認めさせたくて、何よりファンである伊佐に調べてみてくれと言ったのではないか。

御堂は今、袋小路の中にいる。納得できる曲が作れず、悩みに悩んでいる。

「これから一緒に行こう。御堂さんとまず話し合おう」


伊佐が電話をかけると、御堂は何も訊き返さずに自宅へ来てくれと言った。最初から答え合わせの結果を知っているのだから、問い返す必要はなかったろう。

午後九時。伊佐と二人で御堂のマンションを訪ねた。

いつものソファで待ち受けていた御堂の目はよどみ、頬の肉も落ちたように見えた。後ろの大窓から見渡せる東京の夜景が眩しいほどに感じられる。

部屋の中が散らかっている様子はなかった。シンクをのぞいたが、食器もたまってはいない。平常心は保っているとわかり、安心する。

「御堂さんの正直な胸の内を知りたくて、今日は二人でまいりました」

修はソファに座ると、迷いを払って切り出した。夕方からずっと思案してきた言葉だった。

「どういう意味かな」

感情のこもっていない声で、御堂は言った。修の目も見てこない。

「おかしな盗作疑惑をかけられたくない。担当A&Rよりも熱心なマネージャーに調べてもらいたくなった。気持ちはわからなくもありません。でも、伊佐君に頼むのであれば、自分で調べてみることもできたと思えるんです」

御堂がやっと、恨めしそうな目を修に向けた。

「……君は相変わらず、何もわかっちゃくれないんだね」

厳しい指摘が胸に刺さった。担当A&Rが自分の歌に惚れこんでくれていない。言葉や素振りに出したつもりはなくとも、感性鋭いアーティストであれば、楽に見抜いていただろう。

ここで黙っていては、この先何も言えなくなる。修は決意した。

「――ぼくにはアーティストのデリケートな感情を理解できていないところがあるんだと思います。納得のいく曲作りをしたいという御堂さんの思いは、漠然とですが、想像はできているつもりです。これまで作った曲に負けず、新たなチャレンジをしていくのは苦しく孤独な作業でしょう。けれど、伊佐君に曲を預けたことは、納得ができていません」

御堂は無表情のまま大きく首をかたむけた。

「わからないかな。君に頼んで、また同じことになったら大変だろ」

「おかしな言いがかりだというなら、どうか怒ってください。もしかして、わざと似た曲を作ったんじゃないでしょうか……」

御堂は答えなかった。謎めいた笑みが口元に浮かんで――消えた。

修に問い返してきたのは、伊佐だった。

「どうしてそんなことを、御堂さんが」

「ぼくだって、強く否定してほしいと思ってる。いくらぼくが、聞きようによっては盗作の疑いをかけるような指摘をしたからといって、わざと盗作めいた曲をマネージャーに預けるのでは、自分の首までしめることになりかねない」

伊佐はまだ半信半疑の顔つきだ。御堂は能面のように表情を固めている。

「ぼくたちはプランニングの役員に呼び出されて、ツアーの縮小を切り出されたばかりだろ。もし今回のアルバムの発売延期が決定的となったら、十五周年の企画だって難しくなる。そうならないよう、担当A＆Rは懸命に動くしかない。自分が追いつめられているんだから、A＆Rも一緒に苦しみを味わってほしい。そう自暴自棄に考えたかのようにも思えてしまう」

「何を言いだすんですか、芝原さん」

修は御堂に向かって潔く頭を下げた。

「ひどいことを言ってすみません。でも、御堂さんのアルバムに責任を持つのは、担当A＆Rであるぼくです。その頭越しに、完成した曲をまずマネージャーに預けるのは、信頼されていない証拠だと思えてなりません」

御堂は何も言わず、伊佐が座を取りなすように言葉を継いだ。

「だからそれは、芝原さんが盗作の疑いを投げかけたからだと……」

「楽曲制作とアルバムの責任を持つのは、ぼくなんだ。たとえ盗作の疑いをかけたとしても、何がおかしいのかな。御堂さんに素晴らしい歌を作ってもらいたい。もしまたおかしな疑いをかけられたら、せっかくの努力がふいになってしまう。そうだろ、伊佐君。今回、似た曲があると教えてくれた人も、御堂さんの将来を真剣に考えたから、本人に伝えるべきだと言ってきたんだ」

修は御堂に向き直った。

「ぼくだって、かなり迷いました。どう言葉をつくして伝えればいいのか。御堂さんのやる気を奪うことにならないか。不安でなりませんでした。けれど、ぼくはA＆Rとして、御堂さんと一心同体であるべきなんです。精魂こめて作り上げた歌に、おかしな疑惑を絶対にかけられたくない。だから、心を鬼にして、勇気を振りしぼって、御堂さんに疑惑の件を伝えました。それなのに、どうして伊佐君にまず曲を聴かせたんでしょうか」

正面から問いかけた。

御堂がうつむきかげんに言った。

「これ以上、君に……嫌われたくなかった」

「嫌ってなんかいませんよ」

ただ、彼の曲と、人目を意識したように映るライフスタイルを好きにはなれずにいた。それは一心同体であるべきA&Rとして、嫌っていると同じになるのか。心のどこかで、御堂というアーティストを批判的に見る目があるのは間違いないのだから。

「でも、好かれていないことはわかってた。これ以上君に煙たがられたら、困ったことになるだろ」

「ぼくのことなんか、気にしないでください。御堂さんは、多くの人に愛される歌を作ることに、ただ全力をそそいでくだされればいいんです。全幅の信頼を得られていなかったのなら、その責任はぼくにあります。ぼくの代わりなんか、いくらでもいます」

「いいや。いるとは考えにくいな。丹羽君が君を後任に選んだからには、理由があるんだ。彼女は思いつきで行動する人じゃない。それに、彼女もぼくに手を焼いてたしね……」

御堂がこれほどにセンシティブだとは思ってもいなかった。そして、的確に会社の人間の反応を見てもいた。

考えてみれば当然なのだ。センシティブさとは無縁で呑気なただの楽天家に、人の心をとらえる歌が作れるはずはない。彼は自分の置かれた立場を嫌というほど意識していた。

御堂の新たな担当は、念願だったA&Rの仕事に就き、今最もやる気を持っている。たとえ御堂の歌に魅力を覚えていなくても、全力で仕事はする。経験あるA&Rでは、低迷して機嫌の悪い御堂を持てあます。いかにも丹羽部長らしい判断だ。修が担当に決まった時、そう社内でささやかれた。

御堂は冷静に修と会社の姿勢を見ていたのだ。その厳しい眼差しを受け止めきれず、修は視線をそらして、訊いた。

「伊佐君。そろそろ正直に打ち明けてくれないか。似た曲がまた見つかったんだよな」

自分が責められでもしたように、伊佐が肩を落としてうなだれた。

「いただいたのがギターの弾き語りだったんで、雰囲気はかなり違ってました。けれど、一曲はコード進行やサビの一部が、もう一曲はBメロで盛り上げていく部分の曲調が似ているように思えました」

修はメモを用意しながら訊いた。

「曲名と歌い手を教えてくれないか」

「おれは聞きたくない」

御堂がさえぎるように言って、席を立った。ふらりとキッチンのほうへ歩いていった。

伊佐が慌てて腰を浮かした。

「大丈夫ですよ。メロディの一部が少し似たようになるケースはよくありますから。御堂さんの迫力ある歌いっぷりと、その美点をより印象づけるアレンジを用意してもらえれば、まったく別の歌としか聞こえないと思います」

　御堂は修たちに背を向けたまま、キッチンのカウンターに両手をついた。足下に向けて、叫ぶように言った。

「ダメなんだよ。このところずっと、まともなメロディが浮かんでこない。東城君に頼んで、面白そうなリズム・パターンを送ってもらってた」

　東城康正は、御堂と長く組んできたドラマーだ。

　曲調に変化をもたらすため、リズム・パターンを先に作り、そのグループを優先してメロディを作り上げていくやり方は、多くのアーティストが採用する。たとえアレンジにそのまま使わなくとも、リズムの変化が何かしらの刺激を与え、新たなメロディが生まれやすい。

「でも、口をついて出てくるのは、どこかで聴いたような平凡な音の羅列ばかりなんだ」

　ロックのリズムは単調になりやすい面がある。シンプルなビートが多いからだ。十年以上も自分の曲調にこだわって歌を作り続けていけば、引き出しはすかすかになっていく。

　易々と豊かな才能を発揮してきたように見えるアーティストでも、いつか必ずぶつかる壁だ。ある者は酒に溺れ、女との遊びに逃げ、薬物に頼り、身を滅ぼすケースも過去にはあった。自ら命を絶った者もいる。

　修も学生時代、曲作りに励んだことがある。けれど、早々に挫折した。凡人の極みでもある自分とは比べものにならないほど、御堂は才能を発揮してきた。たとえ、縮小再生産のような曲作りを自覚しようと、ヒットが続けば救われもする。が、このところの御堂の曲は話題にもなっていない。厳しい現状の自覚があるため、迷いは深まる一方なのだ。

彼の悩みの深さを知りもせず、想像もできず、十五周年の土台作りとなるアルバムを出そうと軽々しく提案した。その人の歌を好きでもないのに、実績を作るために一人で意気ごみ、勝手な企画とスケジュールを押しつけた。その結果が、さらに御堂を迷わせた。

一心同体であるべきA&Rとして、自分はどう責任を果たせばいいか。ともに迷いの船に乗っているのだ。

カウンターに両手をついた御堂の肩が大きく震えていた。

「御堂さん。伊佐君に渡した三曲を、望月さんにも聴いてもらいましょう。今から呼ぶのはどうですか。きっと駆けつけてくれます」

「……自信が持てない」

「そう思いつめるのは、御堂さんの自由です。けれど、自分の評価と他人の評価は必ずしも一致しません。プロの評価と一般大衆の評価も、一致してほしいですが、残念ながら違ってしまうケースは目立ちます。いい歌が売れるとは限らない具体例は、あまりにも多く存在します」

修は席を立った。背を向ける御堂に呼びかける。

「でも、これだけは間違いなく言えます。プロが評価した曲は、時間と手間をかけて伝えていけば、耳の肥えたファンに必ず伝わっていく。そう信じているから、ぼくらは歌を世に送り出せているんです」

「ぼくも信じています」

伊佐は言いながら、スマホで電話をかけ始めた。Mプロとして長い経験を持つ望月であれば、打開策のヒントを与えてくれる。そう期待をこめて、修は言った。

「望月さんの意見を聞いてみましょう。少し手を加えることで、よりブラッシュアップが可能になると思うんです。もちろん、御堂さんが納得したうえでのことですが」

御堂は黙したまま、姿勢も変えずにいた。まだ迷いの渦から浮かび上がれずにいる。

「十曲をそろえなくたって、いいじゃないですか。六、七曲ほどを仕上げて、あとはリミックスや、がらりと印象を変えたアレンジで歌うバージョンにする手もあります。御堂さんの歌声を最大限にアピールするアルバムに仕上げれば、絶対にファンも喜んでくれます」

ここでアルバムの発売を延期するのは簡単だ。けれど、ツアーが縮小されれば、御堂の凋落を業界に印象づけてしまう。

「派手なギターやドラムを使わない歌にもチャレンジしてみませんか。ピアノの弾き語りで、切々と歌い上げる。アカペラとか名曲のカバーが入っていたら、みんな驚いてくれますよ」

ベイビーバードの曲にインスパイアを受けての提案だった。が、悪くないアイディアではないか。ビートの効いたロックを売り物にしてきた御堂の、シンガーとしての可能性を追求するアルバム。新たな一面を切り拓いていける気がする。ピアノの弾き語りであれば、アレンジにもそう時間はかからないだろう。アカペラの多重録音は、御堂一人がレコーディングに打ちこんでくれれば、何とか乗り切れる。

「望月さん、今から来てくれるそうです」

伊佐が声を跳ね上げた。

修は御堂の背に歩み寄った。

「まだ時間はあります。望月さんの知恵を借りましょう。新たな御堂タツミを見せる。そういうコンセプトに今までどうして気づけなかったのか。A＆Rとして、ただ恥じ入るばかりです。このアルバムを絶対に成功させましょう、御堂さん」

わざわざ夜中に駆けつけてくれた望月は、一も二もなく修の意見に賛同してくれた。

御堂の声の魅力を活かすには、いつものビートを効かせたアレンジは残しつつ、あえてバックの音を抑えてみたバージョンも作り、録音エンジニアらと一緒に聴き比べてみるのはどうか、と提案してきた。

さらに、ピアノのみの伴奏で歌うのなら、自ら演奏するとも言った。そのほうが御堂の感覚をその場で取り入れられるし、レコーディングの遅れも取り戻せる。

意外にも、御堂は異を唱えなかった。

ここはスタッフの意見を尊重したほうが、自分の新たな一面を引き出せる。そう納得したのならいい。周りに迷惑をかけてきたので、素直に頭を下げるしかなかった、とも考えられる。

そう疑いたくなるほど、御堂は静かだった。

彼が唯一こだわったのは、新たに作った曲でも、似た部分があるとわかったものはアルバムに収録しないという点だった。望月は直ちにアレンジの作業に入るとともに、御堂と修たちでカバー曲の選定を進めていくことが決められた。

これでレコーディング作業が再スタートできる。アルバムの発売延期という望ましくない事態はさけられる。

喜ばしいはずでも、修の胸には一抹の不安があった。そもそもの発端となったレコーディング中止の理由は、どこにあったのか――だ。

曲作りに悩み抜いたすえ、誰も知らないであろうニュージーランドのバンドから曲の一部を抜き取ったのではないか。その疑念が晴れたわけではなかった。わざわざ伊佐に似た曲がないか調べさせた理由にも、まだ納得はできていない。

この場で答えを求めてはいけない気がした。問いつめたところで、明確な回答は、たぶん得られない。人の悩みとは、他人が納得できるほどに簡単なものではないだろう。歌を作り上げる作業にも、正解などはないのだから。

真実を知るのは御堂一人だった。今日をきっかけに深い迷いの井戸からはい上がれたら、この先は愚かな甘い考えを持とうとは絶対にしない。それだけは信じられる、と修は思えた。

ベイビーバードと正式な契約を取り交わすため、特別チームに西野局長を加えた計七人で静岡へ出向いた。

この二週間の修の睡眠時間は平均三時間に満たない。御堂のアルバムを売りこむために資料を作り直し、大阪と名古屋へ日帰りで行ってきた。その合間に、望月のアレンジを受け取って、バンド・メンバーと録音スタッフを手配したうえ、アートディレクターと打ち合わせを重ねた。御堂とメンバーの音合わせにも同席して、さらにカバーの二曲を決めて、許可を得るために挨拶回りをこなした。

もちろん、ベイビーバードの音源制作を睨んで、静岡へ一人で三度も足を運んだ。

「ようやく少しはまともに仕事をしてるみたいじゃない。ベイビーバードの売り出しにも走り回ってもらわなきゃ困るし、グリーンアプリコットの新曲も忘れないで用意しなさい」

疲れきった修の顔を見て、丹羽部長はさらなる厳命を冷淡に下した。

「それに、例のアニメの資料をそろえてベイビーバードの四人に見てもらいたいし、静岡でボイス・トレーニングを受ける手配もつけないと」

すべて担当A&Rの仕事だ。引き受けるほかはない。三時間ほどでも眠れたことを喜ぶべきなのだろう。

今日のために、静岡駅に近い貸しスタジオを押さえておいた。修たちがタクシーで乗りつけると、すでにベイビーバードの四人は機材の準備に入っていた。三上も親会社の役員を引き連れて現れ、名刺交換したのち、彼らの練習が始まった。

タケシは仕事場から直行してきたと言い、ワイシャツの袖をまくってキーボードの前に立った。同時にパソコンを操作して、打ちこみのドラム・パートを流していく。

その横で、イゾウが譜面をのぞき、まずベースのアレンジを弾いてみせる。修も後ろから譜面をのぞかせてもらった。すでに大まかな流れが作られており、合わせながら細かい修整をほどこしていくらしい。

ドラムとベースのリズム・パートに合わせて、ジュンとコアラがギターを奏で、マイクに向かう。コーラスパートの譜面は先に仕上げてあった。それぞれ独自の練習も積んできたとわかる。ハーモニーに乱れがまったく出ないことに、修はまず驚かされた。

ドラムがDTMソフトを使った打ちこみなので、曲のテンポを変えたい時には、パソコン上で指定し直し、確認する多少の手間がつきまとう。

レコード会社の面々に見られているとの意識があるからだろう。四人の意見交換は少なかった。アレンジの変更がされていくのは主にイゾウのベースで、タケシの指示に応えて弾きこなしていく。

ギターの二人はボーカルに集中し、目立ったテクニックを披露するパートはない。丁寧ではあるが、キレのあるプレイとは言いにくいか。遊びのリフも少ない。

確かにライブをこなしていくには、鍛錬を重ねてからでないと難しいかもしれない。それでも曲が素晴らしいため、聴き応えのある演奏だった。よくぞ彼らが埋もれていたものだと、また幸運に感謝したくなる。

部長たちの意見も聞きたかったが、四人の前で論評しにくい。ただ、営業や宣伝のスタッフは満足そうな笑みを見せていた。彼らのパフォーマンスは合格点といっていい。

通しで一曲を終えると、丹羽部長が真っ先に拍手した。修たちも競って手をたたく。

四人はここでも冷静だった。盛大な拍手を浴びても、ひかえめな笑顔を変えようとしない。まだ緊張が続いているのか。タケシが一礼して言った。

「ご覧いただいたように、ぼくらの演奏はまだまだプロとは言えません。皆さんの期待に応えられるよう、じっくり練習を積んでいきます」

「大丈夫。あなたたちの実力は誰もが認めてる。演奏は場数を踏んでいけば、必ず上達していくものだから、心配はしてない。ねえ、芝原君」

「はい。トレーニングのメニューも用意してるからね。頼むよ、みんな」

その後はホテルの会議室に移動して、正式契約が交わされた。

カノン側の提案どおり、デビュー曲は「大河が海へそそぐ時まで」と決まった。

修は用意してきた資料を手渡した。来年の春からスタートするアニメのテーマソングに内定した。そう伝えると、四人が互いの顔を見合わせた。彼らの素の表情が初めて見えた。

「本当ですか……」

驚き顔のタケシがつぶやくように訊いた。

「我々カノンが、君たちの歌に可能性を感じている、と思ってもらいたい」

西野局長が四人を端から見ていき、言った。デビュー曲からタイアップが決まる。胸を高鳴らせていいのに、彼らは深刻そうな顔で受け止めていた。

「だからといって、重圧を感じられても困るな。今までどおりのパフォーマンスに、少しずつ磨きをかけていってもらえば充分だと思うんだ」

修は笑顔を心がけてフォローした。三上も横から応援するように割って入った。

「そうだとも。君たちの実力なら、怖れることなんかないさ」

「ありがとうございます……」

またいつもの律儀な一礼だった。

契約が終わると、具体的な打ち合わせに入った。

アレンジャーを兼ねた音楽プロデューサーは、カノンで事前に候補者三人を伝えてあった。四人が選んだのは、自らもバンドを率いる男性アーティストだった。修たちの第一候補でもある。カノンで直ちに正式な依頼に動く。

「多重録音のコーラスは、デビュー曲でもぜひ採用したい。そこで、メディア関係者を招いてのミニ・ライブを開いて、ベイビーバードの曲の魅力を直接伝えたいと考えている。そのためには、人前でアカペラ・パートをこなしてもらう必要があり、ボイス・トレーニングは必須だと思ってほしい」

修は今後の予定表を差し出して言った。

「わがままを言わせてもらうなら、女性のコーラスも加えたいと考えています。そのパートをこちらから提案させてもらっていいでしょうか。もちろん、プロデューサーさんの意見を聞いたうえで、ですが」

タケシがいつもの冷静な口調で言った。レコード会社の役員を前にしても、彼らの自信はちっとも揺らいでいないとわかる。

音楽プロデューサーが決まったところで、次は東京へ足を運んでもらう。顔合わせとともに、宣材写真の撮影ができればベストなので、コンセプトをいくつか考えておく。ライブを開くかどうかは、デビューの三ヵ月前に判断する。可能であれば、ドラムはサポートメンバーを用意したい。

カノンから多くの注文を出し、彼らの意見を聞いた。タケシ以外の三人は、ここでも自ら発言はしなかった。問われたことに答えはする。が、ベイビーバードの交渉事はすべてリーダーに任せる取り決めができているようだった。

ささやかながらも祝杯を挙げたかったが、日曜日でもコアラの夜勤が入っていた。ほかの三人もメンバー一人を送り出してから酒を飲む気にはなれないという。

「じゃあ、今度東京へ来た時、みんなで祝杯を挙げよう」

西野が明るく呼びかけた。

「お願いします」

四人もそろって笑みを返した。どこかとってつけた返事のように感じたのは、修だけではなかったらしい。

三上たちと別れたあと、帰りの新幹線を待つホームで丹羽部長がささやいた。

「ひとまずは、おめでとう。お疲れ様。でも、何か壁があるみたいに感じたかな」

「……はい」

「緊張してるのとはちょっと違う気がした。イゾウ君の父親のことがあるにしても、心の底からデビューを喜べずにいるみたいに思えたんだけど。何か思い当たること、ある？」

「いえ……。ぼくにもちょっと不思議なんです。音楽の話はよくしてくれるのに、彼らのプライベートに関しては、いつも言葉をにごされてしまいます」

「弁護士に会って、話は聞いたんだよな」

西野が首をひねり、確認してきた。

「はい。うちの法務と顧問弁護士が」

「時間を見つけて、君も会ってきなさい。念のためだ」

直接、感触を確かめてこいというのだ。部長もしきりとうなずいていた。

本当に借金の問題だけか。

正式にデビューが決まったという喜びが、彼らから伝わってこないのだ。四人とも、あまりに落ち着き払っていた。仲間の借金問題が影を落としているのとは違う。そう修には感じられた。何か大人たちの本心を見極めたがっているようにも思えてならない。

「今の若者ってのは、こんな感じなのかな」

西野が同意を求めてきた。

部長はうなずかず、修も安易な返事はできなかった。


難産の末、御堂のレコーディングは再スタートできた。

カバー曲は、あえてバラードを選んだ。御堂は難色を示さずに受け入れた。さらに望月が、よりメロウな雰囲気のアレンジを仕上げ、修たちスタッフを驚かせた。

「いいね。望月君はおれに挑戦状をたたきつけてきたわけだよな。おまえに歌いこなせるか。シャウトのごまかしは利かないぞ。サブ（副調整室）から高みの見物をする気なんだろ。ホント、やってくれるよな」

デモをスタジオで聴くなり、御堂は表情を引きしめた。

当の望月はコンソールの前で平然と微笑んでいた。二人のミュージシャンの間で、火花が散った一瞬だった。

コピーしたデモを御堂は預かり、翌日からのレコーディングに臨んだ。

カバー曲のささやくような歌い出しを聴いて、修は肌が粟立った。凄い。

これまでの御堂は、メッセージ性の高い歌詞を力強く、時にのどをしぼりあげて圧倒的なパワーで歌った。パッションをほとばしらせるその歌唱が、多くのファンの心をつかんだのだ。

バラード調の曲でさえ、シャウトに近い歌声で盛り上げていくのを得意とした。

ところが、今回は声を張らず、甘く耳元でささやくような歌い方をしてみせた。言葉を一語ずつ拾い上げるような発声で、歌詞がクリアに伝わってきた。それでいて、彼の持つ声の特質なのか、力強い響きが伸びやかに耳朶をくすぐる。

自宅へデモを持ち帰り、幾度となく歌い方を工夫して、今日に備えたのだ。一朝一夕にここまで歌いこなせるとは考えにくい。歌詞を読み解き、何度も歌い、粘り強く試行錯誤と思索をくり返したに違いなかった。

修は初めて確信していた。

御堂タツミは、メッセージ性の強いロックを売り物にするアーティストである前に、素晴らしいシンガーだったのだ、と。だから、ほとばしる歌声にファンが引きつけられた。御堂のシンガーとしての真の力量と可能性に、今さらながら気づくのだから、担当A&Rとして未熟すぎた。猛省するほかはない。

見事なアレンジを書いてくれた望月は、サブで歌声を聴きながら満足そうに指先でリズムを刻んでいた。

「ほら、思ったとおりだ。まだまだ引き出しを隠してるな、彼は。なあ」

「――はい。驚くしかありません」

修は素直に認めた。この人たちには脱帽だ。

「歌には経験値が出るからね」

望月はさらっと言って、譜面に目を戻した。

業界ではよく聞く格言のひとつだ。普段の行いが、必ず声と歌に表れる。いくら背伸びして大人の愛を歌いたくても、子どもに深みは出せない。歌詞の深意を大切に考えて歌うことで、人に思いが伝わっていく。

あらためて修は教えられた。自分は御堂タツミの歩んできた道のりをほとんど知らない。担当者なので、打ち合わせは何度もこなしてきたし、食事の席で酒を酌み交わしもした。けれど、御堂は自らの経験を語りたがる人ではなかった。生い立ちも仙台時代の苦労も、彼の口から聞いてはいない。だから修は、業界誌のプロフィール欄に書かれている程度の情報を持つだけだった。そのせいで、彼の歌に共鳴できなかった面は、間違いなくある。

歌を聴く者にも、共感できる理由は必ず存在する。ゆえに熱烈なファンが生まれる。

売れている歌に安易に引き寄せられる者は、長く聴き続けてくれない。多くの人の胸に届く歌には、感情を揺さぶらずにはいられない普遍的な共感の根のようなものがある。

初めて思えた。御堂の担当になれてよかった、と。自分の責任と使命を今一度、確認できた。この経験を必ず活かし、多くの素晴らしい歌を世に送り出していきたい。その最初の一歩が、このアルバムなのだ。

絶対に成功させる。そのために全力をつくす。

気持ちを新たにしていると、御堂の歌声がまた深く修の身に染み入ってくる。

レコーディングを見届けたあと、修は静岡に通い続けた。

ベイビーバードの練習に立ち会い、彼らの音楽論に耳をかたむける。意見を求められれば、

たかった。正直な感想を告げる。他愛ない話をしながらも、一人一人の性格や個性をじっくりと見ておき

ジュンとコアラは仕事が不規則なので、練習が終わるとすぐに帰っていった。タケシとイゾウとは酒を片手に好きな音楽の話で盛り上がった。

あの有名アーティストの歌詞には、いつもどきりとさせられる。女性ボーカルの歌声には、否定できない重さや軽さがあって、ヒットと直結している。ナインス・コードを多用してのメロディが軽やかだから、あの人の歌は心が浮き立つ。昔大ヒットを飛ばしたあの大物は、どう見ても曲作りに行きづまっている。熱烈な音楽ファンの一人として、時に辛辣な感想も飛び出してきた。

「けどさ……自分たちも好き勝手なこと、言われるようになるんだぞ。今のうちからタフな心を鍛えておかないとな」

「おれなんか、もうアレンジのアイディアが枯渇してる。仕事に追われて、このところインプットがおろそかになってるせいだと思うんだ」

「タケシ君も今の仕事は続けていきたいわけだよね」

「まだ会計士の見習い中ですから。もっと経験を積まないと、ぼくたちの会社の経営にも支障を来すでしょうし」

「おれも先輩に拾ってもらったようなものなんです。高校もろくに出てないおれに、仕事を一から教えこんでくれて……。もう少し恩返ししてからじゃないと、こっちに帰ってこられなくなりますよ」

二人とも、無理して言葉を継いだような雰囲気があった。仕事の話題になると、彼らは決まって口が重くなる。

別れ際に、修は迷いを払ってイゾウに切り出した。

「今度、稲岡弁護士に会わないといけなくなってね」

イゾウは夜道で表情を固めた。タケシも様子をうかがう目を向けた。

「誤解しないでほしいんだ。うちの法務部の者が話を聞いて確認は取れている。けれど、文書として残しておくべきだと、副社長に言われてね。ごめんな、不安にさせて。会社ってのは面倒な手続きを経て、仕事を回していくものなんだ」

穏当な言葉で説明すると、イゾウの視線が足下に落ちた。

「芝原さんにまで迷惑かけてしまい……」

「いいんだって。A&Rの仕事のうちだよ。もし気がかりなことがあったら、いつでもぼくに言ってほしい。あらゆる手をつくして、対処に当たる。ぼくだけじゃなく、グループ全社を挙げて、ね。だから、どうか安心して歌に打ちこんでほしい」

二人は急に姿勢を正し、頭を下げた。その他人行儀すぎる態度は、まるで透明な壁でも通して修の本心を探っているかのようにも見えてくる。

まだ全幅の信頼を得られていない。彼らはデビューが正式に決まり、怯えのようなものを抱いている。考えすぎか。

「ぼくは君たちのことをもっと知りたいと思ってる。君たちの歌には、それぞれの個性が表れ、一人一人が大切なピースとなって精緻(せいち)な歌ができあがってると思うからだ。君たちが辟易(へきえき)

するほど、ぼくは静岡に通ってくるから、覚悟しておいてほしい」

「お待ちしています」

タケシが姿勢を正したまま言った。イゾウはうなずいたのみで、返事はしてこなかった。けれど、正直に告げたことで、気後れなく法律事務所を訪ねられる。

三日後に、ジュンのボイス・トレーニングに立ち会う前の時間を利用して、駿河中央法律事務所を訪問した。

稲岡弁護士は思いのほか険しい表情で修を待っていた。

「わたしはあくまで彼らの代理人であり、わたしとうちの事務所が、彼らに代わって何かしらの保証をできる立場にはありません」

文書を残しておきたいとの意向を、タケシたちから聞いていたようだ。

出鼻をくじかれて、修は返答に困った。

「あ、いえ……ですけど、芳山太蔵君のお父さんが亡くなられた時、相続放棄の手続きを取られた、と聞きましたもので」

「その点は、そちらの法務部のかたにも書類を見せて、確認してもらっています」

「お父さんが背負った借金とは、いくらだったんでしょうか。一億円と聞きましたが」

「個人情報に当たりますので、お答えすることはできません」

「確認になりますが、太蔵君がデビューしたあとで、もし本名が明らかになったとしても、実害を被る可能性はないのですね」

「あくまで法律上は、です。けれど、相手は嫌がらせとして彼の職業をメディアに流そうとするかもしれません。ですので、彼らは個人情報の秘匿を契約条項の中に入れたいと言ってきたんです」

稲岡弁護士の口ぶりから察するに、かなりの額の負債を抱えていたのかもしれない。

実の父親が借金を残して死んだというのに、のうのうと音楽活動を楽しんでヒットを飛ばし、大金を手にしている。そういうネガティブ・キャンペーンを警戒しているのだ。

確かに悩みどころだ。ファンが応援してくれればいいが、誹謗中傷する者が出て、メディアが面白おかしく取り上げかねない。太蔵には妹がいる。話が広まって、彼女の将来にまで影響が出るケースは確かに考えられた。

「我々としては、カノンさんにお願いするしかないのです。彼らが無事にデビューして、多少の醜聞にも動じることのない地位を得られるまでは、個人情報の扱いを厳密にしていただきたい。多くのファンがついてくれれば、太蔵君も怯えることなく、大好きな音楽活動を続けていけると思うのです」

ヒットを飛ばせば、嫌でもメディアは注目する。本名と顔を明かさずにいれば、理由を探り、暴きたいと考える者も出るだろう。名前を隠して活動する明確な理由づけをしておいたほうがいい。

医療にかかわる重職に就いているため、仕事の妨げにならないよう、素性は伏せておきたい。そう理由を語り、匿名、顔出しNGで活動を続けるミュージシャンは存在する。ベイビーバードもプロフィールに何らかの理由を明示しておく必要がある。

嘘をついたのでは、発覚した場合に批判を浴びる。使えるとすれば、コアラの介護福祉士という職業だろう。ファンや取材メディアに来られては、入所者とその家族に迷惑がかかる。念のために、イゾウの両親が離婚した年月日を尋ねた。八年前の七月で、その少し前にイゾウは高校を中退していた。父親が離婚届を残して家を出たため、自分も働くことを決めたからだという。

法的には、たとえ離婚せずとも、父親の借金を妻や子が返済する義務はなかった。保証人になっていない限り、親族が負債を背負う責任はないからだ。が、借金を残したまま父親が死亡すれば、負の遺産も相続の対象と見なされる。そのため、相続放棄の手続きを取ったのだ。

弁護士が控えを取っていた母親の謄本を見て、法務部も離婚は確認していた。ただ、父親の戸籍から離脱した記載を見せられたのみで、あとは個人情報に当たるからと、黒塗りされた部分が多かったという。試しに見せてもらえないかと訊いたが、一蹴された。

「個人情報はお見せできません」

当時の住所を確認して、付近の住人から話を聞いておきたいと考えていた。が、弁護士のガードは固かった。

その日の午後、ジュンのボイス・トレーニングに立ち会った。自宅でも独自に練習を積んでいたらしい。着実に声の張りが増し、音程も素晴らしく安定してきた。

「先生から教えてもらった練習法を、タケシとイゾウにもレクチャーしておきました。二人のコーラスも少しずつよくなると思います」

夕方からのシフトだと言い、スタジオ近くのコーヒーショップで話す時間が取れた。修が個人情報の件を切り出すと、ジュンは短い髪をかき上げて正面から見つめてきた。

「ぼくらは地元で働いている。本名や顔が知れ渡ったら、仕事がやりにくくなってしまう。カノンのサイトにぼくらの情報を載せる時、気をつけてもらえればいいんじゃないでしょうか」

「OK。今度ぼくが君たちの詳しいプロフィールを書いてくる。それを見て、君たち自身で手を入れてほしい。稲岡弁護士と相談してもらってかまわない」

最後に修は真正面からジュンに尋ねた。

「イゾウ君とは同じ中学だったんだよね」

質問してきた意図を問う目を返された。

「彼の父親の件を、まだ少し気にしている人が会社の上層部にいる。稲岡弁護士から話を聞いて、ぼくは安心できた。けれど、どういう仕事をどこでしていたのか、念には念を入れて情報を集めておけと言われてしまった。もしもの時、会社でしっかり対処できないのでは問題になるからね。イゾウ君に訊いたんじゃ、何か疑ってるみたいで申し訳ないだろ」

「ぼくに訊くのも同じだと思いますけど」

まったくそのとおりで、言葉もなかった。確認しないと気がすまないからには、多少は疑っていると言うのも同じだった。

「気を悪くしないでほしい。前にも言ったと思うけど、会社というのは面倒な手続きが必ずついて回る。君の口から伝えにくいなら、イゾウ君に直接訊いてみるよ」

修は手帳を閉じ、頭を下げた。

ジュンは窓の外へ目をそらしたあと、修を見つめ返した。

「――六合（ろくごう）の工業団地で、小さな板金工場を経営してたと思います」

「ありがとう。イゾウ君にはあとでぼくから謝っておく」

六合は東海道線で藤枝（ふじえだ）の次の駅に当たる。

ジュンと別れたあと、修は六合まで足を伸ばした。タクシーで大井川（おおいがわ）沿いの工業団地へ向かう。午後六時になろうとしていたが、いくつもの町工場に明かりが見えた。静岡は自動車産業が盛んな地なので、その下請け工場が集まっている地区なのだろう。

工業団地の周辺を歩いて話を聞いた。八年ほど前まで工場を経営していた芳山という人を知らないだろうか。幸運にも、二軒目に訪ねた工場で、イゾウの父親を知る人と会えた。

「ちょっと山っ気がある人で、土地とか先物取引に手を出したって聞いたけど」

「会社の運転資金が底をついたんで、黙って親戚の土地を売り飛ばしたって話だろ」

「あげく倒産じゃあ、逃げるしかないよね」

「ご家族のことは何かご存じでしょうか」

「可哀想に、借金取りが押しかけてきて、親戚の家に逃げたとか聞いたけど……」

工場があった場所を訊き出して、近くの会社を訪ねてもみた。が、詳しいことはわからないと言われた。

その夜、東京へ戻ると、修はイゾウのスマホに電話をかけて事情を話した。

「ジュンから聞きました。けど、芝原さんが謝るようなことじゃありません。一番悪いのは、死んだ親父ですから」

声を湿らせてイゾウは言った。

「さえない話ですよ、父親が借金作って逃げたなんて。そんなやつらの歌を聴きたいなんて思う人はいませんよね」

「違うよ。音楽には経験が出るんだ。つらい時をすごしたから、歌に深みが出て、人の心を打つんだと、ぼくは信じてる」

「性善説を信じきれないんです……」

イゾウの言葉に憂いが帯びた。

「あのことがあって、たくさん友だちをなくしました。ずっと親身になってくれたのが、ジュンたちで。だから、彼らの邪魔になりたくないから、今回の話をもらった時、ぼくは外れてもいいと言ったんです」

「そうだったのか」

「でも、絶対に許さないと言われました。四人で意見を戦わせてきたから、ベイビーバードがあるんだって……」

「素晴らしい仲間だ。歌に君たちの気持ちと覚悟が表れてる」

「——ありがとうございます」

返事は少し遅れた。けれど、力強さが伝わってきた。仲間がいて音楽があるから、彼らはともに歩いていける。

翌週——。知り得た情報をまとめて、ベイビーバードの履歴書を書いた。四人そろっての練習後に手渡すと、二日後にメールで返事があった。あまりに素っ気ない文面だった。
『高校時代にタケシとジュンが出会い、音楽活動をスタートさせる。その後、イゾウとコアラが加わり、ベイビーバードが誕生する。四人ともにそれぞれ地元で仕事を持ち、音楽活動との両立を目指している。』

修が苦労してまとめた情報の多くが、バッサリ削られていた。たった一度だけ出た学園祭の演奏が大評判になり、今でも地元では語り草となっている。その一文までなくなっていた。

素性の特定につながりそうな部分は、すべて消しておきたかったらしい。そこまで徹底するからには、学生時代の彼らを知る地元の者を警戒しているとしか思えなかった。

修はタケシに電話を入れた。

「ぼくたちの取り越し苦労ならいいんです。けど、世間の目の怖ろしさは、イゾウが身をもって知らされてます」

「そんなにひどい嫌がらせがあったのか」

「はい。妹さんはかなり怖がって、警察に相談したほどでした」

暴力団まがいの取り立て屋が訪ねてきたのだ。おそらく近所の人たちも迷惑を被ったと思われる。

「実はぼくも、父親が大病を患ったりして仕事がうまくいかなくなったこともあって、高校を中退してます。なので、高卒認定試験をパスするのに時間がかかり、二十歳の時にやっと大学に入れたんです」

卒業時の年齢が二十四歳だったと、三上からは聞いていた。二年の浪人の末に合格したとのことだったが、事情はかなり複雑だったらしい。

「ジュンも身内に障碍のある者がいて、かなり苦労してきてるんです」

「どうして教えてくれなかったんだ……」

次々と飛び出してくる彼らの境遇に、修は打ちのめされた。

「苦労や貧乏の話なんか、言えませんよ。芸人さんなら、貧乏自慢で笑いも取れるでしょうけど、ぼくらの場合は、音楽と関係ないどころか、マイナス材料にしかならないと思うんです」

昔の演歌界なら話は違った。苦労の末にデビューを果たしたから、歌声に説得力があるのだと、宣伝材料に使うケースは珍しくなかった。

けれど、ベイビーバードの音楽に、不幸な過去は確かに似合わない。

「ぼくらは音楽があったから、今日まで何とか歩いてこられたんです。この先もできるなら、ずっと音楽に携わっていきたいと、心の底から思っています。そのためにはやはり、メンバーの不運な過去を広めないほうがいいと思うんです」

タケシの言葉がずしりと胸にこたえた。

契約の話をしながらも、彼ら四人にまったく浮ついたところは見られなかった。その理由にようやく納得できた。

彼らは怖れていたのだ。デビューという幸運が遠ざかりはしないか、と。

抱えてきた苦労が世間に知られた時の反応が怖い。けれど、音楽は是が非でも続けていきたい。その狭間に立ち、この先自分たちに起こりかねない事態を想像し、迷いを抱えていたのだ。

日本は今、昔のような高度経済成長は見こめず、様々な格差が広がりつつある。が、修は私立の中高一貫校に進み、大手の進学塾にも通わせてもらい、大学へ進めた。その間もバンド活動を続け、生活費に困った経験は一度もない。今はレコード会社で歌を世に出すという夢ある仕事に就けている。タケシたちの目から見れば、幸運極まりない成功者なのだろう。

彼らは懸命に生きてきた。だから、その歌には説得力がある。耳に聞こえのいいだけの歌詞でなく、重い実感のともなう言葉になっていた。

「今の話は、カノンの誰にも言わなくていいからね」

「迷惑かけてばかりで、すみません」

「ちっとも迷惑じゃない。君たちと知り合えて、ベイビーバードの歌が聴けて、ぼくは本当に幸せだと感じてる」

「そう言ってもらえると、みんな喜びます」

修は胸に刻んだ。ベイビーバードの歌は絶対に自分が守る。彼らがこの先も音楽を続けていける環境を築き、支えてみせる。その足場を固めるためにも、デビュー曲を成功に導くのだ。

# 第五章

ベイビーバードが選んだMプロは、フランドルボーイという実力派バンドのリーダーで、作曲とアレンジを担当するローク岩切(いわきり)だった。

ルネッサンス時代にオランダやベルギーにまたがるフランドル地方で生まれた多声音楽の潮流をフランドル楽派と呼ぶ。コーラスを主体とする楽曲から音楽活動をスタートさせて、岩切本人も母親がオランダ人の血を引くため、そのバンド名になったという。近年はＪポップ・シンガーにも多くの楽曲を提供する。

丹羽部長とデモ音源を持って岩切のスタジオを訪ねた。二曲目を聴いたところで、岩切はにんまりと笑いながら言った。

「すごいじゃないか。どこに隠れてたんだよ、この四人。喜んで引き受けますよ。っていうか、絶対ほかのミュージシャンに任せたくないな」

名うてのアーティストを興奮させるのだから、ベイビーバードの力量は本物だ。修まで誇らしくなる。

春からスタートするアニメのテーマソングに内定した。放映日のふた月前からプロモーションをスタートさせたい。音源の完成は遅くとも二月の初頭。スケジュール的に厳しい面がある。そう事情を伝えても、岩切はベイビーバードを優先すると確約してくれたのだった。

四人で東京へ出てこられる時間は限られていた。リモートでの打ち合わせも提案したが、岩切は静岡へ行くと言いだした。彼らの演奏を直に聴き、目を見て話をしたいというのだ。

タケシは電話口で恐縮した。必ず都合をつけると言った。

その三日後に、早くも岩切をともない、特設チームのメンバーで新幹線の乗客となった。

いつもの狭い貸しスタジオは人いきれで熱を帯びた。その夜、ベイビーバードの四人は珍しく饒舌（じょうぜつ）になった。岩切を囲んで離さず、質問攻めにするほどだった。

特にタケシが熱かった。ＤＴＭソフトを使ったアレンジのテクニックを訊き、熱心にメモを取った。レコード会社の面々を前にした時とは、表情がまったく違っていた。彼らと岩切の話に割って入ることができず、置き去りにされたような寂しさを味わった。が、曲作りに携わる者でなければわかりえないものがあるのは当然だった。

やがて好きな音楽の話題へ移り、ようやく少しは会話に参加できた。彼らにとって、初めてデビューの実感を持てたひとときだったろう。明日の朝が早いというコアラまでがホテルのバーについてきて、他愛ない業界話に聞き入った。初めて彼らの素顔をのぞけた気がした。

翌日、ベイビーバードの宣伝プランニングを特設チームで練り上げた。

修はいきなり衝撃を受けた。御堂のアルバムとは比べものにならない予算が、西野局長の英断で決定された。

「アニメへの出資は別枠だ。しくじったら、おれの首ひとつじゃすまないと思ってほしい」

下手なジョークを言うタイプではなく、目もまったく笑っていなかった。今回はアニメ制作もからんでくる。幹部からプレッシャーをかけられたと見える。

「情報公開をいつスタートさせるのがベストか。大規模イベントに飛び入りするとか、渋谷の街頭広告をジャックするとか、とにかくアイディアを出してもらいたい。ミニ・ライブなんて当たり前すぎる戦術じゃあ、PR効果は薄いと思ってくれよ」

ただし、地道な売りこみに手を抜いてはならない。あらゆるメディアに年明けからデモ音源と情報を提供していく日程表を作り上げた。

大胆で目を引くミュージック・ビデオも必須だ。アート・ディレクターもまじえて具体的なCM戦略を考える。発信力のあるタレントを使い、インフルエンサー・マーケティングもしかけていく。手がけるべき仕事は山ほどあった。

音源制作、宣伝と広告、映像、販売、営業……。分野ごとの会議が次々と入った。修はすべてに出席を求められた。そのつど回覧される資料作りも、すべてA&Rの仕事だ。またも寝る時間を削っての作業になった。

仮眠してはパソコンに向かう。会議に出席しては電話連絡をつける。御堂のアルバム制作と宣伝も待っている。嬉しい悲鳴とはこのことだった。目が回るほどの勢いで一日がすぎていく。

岩切から早くもアレンジのデモ音源が完成したと連絡が来た。ベイビーバード四人と関係者にデモと譜面を送り、感想を取りまとめる。

デモはDTMソフトで仕上げてあった。生の楽器との違いを想像しながら聴いてほしい、と言われた。が、ソフトの音源素材と岩切のテクニックが秀逸なので、充分に聴き応えのある曲に仕上げられていた。プロの技にうなるしかない。

特に大サビのコーラス・パートは鳥肌ものだった。転調とともにパイプオルガンが奏でられて、崇高な賛美歌を思わせる曲調に一変する。胸を揺さぶられずにはいられない。

「凄いですよ。さすが岩切さんですね。ぼくの単純なアレンジとは音の厚みが違いすぎる。ため息しか出ませんよ。多くの楽器を鳴らしてるわけじゃないのに、どうしてここまで音の奥行きが出せるのか。譜面とデータを見比べて、じっくり研究してみます」

タケシは興奮して電話をかけてきた。

関係者の評判は素晴らしかった。絶賛と言っていい。あとはベイビーバード四人にエンジニアやスタジオ・ミュージシャンとも打ち合わせを重ね、磨きをかける作業へ進む。

「芝原さん。ベイビーバードのほうで忙しいのはわかりますよ。けど、こっちのトラックダウンもひかえてるんですからね」

伊佐から早くスケジュールをつめてくれと矢の催促がきた。

わかっている。トラックダウンは曲の印象度を大きく左右する重要な作業だ。別々に録音したパートのボリュームやバランスを微調整して、理想の楽曲に近づける。音質にも手を加えて、無限の組み合わせからベストを選ぶ。リミックスとはトラックダウンの別バージョンで、多くのアプローチがあるため、意見が割れることも少なくない。

御堂は今回、すべて望月に任せたいと言った。両者の要望を詳しく聞き、エンジニアとも打ち合わせを重ねる。新たなアイディアがあれば、深夜であろうと連絡が来る。

「宣伝とも話したんですが、シンガー御堂タツミを全面的に打ち出したいと考えています」

修は社の要望を望月に伝えた。

「同感だな。でも、バランスは大切だろうね。従来のファンも喜んでくれる曲調は残して、冒険した曲をプラスする。ただし、ダブ（音響効果）はひかえて、彼の歌声を最大限に引き出すことを心がける」

技巧に頼らず、全体としてはシンプルさを心がける。御堂の歌を信じての提案だった。

トラックダウンが終われば、完成は目の前に見えてくる。CDジャケットと配信用ビデオのコンセプトも締め切りが近づく。

アート・ディレクターは御堂のアルバムを長く手がけてきたベテランに任せた。ミュージック・ビデオはメインタイトルとするバラードとロック調の新曲にカバーの計三曲を作る。

予算が限られている。メインとなるバラードのみにロケを行うと決めた。従来のロックナンバーはバックバンドとの演奏シーンを編集する。カバー曲は望月によるピアノ演奏のみの映像とする。照明に凝ることで画面にアクセントをつけ、安っぽく見えない工夫が重要だった。その狙いを理解してくれる映像作家に発注した。

「このビデオでどれだけPR効果が望めるか。それとも、宣伝費に充てたほうが効率的か。芝原君の判断ひとつだと思いなさい」

かなり厳しい予算表を見て、丹羽部長が目で威圧してくる。

修の判断ひとつで一千万円を超える額が動く。効果が見こめず、売り上げが低迷すれば、御堂の経歴に傷がつく。コンサートの黒字化も期待できなくなる。重圧にひざが震える。

「赤字を出したら、次の十五周年アルバムは難しくなるんでしょうか」

部長は軽く首をかたむけた。

「わたしの口からは何も言えない。黒を出せば問題ないでしょ」

簡単に言ってくれる。不安は解消されない。

社の上層部は数字という結果を求める。アーティストがアルバム制作に力をそそぐのは当然で、熱意の多寡は評価の対象とされない。過去のヒットも今後の売れ行きを保証はしない。

アルバムタイトルは、シングルに予定している「微熱」から取り、『スライト・フィーバー』とした。御堂が英語表記のアイディアを出し、採用された。販促グッズは予算をつめて、カノン・プランニングの開発部に託した。ポスターは最低三種類は作りたい。その写真撮影の予定も組んだ。

さあ、あとは足でPR活動に励むのみ。同時にベイビーバードの音源制作とプロモーションもある。体力勝負のうえに綱渡りとなりそうだった。乗り切るしかない。

決意を胸に、トラックダウンの現場に立ち会った。こういう時に限って、想定外の事態は起きる。

「ちょっと待ってくれないか。歌声にエコーを効かせすぎるのはどうかなあ」

バラード曲のミックスに入ると、御堂が異を唱えだした。今回は任せると言ったが、そう簡単にはすまないだろうと予想はしていた。

「エフェクト（音響効果）でごまかしてると思われたら損だよね」

「気持ちはわかる。けど、サビへ移る前に、余韻を残しておいたほうがベストじゃないかな」

望月は曲の全体を見すえたバランスを考えていた。御堂は自分の歌声に自信があるため、聴かせどころと言える高音の伸びを邪魔されたくないのだ。どちらの意見もわかる。ベストを見出すのがトラックダウンの目的なのだ。

エコーを抑えたバージョンを実際に流して、スタッフの意見を聞いた。修も正直な感想を言わせてもらった。

「確かにエフェクトを抑えめにしたほうが歌声は耳に残りやすいと思います。けれど、アレンジがシンプルなぶん、単調に聴こえはしないでしょうか。盛り上がっていくところだから、余計にそう聴こえたのかもしれません」

「シンプルだから、声を素直に聴き取ってもらえるんだよ」

御堂は納得しなかった。

またスタジオが静まり返る。昔と違って徹夜の作業は行いにくい。予定が消化できないと、別日を確保する必要が出てくる。

一日の延長ですめばいいが、三日も押したらＭＶの予算に響く。だからといって、Ａ＆Ｒが焦（じ）れた様子を見せるわけにはいかない。ほかに削れるところがないか思案しつつ、議論と微調整の作業を見守る。

折衷案（せっちゅうあん）として二パターン作るのはどうか。場を取りなすために伊佐が提案した。が、新たな手間が増えれば、さらに時間が押していく。

休憩中に折を見て、全国ＰＲに同行してもらいたいと御堂に伝えるつもりだった。議論が長引き、タイミングが見つからない。ひとまず懸案事項を宿題として残し、残りのトラックダウンを進めてもらう。スケジュールと予算に心を奪われ、御堂の歌が耳に入ってこない。

何してるんだ。トイレに立って、鏡に映る男に訴えかけた。部長の不動心は、こういう現場で鍛えられたのだと思いたい。スタジオの融和を図るのも、A&Rの重要な仕事だ。

焦れる胸をなだめて、スタッフに笑顔を作る。御堂のバラードを褒め上げる。本当に素晴らしいと思えているので、無理なく賞賛できる。その点での手応えは、スタジオの誰もが得ていると信じられた。

日付が変わる前に、今日の作業を終えた。帰りの車に、修も同乗させてもらう。今後の予定を相談するためだ。スケジュール表を開いて、話を進める。

「トラックダウンが少しぐらい遅れても、発売に影響が出ないよう頑張ります。その後に主要都市のPRに回りますので、ぜひ一緒に行っていただきたいんです」

「伊佐君からも言われたよ。なあ」

御堂は目を閉じ、助手席に座る伊佐に言った。

「芝原さんが作った予定表は、お渡しししています。じゃんじゃか営業活動に引き回すからそのつもりでいてほしい、と言って」

「高みの見物ができる立場じゃないからね、今は」

伊佐の仕事に感謝した。御堂は進んで挨拶回りをしたがる人ではなかった。説得するしかないと勢いこんでいたので、肩から力が抜けた。

「仙台では、必ずミニ・ライブを仕掛けてみせます。プランニングの担当は頼りになりそうもないんで、ぼくが動きますから」

伊佐が力強くつけ足した。修の忙しさを知ってのことで、本当にありがたい。が、すべてを任せるわけにはいかない。修は言った。

「営業所の者が今、テレビやラジオの出演交渉を進めています。早いうちに遠征の日程を固めますので、その点も相談させてください」

「了解した。何でも遠慮なく言ってくれ」

御堂は目を閉じたままだ。揺れる気持ちを顔に出すまいとしたように見えてならなかった。


トラックダウンは二日遅れで終了した。リズム系のボリューム調整でも意見が合わず、紛糾しかけた。エフェクトを効かせたリミックスにして収録する手もある、と御堂が言った。おかげで別バージョンの手間が増えたのだった。

音源が完成すると、量産化のマスタリング作業を経て、ＣＤのプレスに入る。その前に御堂と四曲をセレクトして、プロモ用に二百枚を焼く手配を進めた。試聴盤としてメディアや評論家に配るためだ。

「あとはアルバム構成を決めてジャケットを完成させるだけなので、もう発売が遅れることは絶対にありません」

プランニングのフロアを訪ねて、役員に報告した。これでツアーの縮小は考えずにすむ。そう念押しするためだ。

「それは何よりだね。詳しい宣伝計画を持ってきてくれるとありがたい」

限られた予算でどう宣伝するつもりか。具体策がわからないと、ツアーの予算が組めない。せい
現場が売れ行きを不安視しているのは明らかで、目を引く特典グッズの製作は望めない。せい

ぜいが印刷のよくないポスターに落ち着くだろう。カバー曲が従来のファンから喜ばれるかどうかも目算は立っていなかった。役員の読みと切っ先は日本刀なみに鋭い。

「手始めにファンクラブの配信イベントで新曲とカバーを披露します。その後に社のサイトでMVを公開して、同時に全国キャンペーンを展開していきます」

「だから、そのスケジュールとキャンペーンの規模をまとめてきてくれたまえよ」

決定権を握る役員の牙城は、びくとも揺るがなかった。

調査会社のデータから、御堂を取り上げてくれるメディアは多くないと踏んでいるのだ。

修はカバー曲にスポットを当てる作戦を考えていた。試聴盤も二曲をセレクトして入れた。新たな試みだと必ず注目してくれるだろう。

手配を進める間に、ベイビーバードの仕事も入ってくる。アニメの制作発表が決まり、全体会議に出席した。レコーディングが予定どおりに進めば、集まる記者に試聴盤を配布できる。四人を会見に登場させられたら、話題にもなる。そう提案したが、ネット配信する別のアニメの制作発表も同時に行うため、時間が限られていた。このあたりは制作陣の綱引きもあり、途中参加のカノンは強く主張できなかった。

アレンジはすでに固まっていた。問題があるとすれば、ベイビーバード四人の演奏技術だ。

彼らの意向は尊重したい。が、目処が立たない場合は、スタジオ・ミュージシャンの助けを求めるほかはない。そもそも仕事の都合で、彼らがそろってレコーディングに参加できる日程は限られていた。

年末にレコーディングを進めるスケジュールを決めて、四人に念押しした。

「わかりました。皆さんに迷惑をかけないよう、練習を積んでおきます」

タケシは冷静に受け止めていた。初めてのレコーディングなので、主張ばかりもしていられない。初日は、イゾウのベースとドラムのリズムパートを録音する。岩切がＤＴＭソフトで作ったパーカッションを加味する。次がジュンのギターとタケシのキーボードをそれぞれ録る。四人まとめて演奏するより、個別の技術が判断しやすい。

その時点で採用が難しいとなれば、岩切の選んだミュージシャンで録り直す。パイプオルガンは別日に収録する手配をつけた。弦と管楽器の譜面は岩切が完成ずみで、そのすべてをミックスしたあと、最後にボーカルとコーラスを録音する。

四人は仕事の合間を縫って、東京のスタジオへ通った。リーダーのタケシは連日、夕刻からの録音に参加した。

「岩切さんのディレクション（指導）を余すことなく吸収しておきたいんです」

収録の間、岩切が表示させたＤＴＭソフトのプロジェクト画面を食い入るように見つめていた。エフェクトやプリセット（調整）のテクニックを学び取ろうと懸命なのだ。

四人は見事にレコーディングを乗り切った。ジュンやイゾウの指先には血豆ができていたが、痛いと言う者は一人もいなかった。ボーカルのコアラは、このひと月のトレーニングで高音の伸びが一段と増した。ファルセット（裏声）の音程も乱れがなかった。その上達ぶりは、岩切も驚くほどだった。

さらにコーラスは、ジュンが新たなラウンド（輪唱）パートを提案した。主旋律を追いかけて四人のコーラスが重なっていき、ハーモニーを奏でる。多重録音を駆使するので、さらに荘厳さが醸し出された。音を重ねるたびに、歌が複層的に立ち上がってくる。

「OK。採用しよう」

岩切はラウンドパートを採用した。そのために大サビを八小節延ばすと言い、エンジニアを手こずらせた。が、DTMソフトを難なく駆使して、ボイス・パーカッションを巧みにコピーすることで乗り切った。

ため息が出る。新たな提案をダイレクトに取り入れられる技術力と懐の深さに、修は感嘆した。新米A&Rの出番はまったくなかった。ボーカルの収録日に立ち会った西野局長も目を見張るほどの仕上がりだった。

「覚悟しとけよ、芝原君」

その日の帰り際に、西野が怖い顔で耳打ちしてきた。

「これで彼らが売れなかったら、すべておれたちの責任だ。売り方が悪かったと、絶対にたたかれるぞ」

誰もが手応えを感じていたと思う。ますますプレッシャーが身を取り巻く。

年も押し迫った最終日に、スタジオでささやかな乾杯が行われた。本当なら会場を移して盛大に打ち上げをしたかった。が、コーラスパートの収録のみなので、タケシとジュンしか参加していない。二人とも最終の新幹線で静岡に帰る予定だった。

ノンアルコールビールを手に、タケシが深々と頭を下げた。

「本当にありがとうございました。皆さんのご期待に応えるべく、これからも全力をつくしていきます」

修も挨拶を求められた。

「レコーディングを終えて、何度目になるかわからない確信が、また沸き起こっています。ベイビーバードの実力は本物です。もしヒットしなかったら、二人で潔く責任を取ろう、と局長にも言われました」

そのとおり。絶対にヒットさせてくださいよ。多くのスタッフが声を上げた。

御堂のレコーディングが思い出されて、胸がうずいた。何人もエンジニアが重なっていながら、反応はあまりに違った。勢いを失いかけた中堅アーティストと、これから羽ばたく新人。期待値に差が出るのはしかたなくても、身内の評価は手厳しい。あとはA&Rが走り回るのみだった。

短い正月休みを挟んで、修は年明けから御堂のプロモへ舵を切った。今のうちに全国の回る先を固めておきたい。

営業所に任せておけず、新年の挨拶もかねて地方局の関係者に電話をかけた。――試聴盤と資料を送らせていただく。その後こちらからまた電話をさせてください。つれない返事をもらおうと、ひたすら熱をこめてお願いする。

各局の担当者には、売りこみの電話が毎日かかってくる。映画や舞台の宣伝にタイアップの相談も入る。すべてをさばききれるものではない。ライバルの中へ食いこむため、何ができるか。

M2局のデスクで電話を続けては、周りが迷惑する。伊佐と二人で会議室を占領した。電話がつながらない者にはメールで情報を流し、翌日に電話を入れ直す。

午後六時。電話作戦を終えて会議室を出た。伊佐は別のアーティストのジャケット撮影に立ち会うため、慌てて社を出ていった。

修はニューアルバムの資料作りを進めた。試聴盤を送った評論家からの反響は、残念ながら届いていない。まだ手が伸びていないのだろう。

御堂タツミの新たな一面を華々しく飾る記念碑的アルバムの完成。食事に行く時間も惜しい。買い置きのカップ麺をすすって、思いつく限りのキャッチフレーズを並べて文案をまとめる。

「聞いたぞ。ついに山越えが見えてきたか。あちこちルート開拓に突き進んでるらしいな」

声に振り向くと、いつものナップザックを背負った大森が立っていた。ランチを奢(おご)るとの約束も、このところの忙しさで失念していた。山とは御堂のアルバムのことだとわかる。

「お疲れ様です。まだまだ険しい峠道の途中です」

「おれのほうは、またも谷底だよ」

疲れきった苦笑が頬に刻まれた。

「例の挿入歌の件だ。見向きもされなかった。恨めしいよ」

「決まったんですか」

「何だよ、聞いてないのか。そっちもベイビーバードで行くって、監督が言いだしたってな」

知らなかった。部長が一人で先に動いたか。営業の独走もあるだろう。明日の会議で正式に発表されるのかもしれない。

もはや担当A&Rの職域を侵すほど、多くの社員がベイビーバードに入れこんでいた。彼らの歌が関係者の心をつかんでいるのだ。喜ぶべきことだった。けれど、確実に手柄が奪われていく。新米A&Rの手には余ると、誰もが見ている証なのだ。

「気にするな。話が大きくなると、必ずしゃしゃり出てきたがる者も増える。周りの気分を害したら、チームの和が保てなくなるからな。そこだけは注意しろよ」

大森は関係先から情報を聞き、修の頭越しに事態が進んでいると知ったのだ。さりげないアドバイスが本当にありがたい。新米はただ耐えるしかないのだろう。

先行きを危ぶんでいると、デスクでスマホが震えた。着信表示を見ると、静岡の三上からだった。ありがとうございます。あらためて礼を言い、スマホに手を伸ばした。大森は軽くうなずき、早く電話に出ろと仕草で応じてくれた。

「――はい、お世話になっております」

「芝原さん。あなた、イゾウ君のお父さんが経営してた工場を探しましたよね」

年頭の挨拶もなかった。やけに張りつめた声で問いかけてくる。立ち去る大森に一礼して、スマホを引き寄せた。

「あ、はい、工業団地を訪ねましたが……何かありましたでしょうか」

「実は、ミノブのグループ会社もあの辺りの工場に仕事を発注してましてね。営業が気になる話を聞きつけてきたんです」

三上は意味ありげに息をついた。

「その営業は地元の出身なんです。つい最近レコード会社の人がうちに来た。君とも歳が近いから、芳山の息子を知ってるんじゃないか。工場長にそう言われたそうで――」

どうやらイゾウの素性を知る社員がミノブにいたらしい。

「彼はイゾウ君のことを思い出して、感心したっていうんです。昔はたちの悪い連中とつるんでたけど、音楽に打ちこんでデビューにこぎ着けるなんて、すごいなって」

たちの悪い連中――。

嫌な予感が胸に走る。アーティストの中にも、かつて地元でトラブルメーカーだったと自慢げに武勇伝を語る者がいないわけではない。

「その担当者は、確かこっちの大学でプロ並みのバンドが学園祭に出たって聞いた覚えがあったらしい。で、もしかしたらと思って、音楽に詳しい先輩社員に聞いたっていう」

もちろん静岡経済大学の学園祭だ。世間は狭い。

「そしたら、ムーサってライブハウスの店長がスカウトに来たって知った。ちょっと待てよ。ムーサはミノブ・グループの傘下に入っている。なので、上司に早速話を上げた。昔の知り合いがデビューするみたいだ。かなり悪かったやつなのに、って」

三上の声の重さに、言葉が出なかった。よくない想像ほど、ふくれあがる。

四人は学園祭に出た時、サングラスと派手な化粧で顔を隠した。イゾウの父親のことがあるので、本名と顔を明かさずに音楽活動をしていきたいと言っていた……。

「たった今、本部から確認の電話が来ました。例の四人組じゃないのか。悪い噂を聞いていないか。地元での評判はどうだったんだって」

スマホを持つ指先が冷たくなった。汗が出てくる。

契約書の中には、違法行為を犯した場合の条項が設けられていた。たとえ過失でも、速やかに報告する義務がある、と。だが、過去の罪は質してはいない。なぜなら、経歴を記した履歴書を添えてもらう決まりだからだ。四人ともに賞罰の欄は空白だった。修は慌てて声にした。

「イゾウ君に、昔のことを確認したんですか」

「いいえ。まず芝原さんに連絡したほうがいい、と。たぶん大げさに話が伝わったんだとは思いますが……」

「わかりました。お知らせいただき、ありがとうございます。ぼくのほうで対処します」

「お願いします」

通話を忙しなく終えて、スマホを置いた。胸が苦しい。何度も深く息を吸った。

冷静に考えてみる。

提出された履歴書に賞罰の記載はなかった。契約書に嘘を書いたとなれば問題となる。彼らには弁護士がついているのだ。トラブルの事例があったら、相談したはずだ。ジュンも中学の同級生で、昔の経歴は隠しようがない。

ひょっとすると、補導歴ぐらいはあったかもしれない。が、罰として記載すべき要件ではない。そう稲岡弁護士が判断したのだ。たぶん、仲間と少し羽目を外した程度だったろう。

それでも、確認しないわけにはいかない。

稲岡弁護士に訊いても、履歴書に詐称はないと言われるはずだ。弁護士が依頼人に不利なことを打ち明けるわけもない。補導歴であれば、前科とは違う。法的な刑罰とは言えなかった。

迷った末にフロアを出た。誰もいない会議室から丹羽部長に電話を入れた。

「――謎がようやく解けた気がする」

部長はさして驚きもせずに言った。

「やはりそう思われますか。だから彼らは素性を明かしたくないと言ったのかもしれません」

「彼らがずっと無名でいたなんて、本当に不思議でしかたなかった。地元でライブ活動もしてきてないし……」

イゾウの非行が関係している。多くの状況が、そう物語っているように思えてならない。

「おかしな言い方だけど、ほとぼりが冷めるのを待っていたのかもしれない。もしくは、ほかにしばらくおとなしくしているべき別の理由があったか」

会議室の暗い窓を見つめた。目まぐるしく思考をめぐらせた。

無名でいるべき理由——。

もし世に出せない罰などがあったとすれば、そうそう気軽に音楽活動はできなかったろう。考えられるとすれば、少年院などへの入所か。それでもタケシたち仲間に支えられて、更生の道を歩むことができた。

彼らは着実に実力を磨いた。どこに出しても恥ずかしくない歌を生み出せるまでになった。この四人であれば、デビューという夢を実現できる。

そう信じて、顔と名前を隠したまま学園祭に出演した。期待どおりに三上というライブハウスのオーナーが声をかけてきた。レコード会社への売りこみを買って出てくれた。

「考えてみたら、弁護士が最初からついていたんだからね」

「何かしらの問題を起こしていた——そう疑うわけですか」

「有罪判決は受けてないでしょうけど、たぶん」

虚偽の記載は契約違反となる。すでにサインを取り交わしている。デビューの日程はもちろん、アニメのテーマソングも射止めた。

「直ちに確認しなさい。彼らや弁護士に訊いたんじゃ、白と黒の境界線が甘くなる」

「地元の評判を集めてきます」

「悪くしたら、タイアップは飛ぶと覚悟しないと……」

いつも強気の部長が、珍しく声を沈ませた。

青春アニメの主題歌なのだ。若者たちの応援歌を歌うバンドの一員が、かつて非行に走っていた。世間が眉をひそめる事実が出てきた場合、非難の的となる。制作陣やテレビ局にも迷惑がかかる。

興信所に調査を依頼すれば、確実に裏は取れる。だが、自ら動いたほうが早い。

翌朝、午前八時の新幹線で静岡へ向かった。

契約書に添付された履歴書に、イゾウたちの出身中学校名が記されている。

島田市立六合第二中学校。地図で確認した。イゾウの父親が倒産させた工場は、大井川に近い工業団地の一画にあった。中学校は北の市街地に位置する。駅でレンタカーを借りて、東海道線の六合駅を目指す。

たとえ事情を告げても、卒業生の消息を教える中学校はない。地元の若者が集まりそうな喫茶店を探した。

ある企業の依頼で、かつての工場経営者を探している。過払い金があるので、家族に相談したい。息子が六合第二中学の卒業生で、悪い仲間とつき合っていたと聞いた。

近ごろ目にするテレビ広告を使わせてもらった。たとえイゾウの父親が負債を抱えて逃げたと知る者でも、返済金があると聞けば、悪い話ではないと思ってくれる。

二軒目の店で狙いが的中した。イゾウの同級生を知る人が身近にいるという。

その人が働く不動産屋へ向かい、同級生を紹介してもらった。三年の時に同じクラスだった女子生徒で、今は結婚して市内に住んでいた。

借金を返す手伝いにもなる。芳山君と家族に迷惑はかからない。そうくり返したが、不審がられて、話は聞けなかった。ほかの同級生を紹介してほしいと言ったが、冷たく電話を切られた。そう簡単に調べが進めば苦労はしない。

作戦を元に戻した。地元の若者が集まる店を、不動産屋で尋ねた。二軒の居酒屋と街道沿いのファミレスを教えてもらった。居酒屋が開いている時間帯ではなかった。昼前なので、ファミレスも忙しくはないだろう。若い店員は見当たらず、パートの中年女性ばかりだった。冷たくあしらわれた。

仕方なく居酒屋の一軒をのぞきに行った。早くも昼の定食を提供していた。カウンターに席を取って、A定食を注文した。厨房の中は見えないが、店員は二人とも三十代らしき女性だった。

生姜焼き定食に箸をつけ、店員に話しかけた。

「実は、この辺りに以前住んでいた工場経営者を探しているんです。借金を残して逃げたそうなんですけど、過払い金があるとわかりました。ご本人は亡くなったらしく、家族を探しています」

名前は芳山太蔵。二十五歳。母親と妹がいる。

「借金を苦に夜逃げした人がいるって聞いたことはあるけど……。店長。工場をつぶして逃げた人が昔いましたよね。その家族を探してるって人が来てるんですけど」

一人が厨房に声をかけてくれた。

暖簾(のれん)を分けて現れたのは、修と同年代の男性だった。坊主頭に黄色いバンダナを巻いている。

「ああ……芳山んところの跳ねっ返りか」

店長は前掛けで手をぬぐいながら、カウンターの奥から出てきた。

「清水のほうへ越したんじゃなかったかな」

転居先まで知っていた。イゾウの交遊関係と人脈が重なっているのかもしれない。

修は目を見開いてみせ、わざと言葉をにごした。

「どうも太蔵君が昔、よくない連中とつき合ってたとかで、あまり同級生と連絡を取っていないようなんです」

店長は腕を組んで首をひねった。

「どうなのかな……。連絡を取ってないのは、父親のことがあったからだと思うけど。息子のほうの噂は聞いたことないな」

「ねえ、店長。町内会長だったヤベさんちの子が大怪我したことあったじゃないですか、殴り合いの喧嘩か何かで。その一人が夜逃げした社長の息子だったって話がありましたよね」

茶髪の店員がこともなげに言った。修の心臓が縮み上がる。

「本当ですか……」

「いえね、噂で聞いただけなんですけど」

「町内会長さんはどこにお住まいでしょうか」

動揺を隠して訊くのがやっとだった。

店長が肩をすくめるようにして言った。

「ヤベさん一家も越していったんですよ。大怪我した息子ってのが、かなり評判の悪いやつで。親父さんのほうも目立ちたがり屋で、選挙の時になると、やたら町内会で票の取りまとめに走ったりしてね」

「そうそう。本人もいずれ市議会選挙に出るつもりだったって。あんな人に誰が投票するもんかって、みんな言ってた」

「ヤベさんの転居先を知るかたをご存じないでしょうか」

店長はあっさりと答えを返した。

「そこのドラッグストアのオーナーが町内会長を引き継いだんです。あの人なら知ってるかもね」

レンタカーを駐車場に停めたまま、駅前へ急いだ。

ドラッグストア「サンライズ」は駅から七十メートルほど進んだ先にあった。

店の横に商品の段ボールと買い物籠が積まれていた。地方都市のドラッグストアとしては大きいほうだ。店先でトイレットペーパーを棚に並べる四十代ぐらいの男性店員に声をかけた。

その人がオーナーの神田だった。

借金の過払い金が戻ってくるので、芳山太蔵君を探している。喧嘩して元町内会長の息子に怪我を負わせたと聞いたが、本当でしょうか。事件を起こしたのなら、関係者から連絡先を知ることができる。強引な理屈を語ると、オーナーは面倒そうな顔をしながらも腰を伸ばして言った。

「そりゃ当然、ヤベさんなら連絡先知ってるだろうね。何せ意地悪く示談に応じなくて、相手は裁判を受けることになったらしいから」

修は両ひざに力をこめた。足下の地面が抜け落ちた気がして、体がふらついた。

まさか裁判までとは……。

「けどね、そもそもの原因は息子のほうにあったらしいんだよね。ひどい嫌がらせをしてたって証拠がどんどん出てきたんじゃなかったかな。殴られても当然の息子だったのに、馬鹿息子を信じて裁判までさせたっていう。あの人の評判もよくなかったから、店の売り上げも低迷して、ついには倒産だよ。自業自得だけど」

元町内会長の矢部（やべ）は、親から譲り受けた酒屋を営んでいたという。

息子のほうに原因があったと聞いて、修はわずかに望みを託した。が、裁判を受けたとは聞き捨てならない。

「判決はどうだったんでしょうか」

「さあね。ほら、未成年者の裁判でしょ。それに矢部さんも、すぐ町から出てったし。事件の詳しいところは家族しか知らないんじゃないかな」

未成年者の裁判は、非公開で行われる。事件が報道されても、実名は公表されない。履歴書に記載がなかったのは、少年法によって守られているから、と考えられる。

肝心の矢部一家の転居先は聞いていないという。

「あの人も夜逃げみたいなものだったからね。町内会費が無事に残されてただけ、まだ幸いだったよね」

オーナーは冷ややかな笑みを見せて言うと、トイレットペーパーを並べる作業に戻った。


大まかな状況は見えてきた。コインパーキングに戻ると、車内から駿河中央法律事務所に電話を入れた。おそらく裁判にも関係していたと思われる。

稲岡弁護士は事務所にいてくれた。

「実は今、島田市内に来ているんです。イゾウ君の出身地です。彼の経歴を確認したいと思いまして」

「――はい」

やけに素っ気ない相槌だった。

「裁判の話を聞きました。どうして事前に相談していただけなかったんでしょうか」

「どういうことでしょう」

修の憤りなどどこ吹く風で、稲岡は淡々と訊き返した。

「判決がどういうものだったのか聞くことはできませんでした。地元の人も事情はよく知らないそうです。でも、稲岡さんはご存じだったんですよね。契約の段階で当然、伝えておくべき事項に該当すると思われます」

「おっしゃっていることの意味がよくわかりませんが」

あくまで白を切ろうとする言い方に、声が大きくなった。

「弁護士は依頼人の秘密を守る義務があるんでしょう。けど、刑事事件の被告になったという事実は非常に重いと言わざるをえません」

「お言葉を返すようですが、芳山君は刑事事件の被告にはなっていません」

「ええ、そうなんでしょうね。未成年者が事件を起こした場合は、確か家庭裁判所での審判を受けることになっていたと思いますから、正式には被告と言わないのかもしれません。ですが、裁判所で審議された事実は変わらないはずです」

「どうも芝原さんは、少年事件をよく理解されていないようですね」

口調に事務的なニュアンスが帯びた。一線を引こうとする意図が感じられる。

「では、詳しく教えてください」

「未成年者が法を犯した場合、その後の更生を鑑(かんが)みて慎重に取り扱うことが、少年法によって定められています。不定期刑に処せられてその執行を終えた者、また執行の免除を受けた者は、資格に関する法令の適用において、その時点から将来に向かって刑の言い渡しを受けなかったものと見なされるのです。つまり、未成年者の場合は、罪を償ったなら、前科とは見なされません。よって、履歴書に記載せずとも法的に問題はまったくないのです」

法律の知識が浅く、理解するのに時間が必要だった。稲岡がさらに続けて言う。

「更生した未成年者が、就職上の不利益を被らないためです。ここであらためて言うまでもなく、芳山君の経歴に前科などは存在しません」

「法的には、そうなのでしょう。しかし、もしイゾウ君の事件が公になった場合、世間は前科を持つ者と見なします」

「もしそうなった場合は、世間が間違っているのです。今後も罪を償った未成年者が不利益を被ることがないよう、我々で少年法の尊き理念を強く訴えていかねばなりません」

「無茶なことを言わないでください。彼らのデビュー曲はアニメのテーマソングになるんですよ。多くの少年少女に見てもらおうというのに、その主題歌を歌う者が実は傷害事件を起こして少年審判を受けていたとわかれば、大問題になります」

「多少の過ちは誰にでもあるものです」

稲岡弁護士は頑なに、守っていくべき理想論を振りかざした。

「どういう判決を受けたのか、教えてください。お願いします」

「ですから、少年事件の審判は公開されないものなのです。判決とも言いません。あくまで処分に該当します」

「法律上の解釈を問いただしているんじゃありません。我々は大金を投じて、彼らをデビューさせると決めました。あとで事件が発覚して問題になれば、アニメ番組も中止に追いこまれるかもしれません。そうなれば、テレビ局から莫大な違約金を請求される事態になります」

「どうか冷静になってください、芝原さん。そもそも未成年者の前歴は、固く守られるべきものなのです。テレビ局が違約金を請求できる権利は、どの法律に照らし合わせても存在しません」

「ですからそれは、あくまで法律上の解釈ですよね。たとえ法的な根拠がなくとも、テレビ局は我々を絶対に許しませんよ。二度とその局との仕事はできなくなるでしょう。今後アニメ関連の仕事をすべて奪われる事態も起こりえます。そうなったのでは、困るんです」

「くり返すようですが、芳山君に前科はありません」

「どうしてわかってくれないんです。彼は何をしたんですか、教えてください。判決はどうだったんです」

「わたしは弁護士で、依頼人を守る立場にあります。何度も言うようですが、契約事項に違反する行為は一切ないのです」

何たる頑固さなのだ。法律を盾に取った弁護士の主張はびくともしない。分厚い壁に爪を立てるに等しいむなしさを覚える。

「ぼくは知り得た事実を会社に報告しなければなりません。彼らのデビューは吹き飛ぶと思ってください」

「芝原さん。どうかよく考えてください。我々大人には、懸命に生きようとする若者に優しく手を差し伸べていく責任があるとは思いませんかね。彼らは素晴らしい歌を作り、地元で懸命に働いている。人は誰でも過ちを犯してしまうものであり、やり直しのチャンスが保証されなくてはなりません。彼らに何があろうと、わたしは支援に力をつくすつもりです」

理想はそうだ。イゾウは言い渡された処分をつつがなく果たし、立派に更生している。けれど、罪に向けられる世間の目は厳しい。正義を振りかざしてネットに批判を書き立て、自殺にまで追いこもうとする者までいるのだ。

「いつだったか、若手のお笑い芸人が、未成年の時に罪を犯していたとわかり、話題になりましたよね。でも、その芸人は今もテレビで大活躍している。少年法の正しき理解は着実に進んでいるんですよ」

笑いを振りまく芸人が罪を犯し、罰金刑を受けていた。素直に事実を認めたこともあり、今なお人気は衰えていない。音楽業界でも薬物に手を出したアーティストが復帰して、以前と変わらぬ華々しい活躍をしているケースはあった。

だが、犯した罪のために仕事をなくした者もいる。罪の度合いが大きく影響する。

イゾウは何をしでかしたのか。

弁護士が答えてくれないとなれば、本人に訊くしかなかった。

「社内で協議して、また連絡します」

通話を終えて、すぐにイゾウの携帯に電話を入れた。

午後一時四十分。電話はつながらなかった。折り返して連絡をもらいたい。短くメッセージを残した。沈んだ声の調子から、見当はつけられるだろう。こちらも何を言ったらいいか、冷静に考える時間が必要だった。

レンタカーを借りた静岡駅へ向かった。富士の眺めを楽しむ余裕はない。

静岡市内に入ったところでスマホが鳴った。急いで路肩に車を停めた。イゾウからの折り返しだった。

腹をくくってタップした。辺りをはばかる声が聞こえてくる。

「……芳山です。今ちょうど稲岡さんから電話をもらったところです」

「それなら話は早い。これから会えないだろうか」

「ぼくは裁判を受けていません。そう正直に言えばいいと、稲岡さんにアドバイスされました」

冷めた口調で投げ出すように言った。

「頼むから嘘はつかないでほしい。矢部という地元の町内会長の息子が大怪我をしたって聞いた。少年事件は裁判と言わないらしいけど、裁判所の処分を受けた事実は消えない。本当のことを教えてほしい。デビュー後に問題となったら、素晴らしい歌を世に広めることができなくなる」

「おかしなことを訊くようですけど……。ぼくたちにもし法を犯した過去があったら、音楽をやってはいけないんでしょうか」

開き直るような言い方に聞こえた。慌てて言葉にする。

「そんなことは言ってない。ただ、君が起こした事件について、正確な情報を知っておきたい。でないと、君たちを守ることができない。事件の内容によっては、せっかくのタイアップが白紙になりかねない。もちろん、白紙になっても、君たちの歌は素晴らしい。そうぼくは心の底から思ってる。だから、デビューの時期を変えるとか、新たな方向性を考えていきたいんだ」

正直に思いを告げた。イゾウの荒い呼吸が伝わってくる。

「つまり……今のままだと、デビューは難しいということですか」

「今ここで判断はできない。ぼくたちはまだ事実の詳細を知らされていない。だから、どう対処していいか、わからずにいる。本当のことを教えてくれないかな。君たちの歌を埋もれさせるわけにはいかない。それほど素晴らしい歌だと信じてるから言ってるんだ」

イゾウは言葉を返さなかった。迷っているのならいい。大人たちに裏切られてきた過去を今また恨んでいる、とも考えられる。修は声に力をこめた。

「ぼくは君たちの歌を守っていきたい。会社の利益になるから言ってるんじゃない。音楽が好きだから、ぼくは素晴らしい歌を世に送り出す手伝いをしたいと願ってきた。幸いにもA&Rの仕事に就けた矢先、君たちの歌にめぐり合えた。レコード会社の一員としてでなく、熱烈な音楽ファンの一人として、君たちの歌をぜひとも世の中に紹介していきたい。お願いだから、正直に教えてくれないだろうか」

彼らも音楽が好きで、だから今の彼らがある。同じ思いを抱く仲間ではなかったのか。

イゾウはまだ黙っている。が、電話は切らずにいてくれた。

「三人も知っていたことなんだろうね。だから、本名を明かさずに音楽活動をしていきたいと言った。君のことを理解してくれる大切な仲間のためでもあるんだ。ぼくが必ず君たちの歌を守っていく」

安請け合いではない。何としても彼らの歌を世に出し、多くの人に広めたい。それだけの力が彼らの歌には間違いなくある。

「若気のいたりで過ちを犯してしまう者は、何も君だけじゃない。ぼくだって自慢できない恥ずかしい過去ばかりだよ。罪を犯さずにすんだのは、たまたま運がよかっただけだと思う。正直に打ち明けてくれれば、過去を恥じる若者たちを勇気づけていくこともできるかもしれないだろ。違うだろうか」

イゾウが電話口で大きく息を吸った。

「……信じてください。ただの喧嘩です。打ちどころが悪くて、相手は短期間ですが入院してました。保護観察処分を受けて、慰謝料も支払っています」

「相手の名前と連絡先を教えてくれないか」

「終わったことです。勘弁してください」

「すまないけど、もう一度だけ確認させてほしい。保護観察の期間はどれくらいだったのかな」

「罪は償いました。すべて稲岡先生にお任せしています」

苦しげに消えゆく語尾を残して、電話は切れた。


新幹線の車中からタケシに電話を入れた。出てくれなかった。折り返しの電話もかかってこない。稲岡弁護士やイゾウからの連絡が行ったのだろう。

社内で協議して、あらためて連絡させてもらう。そうメールを送っておいた。

午後五時半。西野局長と丹羽部長が会議室で待っていた。特設チームの者は招集せず、すぐさま三人で対策会議に入った。二人とも無表情なのが怖ろしい。

知り得た情報をすべて伝えた。西野はずっと指先でテーブルをつついていた。

「おいおい、待ってくれよ。相手の確認もできてないのか。どうして早々と帰ってきたんだ」

事態の深刻さを受け止めきれずにいるらしく、西野の言葉が鋭さを増した。

「未成年者の事件は、情報が公開されません。だから、地元の人たちも詳しいことを知らずにいます。たまたま被害者一家が町に居づらくなって越していったこともあって、連絡先を知る人を見つけられませんでした。稲岡弁護士も少年法を盾に口を開いてくれません」

「法律はともかく、紳士協定に反するだろうが。いくら少年時代に犯した罪でも、契約の際に黙っているなんて、裏切り行為も同じだよ」

西野がなげき、盛大にため息をつき、貧乏揺すりをくり返す。会議用の丸テーブルが震度三の揺れを広げた。

丹羽部長が手帳に目を落として補足する。

「うちの法務に確認しました。やはり未成年者の罪は、たとえ家庭裁判所の審判を受けて、少年院送致などの処分が下されたとしても、刑罰には該当しないことになっています。そのため、たとえ履歴書に詳細を記載せずとも、契約違反には当たらないそうです」

「彼ら四人が苦労してきた話は聞いていましたし……会計事務所や介護福祉士の仕事を続けていきたいとも言ってたので、少し判断の甘くなった部分があったかもしれません」

修が苦しい言い訳を口にすると、部長も視線を落とした。

「外見からしても、悪ぶったところはまったくなかったし……。気のいい若者たちにしか思えなかったし」

「確かに我々が甘すぎたようだな。本名を明かしたくないと言ってきた時、こういう事態を想定しておくべきだったよ」

西野が悔しげに掌で額をさすり上げた。またため息をつく。

「今になって愚痴を言い合っても始まりません。アニメの制作発表が迫っています。社として彼らのデビューをどう考えるか。慎重な判断が必要でしょう」

「では、部長は見送るべきだと言いたいんですね」

言葉尻から、修は問い返した。

部長は答えず、西野へ視線を振った。

「彼らとの契約は成立していても、デビューの時期を明示してあったわけではありません。事件の概要を確認できるまで、すべての作業をストップするしかないと思います」

「しかたないな……。残念だが、今は損害を最小限に食い止めるしかない」

「テーマソングの準備は進んでるんです」

無駄な抵抗と覚悟のうえだった。言わずにはいられなかった。

西野があごの下の肉をつまんだ。

「新人なので、曲のブラッシュアップが間に合いそうにない。彼らが自分たちの演奏でのレコーディングにこだわったためでもある。そう製作委員会に告げて、理解を得るんだよ」

会社は説得を試みた。が、四人が固執したため、スケジュールが遅滞した。すべてを彼らの責任とするつもりだった。

「もし見切り発車したあとで問題が発覚して広まったら、番組と局に多大な迷惑をかけてしまう。今後うちがアニメ制作を進めていく機会までなくしかねないでしょう」

「もう少し時間をください」

苦しまぎれに修は言った。二人の視線が鋭い矢となって突き刺さってくる。

「地元の人の話を聞いたところ、被害者となった相手にも非があったのは確かなようなんです。たまたま打ちどころが悪かった、とも言ってました。喧嘩の末に相手を殴り、怪我をさせてしまった事実は動かないでしょう。ですけど、一方的にイゾウ君が悪かったのではないと確認できたら、不幸な事故という側面もあったことになります。そうであれば、たとえ事実が発覚した場合も、世間の非難はそう強くならないと思うんです……」

「言いたいことはわかるよ。現に売春防止法で罰金刑を言い渡された芸人も、変わらずテレビで活躍してる」

無表情に応じた西野が、小刻みに首を振った。

「けどな、芸人だから許されている面はあるぞ。こういっては何だが、そもそも芸人ってのは昔から羽目を外す者が多かった」

「それを言ったら、ミュージシャンも同じですよ」

語気を強めて言い返すと、西野はまた平然とうなずき返した。

「そうだとも。芸人もミュージシャンも似たところがあるんだろうな。とにかく素晴らしい仕事をするのが、彼らの務めだ。だから、たとえ薬物に手を出そうと、多少の謹慎生活さえ終えれば、今までどおりに音楽活動を再スタートできる。いい歌を作ることで、支援してくれるファンに恩返しをしたいっていう理屈も通る。たった一度の過ちで、それまでの業績が失われていいわけがない。セカンドチャンスは誰にでも与えられるべきだ。おれだってそう思う。けど、青春アニメのテーマソングは、いくら何でも無理だ。スポンサーはもちろん、製作委員会も納得しない」

「わかるでしょ、芝原君。おかしなたとえを言うようだけど、罪を犯した若者が雄々しく立ち直っていくドラマであれば、事件を承知でも、あえて採用しようと言ってくれる制作陣はいるかもしれない。だけど、若者たちに熱く支持してもらいたいアニメでは難しすぎる。今回は辞退するしかないと思う。時機を見て、次のチャンスを待つ。彼らの歌が消えてなくなるわけじゃないんだから」

カノンには多くのアーティストが所属する。ベイビーバードが辞退したところで、代わりはいくらでもいる。会社としては、アニメ制作に加わるチャンスは絶対に逃したくない。アニメは今や歌を売りこむキラーコンテンツなのだ。

このまま押し切られそうな雰囲気だった。本当に手立てはないのか。

——法を犯した過去があったら、音楽をやってはいけないんでしょうか。

あきらめを引きずったようなイゾウの悲痛な声が耳の奥でリフレインする。

彼らには夢を託せる音楽があった。だから、苦しい生活も乗り越えられた。ベイビーバードの四人は、音楽の素晴らしさと、その無限の可能性を体現している。事実をひた隠しにするより、自ら世間に伝えていく方法もある気がしてならない。自分は甘いことを考えているのか。

会議室の重苦しい空気を払いたかった。修は言った。

「とにかく彼ら四人と会って、じっくり話をしてきます。最終判断は、それからでも遅くないと思います」

「長くは待てないぞ」

西野が短く念押ししてきた。

「わかっています」

「事件の詳細を必ず聞きだして、裏を取ること。いいね」

「――はい」

結論にはいたらず、秘密の会議は終わった。

去り際に部長が廊下で注意してきた。

「いい？　情にほだされないようにしなさい。いち早くデビューの話を持って駆けつけた君に、本来なら話しておくべき事案を隠してた事実は重い。その点を忘れずにいれば、ただ優しいだけじゃいられないでしょ」

忠告が身に応えた。担当A&Rでも、全面的な信頼は得られていない。彼らが頼りとするのは、稲岡弁護士なのだ。過去を語らずとも法に反しはしないとのアドバイスを得て、事件のことは伏せておこうと決めた。

見方を変えるなら、法律しか頼れるものがなかったのだ。父親の件もあって、周囲の冷たい視線は身に染みていた。彼らが体感してきた世間は、修の生きてきたそれより、格段に厳しいものだったのだ。自分だけの物差しをあてがって人を見たのでは、信頼の絆（きずな）は築けないだろう。

タケシから折り返しの電話はこなかった。どうすべきか、四人で意見をまとめているのかもしれない。修は再びメールを送った。会って話をしたい。会社には最終判断を待ってもらっている。ぼくを信じてほしい。君たちのために全力をつくす。

社に残って資料作りを進めた。午後九時すぎに、ようやくメールで返事がきた。

『ありがとうございます。明日の夜なら、コアラ以外は時間が取れます。十九時からのボイス・トレーニングはキャンセルしました。よろしくお願いします』

『了解。駅の近くで店を探しておこう。予約が取れたら、またメールで連絡するよ』

できる限り明るい雰囲気を心がけた返事を送った。


約束の午後七時までが長かった。我慢できず、早めに静岡入りした。ホテル最上階のバーラウンジの個室を取り、四人にメールを送った。

『申し訳ありません、夜のシフトが入っていて欠席です。三人と意見は一致しています。お手数ばかりおかけしてすみません』

コアラからすぐ返信メールがあった。

『気にしないでほしい。君には大切な仕事がある。四人の意見として、しっかり受け止めさせてもらう。結果が気になるだろうけど、仕事に集中してほしい。また連絡するよ』

『ぼくらはカノンさんに声をかけていただいたことを、心から喜んでいるんです。必ず味方になってくれる、と信じます。どうかこの先もよろしくお願いいたします』

今時の若者なのに――。そう言ったら怒られるだろうが、コアラはこういう配慮ができる若者なのだ。障碍を持つ入居者と日々接して、自分本位の考え方はまず通用しない。彼の優しい歌声も、日々の生活から育まれたものなのだ。

三十分前にバーラウンジの個室に入った。三人は約束の時間より十五分も早く到着した。

そろって最後の面接試験に挑むような顔つきだった。並んだまま一礼してから、修の向かいに座った。

口数少なく飲み物を注文した。ボーイが退出してから、修は話を切り出した。

「イゾウ君から言われた言葉が、胸の奥にずっと引っかかっていてね。法を犯した過去があったら音楽をやってはいけないのか。たとえ前科があっても、やり直しの機会は与えられるべきだと思う。カノンとしても、ベイビーバードのデビューに力をつくしたいと今なお考えている。Ｍ２事業局の総意だと思ってくれて間違いない」

三人が思いつめた顔のまま頭を下げた。

「ただし、隠し事をされたままでは、会社という大人数の組織を納得させていけない。仲間と言っていい社員すら説得できないようでは、一般のファンに君たちの事情を理解してもらうことはできない。だから、本当のところを隠さずに話してほしい」

注文した飲み物が来た。誰も口をつけようとはしない。

ドアの閉まる音を聞いて、タケシが四人を代表するようにうなずいた。

「言われていることは、よくわかります。けれど、稲岡さんが説明してくれたように、未成年時の処分は、表に出さずとも、法的に問題はないはずなんです。もし事実が明らかにされた場合、非難されるべきは本来、その事実を暴き出し、世に広めた者たちのほうです。国が正式に認めた少年法の理念を踏みつけにしたわけですから」

「法律論は稲岡さんから聞いた。けどね、世間は法律だけで動くものではない。法的に許されても、感情では納得しがたい現実は多い。そういう不満は、事実を広めた者ではなく、罪を償ってきた者に向けられてしまう。残念だけどね」

「少年法の理念を破ったとしても、罪を犯したことにならないなんて、そのほうが納得しがたいですよ」

タケシの正論に、修も大きくうなずいた。

「そうだね。でも、こうは考えられないだろうか。その人たちが破ったのは、あくまで少年法の理想であり、法そのものは犯していない。もし司法に裁いてもらいたいと考えるならば、民事訴訟で損害賠償請求をするしかない」

けれど、過去に犯した罪を広められたからといって、相手を訴えるのでは、開き直るも同じだと思う者も出てくる。たとえ勝訴できても、暴かれた汚名は消えない。

「でもね、犯した罪の内容にもよると思うんだ。たとえば、生活苦に耐えかねての窃盗であったり、友人にそそのかされてつい器物損壊をしてしまったとかの軽い罪であれば、若気のいたりと見なされる。たとえ喧嘩の場合でも、経緯や動機によっては理解を得られるケースはあるんじゃないかな。だから、事実を教えてほしい。君たちの素晴らしい歌のためなんだ」

三人が何かを確認するように目を見交わした。今度はタケシではなく、いつも控え目で言葉少ないジュンが顔を上げて言った。

「本当に単なる喧嘩でした。四人でスタジオ練習をした帰りに、たまたまあの男と会って、言い合いになってしまい……。ぼくとイゾウと同じ中学の同級生で、地元の不良を束ねて喜んでるような最低な男で……。相手にしたぼくらが馬鹿だったんです」

「待ってくれ。イゾウ君だけじゃなかったのか……」

声が裏返った。予想もしていなかった。物静かなジュンと喧嘩の事実が結びつかない。

ジュンが深々と頭を下げた。

「タケシたちとは別れたあとでした。なので、一緒にいたイゾウも取り調べを受けました。けど、あいつを殴って怪我をさせたのは――ぼくでした」

え……？　あまりのことに、三人をただ見回した。こんな場で冗談を言うわけがない。

歌のほとんどを作曲していながらも、普段から口数少なく、自己主張のかけらも見せずにいたジュン。バンドの根幹をなす作業を担う者にしては、おとなしすぎる。珍しいな、とは感じていた。が、自分を抑えるべき理由が存在していた……。

「被害者の名前は、矢部太一。本当にどうしようもないやつなんですよ」

ジュンが苦いものを押し出すように言った。タケシが名前の漢字を教えてくれた。慌ててメモに控える。イゾウがあとを引き取った。

「前にも言ったと思いますけど、ジュンの弟にはちょっとした障碍があって、うまく言葉を話せません。そのことを小学生のころから馬鹿にして、人前だろうと平気でからかってくるやつでした。たまたまあの日、ギターを持ってたぼくらを見て、矢部がからかってきたんです。おまえの弟みたいに、うるさくうめくだけの歌を歌ってんのか、ってね」

事実であれば、許しがたい。たちが悪いにもほどがある。

ジュンの家族は弟の将来を悩み続けてきたはずなのだ。その気持ちを逆なでするのだから、喧嘩を売っているに等しい。でも……。

ジュンが憂鬱そうに首を振った。

「だからって、手を出したらダメなんですよね。情けないことに、ぼくは我慢できなかった。

昔からしつこく嫌がらせを受けてきてたんで。気がついたら、あいつに向かってました」

イゾウが唇を嚙んでから、言った。

「ジュンはおれと違って、喧嘩に慣れてなかったから、たまたま拳がやつの首筋に当たってしまって。あいつはみっともなくバランスを崩して、派手に倒れたんです。その拍子に頭を強く地面に打ちつけて……」

ジュンは身長も高く、手脚も長い。体格はいいと言えるのだろう。けれど、殴りつけるイメージが湧いてこない。

「確認させてほしい。相手のほうが先に殴りかかってきたわけじゃなかったんだね」

肝心な点を尋ねた。

恥じ入るようにジュンの視線が落ちた。

「……はい。我慢できずに手を出したぼくが悪いんです」

「見下げた男ですよ。あきれたことに、あいつは後ろから岩で殴られたと言い張ったんです。現場に岩が残っていなかったのは、おれたちが処分したからに決まってる。しかも、おれに補導歴があったんで、警察はちっともおれの話を信じようとしてくれなかった」

今も悔しくてならないと言いたげに、イゾウが拳を握りしめた。

ジュンが淡々と言葉を継いでいく。

「すぐに救急車を呼びました。けど、まともに頭を打ったらしくて、矢部は気を失ったままで。運ばれた病院で緊急手術を受けました。本当に運が悪かったんです。脳の中で少し出血があって……。手術は成功したんですけど、その日は意識が戻らなくて」

「あいつの両親はすごい怒りようでした……。自分の息子がそれまで何をしてきたか知りもしないで、ただジュンを罵倒し続けました。絶対におまえを許さないぞって」

イゾウが言って、苛立ちにひざを揺らした。

「町内会長をしてたとかで、やつの父親は地元の顔役を気取るような人でした。与党の市議や県議とも顔見知りで、彼らを使って警察に文句を言い続けたんです。どう見たって、明らかな殺人未遂事件じゃないか。少年犯罪の範疇ではない。家庭裁判所の審判ですまそうなんて甘い判断は納得できない。そう言い続けて、示談にも応じませんでした。加害者側との示談が成立したら、罪を許したことになってしまう。たとえ未成年者でも、今回は検察に逆送して通常の裁判で裁かれるべきだ。地元の議員を使って、検察にもプレッシャーをかけたんです」

タケシが冷静に解説を終えて、苦そうに口元を引きしめた。

言葉がなかった。

殴りつけたジュンが確実に悪い。けれど、彼らの話を信じるなら、被害者にも非があったと思える。商店街で話を聞いた際、地元の人が言っていたことと符合する。

「稲岡先生が守ってくれたんです」

ジュンが、感謝を捧げるように頭を下げて言った。

「矢部がひどい男だってわかってましたから、多くの人に証言してもらって警察や検察にも確認を取ってもらったんです。ジュンの弟を小学生のころからいじめてたのはもちろん、近所の悪い連中を集めて万引きをくり返したり、下級生を恐喝してたことも。地元政治家のコネを使って、暴力事件をもみ消した事実までが出てきたんです」

「それで彼ら親子は、地元に住んでいられなくなったのか」

タケシが当然だとばかりにうなずき返した。

「政治家を頼ればどうにでもなると思ってたんでしょうね。けど、矢部の父親も地元の人から毛嫌いされてたらしくて。だから、稲岡先生に多くの人が協力してくれたんです」

「それに、ジュンは弟のこともあって真面目に働いてたし、おれと違って補導歴もなかったし。当然ですけど、検察への逆送にはなりませんでした」

鼻息荒くイゾウは言った。

未成年者の事件は、家庭裁判所に送られて審判を受け、処分が決められる。ただし、殺人や強盗などの重大な犯罪の場合は、検察へ逆送致されて、成人同様に通常の裁判を受ける。後ろから岩で殴りつけられたという被害者の証言には、信憑性がないと判断されたのだ。

「でも、イゾウにも迷惑かけた……」

「何言ってんだよ。ジュンがずっと言い続けてくれたからだろ。手を出したのは自分一人だって。聴取を受ける態度が、矢部の親父とは比べものにならないぐらいよかったから、警察も信じてくれた。稲岡先生もそう言ってたじゃないか」

悪くすれば、イゾウまで少年審判にかけられるところだった。稲岡弁護士が二人のために奮闘したのだろう。だから彼らは、全幅の信頼を今も寄せている。

タケシがあらたまるように背筋を伸ばして、修を見た。

「矢部にも非があったにしても、ジュンが手を出してしまった事実は動きません。殺意を持ってたなんてのは言いがかりでした。けど、矢部は不幸にも重傷を負ってしまった。なので、少年院送致は免れないだろうと、ジュンも覚悟はしてました」

　あとを引き取るように、ジュンがうつむきがちに言った。

「二年の保護観察という軽い処分ですんだのは、すべて稲岡先生のおかげだと思っています」

　プロ並みの腕前を持ちながら、彼らはライブ活動をしてこなかった。たった一度、学園祭のイベントに出ただけなのだ。いくら少年審判が非公開で行われようと、地元で噂は広がる。顔と名前を隠す理由がある。

「ジュンは二年の保護観察を問題なく終えました。おれなんかより、ずっと真面目な男だから、当たり前なんですけどね。地元から出るにも、保護司や監察所に届け出て、許可を得ておかないとだめだったり、面倒なことが多いんです。けど、ジュンはずっと地元を動かずにいました。矢部の見舞いにも行って、ずっと頭を下げ続けたんです」

　現場に居合わせたイゾウだから、断固として言いたいのだろう。幸いにも彼は、共犯の疑いをかけられずにすんだ。悪くすれば、ジュンと同じ立場になっていたかもしれない。

　修も法務の者に確認していた。少年法には、刑の言い渡しを受けなかったものと見なす、との条文がある。ただし、検察のデータベース上に、処分を受けた情報は残る。補導歴も同じだ。再犯を防ぐ名目で、同様の事件を起こした者をリストアップしておく必要がある。

　隣でうつむくジュンを見てから、タケシが言った。

「ジュンが勤めているスーパーの社長は、事情を知りながらも雇ってくれたんです。ほかの社員やパートの人は事件のことを知りません。社長が黙ってくれているからです。その恩に報いたいんで、店を勝手な都合で辞めるわけにはいかない。ジュンはそう言い続けてるんです」

「無理なシフトを言いつけられたって、こいつは不平なんかまったく言わず、進んで仕事を引き受けてます。傷害罪で裁判を受けたのとは違うんですよ。ジュンは前科者じゃありません。それでも、音楽をやってはいけないんでしょうかね」

イゾウがまた同じ言い方をした。挑むような視線をそそいでくる。

音楽をやる資格がないとは誰も言っていない。たとえ前科があろうとも、音楽活動はできる。ただし、メディアに顔を出すことはためらわれる。

彼らは百も承知で言っていた。自分たちは音楽活動を続けていきたい。前科はなくても、その資格はないと言うつもりなのか。

「思い出したくないことを打ち明けてくれて、ありがとう。ぼくは君たちの言葉を信じる。ただ、会社の者が、稲岡弁護士やスーパーの社長にまた確認を取りにいくかもしれない。その点は了承してもらえるだろうか」

ジュン一人がうなずいた。タケシとイゾウは猜疑心をまだ捨てずにいる大人の偏狭さをなげく視線を見せた。修は受け止め、質問を重ねた。

「もう一点だけ確かめたいことがある」

「何でも訊いてください。嘘はつきません」

ジュンは目をそらさず、姿勢を正した。

「矢部太一という被害者に、後遺症は残らなかったんだろうか」

「かなりきついリハビリをしたと文句を言われました。今も時々頭が痛むとか」

「嘘に決まってますよ。治療費と慰謝料をつり上げるため、大げさなことを言ってたんです」

イゾウが憤然と怒りの声を放つ。

「慰謝料は今も払い続けてると言ったよね」

「伯父がお金を用立ててくれました。うちは弟の療養費とかで家計はずっとぎりぎりでしたから」

十年前に病気で亡くなった父親の兄が貸してくれたのだという。

「弟が介護施設に入る時も手を貸してくれました。だから、曲がりなりにもぼくは高校を卒業できたんです。けど、伯父が世話してくれた会社は、事件のせいで辞めざるをえなくなってしまい……」

「今働いているスーパーは、稲岡先生の紹介なんです」

タケシが横から言い添えた。

「慰謝料の額を訊いていいかな」

修はもうメモは取らなかった。

「稲岡先生が交渉してくれて……七百万円を支払いました。伯父には毎月、三万円ずつですけど、今も返済を続けています」

胸の奥が痛んだ。毎月三万円ずつ。完済するには二十年近くもかかってしまう。保護観察の期間は二年で終わっても、ジュンはずっと罪と向き合って暮らしていくのだ。

もしデビューが叶えば、音楽の道が拓ける。ジュンは作曲を担当するため、印税収入が期待できる。伯父への返済にも目処が立つ。

彼らは考えた末に、学園祭のリモートライブに出演したのだ。未成年時の事件であり、すでに五年が経った。自分たちは着実に力をつけた。

「もしかすると、デビューの夢を叶えるために、タケシ君は会計士を目指したのかな」

ふと気づいて、修は訊いた。

タケシは曖昧に笑い返している。自分から動機を語ったのでは、自慢のようになる。そう考えて答えを遠慮したみたいだった。

「ジュン君に作曲の才能があると、君たちは信じていた。けど、本名での活動にはリスクがともなう。覆面バンドであれば、過去の事件は知られずにすむ」

三人がそれとなく目をそらした。真の動機を語らずにきたことを恥じたのではない。自分たちの行動を信じながらも、大人たちの目にどう映るのか。自信を持てずにいたのだろう。

「作詞作曲の著作権者として、正直にジュン君の名前を出すのは危険だった。そこで、著作権者をバンド名に統一して、ジュン君の作曲者としての権利を守ろうとした。そのためには、税金の仕組みや会計処理に詳しい専門家が必要だった」

そこに覆面バンドの意味があったのだ。

過去の事件を隠そうというのが真の動機ではなかった。石田俊介は弾みで傷害事件を起こした。が、全面的に非があったとは言いがたい。詳しい事情を知りもせず、他人に傷を負わせた事実のみを見て、前科者との烙印を押したがる者はいるだろう。たとえ真実を自分たちで語っていこうにも、世間の目は厳しく冷たいものだと、彼らは悲しいほどに知っていた。イゾウの父親の件があったからだ。

「そうだったのか……。ジュン君の弟さんは、コアラ君が勤める施設にいるんだね」

次々と見えてくる光景がある。

目をそらしていた三人が、ほぼ同時に修を見た。ジュンが静かにうなずき返した。

「弟は、コアラの歌声が大好きなんです」

修は奥歯を食いしばった。声にしたくても、胸の奥が震えて言葉が出てこなかった。

歌が好きな弟に聴かせたくて、ジュンは曲作りを始めたのではなかったか。コアラが歌い、イゾウとタケシがリズムを刻む。ベイビーバードの真のルーツが、そこにあったのだ。

だから、聴く者の胸を震わせる。彼らの歌は、おおらかに愛を語る流行歌とは一線を画している。

何があっても彼らの歌を守りたい。また切実に思わされた。

ジュンの作る歌を守るために、ベイビーバードは生まれた。その一員に、できるものなら修も加わりたい。が、何よりまずレコード会社の一員という肩書きが自分にはあり、多くの現実的な壁が立ちはだかっていた。

あとは任せろ。絶対に大丈夫だ。そう言ってやりたくても、軽々しく口にできなかった。あとになって彼らを傷つける結果になったのでは、裏切りも同じだった。けれど、会社の損益を第一に考えたのでは、彼らの信頼を得ることはできっこない。

「君たちを見出したA&Rだからではなくて、君たちの熱烈なファンの一人として、これだけは言わせてほしい。君たちのデビューには、これまでと同様に全力をつくしていくと誓う。アニメの製作委員会にも事情は伝えて、説得を試みる。でも……テーマソングの件は難しいかもしれない」

正直に思うところを告げた。綺麗事は口にできない。

三人が顔を見合わせてから、タケシが言った。

「本当にデビューしても大丈夫でしょうか」

「若い時の過ちは、誰にでもある。ぼくだって生意気な学生だったから、よく人と衝突した。同級生とつかみ合いの喧嘩をしたこともある」

「ありがとうございます。でも、芝原さんは、その相手を殴らなかったんですよね。つかみ合いの喧嘩って言いましたから」

話の弱点を見抜いて、ジュンが生真面目に指摘した。

正直にうなずき返す。

「運がよかったんだろうね。もみ合いになったあげく、二人してフロアに倒れたけど、どちらにも怪我はなかった。自転車で人とぶつかりそうになったことは何度もあるし、友人をひどく傷つける言葉を口にしたことだってある」

「でも、ぼくは後ろから矢部を殴ったんです。あいつが憎くて仕方なかったから。痛い目にあわせてやらないと、こいつは人の胸の痛みに気づけやしないからって」

「よせよ。それ以上、言うなって」

タケシがさえぎるように首を振った。

うつむくジュンを見て、修は言った。

「下手ななぐさめは聞きたくないって言われるかもしれない。でも、ぼくは本気で言っている。君たちの歌は素晴らしい。過去があるから、歌に真実味が生まれるんだ」

考えることなく、感じるままを告げた。飾ったような言葉はいらない。

「自分の足元を見つめることは大切だと思う。でも、自分を恥じてうつむくのとは違う。君は言い渡された保護観察を終えたし、真面目に仕事も続けてきた。被害者側が慰謝料を受け取っているんだから、示談だって成立している。たとえ事件のことが表に出たとしても、事情をよく話せばメディアも世間も納得して、温かい目で見てくれると、ぼくは信じる」

「そうだといいですけど……」

ジュンの声は沈んだままだ。

「ぼくたちは色々と見たくもない現実を見せられてきましたからね」

タケシがやるせなさそうに言った。彼も父親の失業によって、高校を中退せざるをえなかったと聞いている。

「イゾウには借金の返済義務なんかないのに、近所の人たちは手を貸すどころか、厄介者扱いしたんです。ジュンの弟は障碍があるんで、時々ですけど奇声を上げることがあって、うるさいだとか、怖いだとか、いろいろ言われ続けてたし。いじめにもあってきました」

「芝原さんはぼくたちを勇気づけるため、無理して言ってくれてるんですよね。わかってます」

イゾウも悔しげに言い、口を真一文字に引き結んだ。

「いや、本心から言っている」

「でも、そんなに甘いものじゃないですから、世間の人たちってのは。だから、本名は絶対に明かしたくありません。その気持ちは、今後も変わらないと言いきれます」

イゾウが断固たる口調で言った。

タケシが冷静にうなずいた。

「こうして事件のことを芝原さんに知ってもらえて、よかったと思います。ぼくらも少し甘く考えてました。ちょっと本名を隠したぐらいじゃ、地元の人たちの目をあざむくなんて無理だったんでしょうね」

「すまない。君たちの地元で、余計なことを聞き回ってしまった」

「いいえ。いずれ同じことになっていたと思います」

ジュンが悟りきったように言い、タケシとイゾウが横を向いた。

「ぼくらの歌を世に出すには、どうしていくのが一番いいのか、ずっと考えてました。解決策はひとつしかありません。この先――何が起こってもいいように、ぼくはサポートメンバーの一人になります」

口振りから予想はつけられた。ジュンは自ら身を引こうというのだ。けれど、タケシたちは承服していない。だから、横を向いている。

ジュンがわずかに口元をゆるませた。が、笑ったようには見えなかった。

「ベイビーバードは三人で結成されたんです。正式なメンバーでなければ、たとえ事件のことが世に広まっても、ぼくらの作った歌と、ぼくらに手を差し伸べてくれたカノン・ミュージックに迷惑はかかりません」

「作曲担当の君が抜けると言うのか」

わかりきった疑問を修が挟むと、即座に首が振られた。

「いいえ。作詞作曲はベイビーバードなんです。ぼく一人の力じゃありません。イゾウがリズムに手を加えて、コアラが見事なコーラスを考えて、タケシが曲全体をまとめてくれたから、人に聴いてもらえる歌になったんです」

確かに、ひとつの解決策だ。事件を起こして少年審判を受けたジュンがメンバーでなければ、彼らへの非難は薄れる。すでに会社を興し、著作権料を自由に分け合う権限を彼らは持つ。こういう事態も考えて、タケシは会社を設立しておこうとしたのだった。

「ぼくがベイビーバードから抜ければ、問題はどこにもありません」

無理したとわかる、いかにも晴れ晴れとした表情を作り、ジュンが言った。納得のできていない二人は何も言わずにいる。

幼なじみの一人なのでメンバーに誘われた。けれど、少年時代の犯罪歴があり、迷惑はかけられない。だから、ベイビーバードに参加しなかった。そう言い訳ができる。

できるものなら、四人でデビューしたい。もし果たせそうにないとわかった場合は、ジュンが身を引く。そうすれば、今後も確実に四人で音楽活動が続けられる。

デモ音源を送る際、彼らはあらゆる事態を想定していたと思われる。本名と顔を出さず、作詞作曲をベイビーバードとして、会社を設立する。すべては彼らの歌を守るためなのだ。

「迷惑をおかけして、すみません。ぼくのコーラスパートはイゾウが引き受けます。ボイス・トレーニングは彼も積んでます」

レコーディングをやり直すにしても、イゾウのボーカルだけを録ればいい。おそらく一日で終わる。幸いにもトラックダウンの前で、実害はほとんどない。宣材写真を撮り直す時間はある。

つい胸算用していた。A&Rの習性だ。予算への影響を真っ先に考える自分が腹立たしくてならなかった。

修の表情が険しくなったのを見て、ジュンが誤解したのか、また頭を下げた。

「最初からこうしておけばよかったんです。本当にすみませんでした」

「おまえは犯罪者じゃない。ただの喧嘩で相手がたまたま頭を打っただけだろ」

イゾウが言った。本気でジュンを怒っていた。

「でも、手を出したのが悪い。結果責任は重いんだよ。もし本名が広まったら、あいつのことだから、騒ぎだすに決まってる」

「示談を受け入れたんだ。罪もすでに償ってる。あいつが騒いだところで、また自分の首を絞めるだけさ」

「イゾウだって、わかってるだろ。たちの悪いやつってのは、人の成功を絶対に認めまいとして、恨むんだ。自分を犠牲にしてでも、相手を引きずり落としてやりたい。そういう浅ましさを持ってるものだよ」

ジュンが悲しすぎる達観を語った。

会社が被害者に連絡を取って口止めを依頼したところで、かえって気分を害させてしまうだろう。人の口に戸は立てられず、卑屈な者ほど他人の悪口を言いたがる。ジュンがメンバーから外れれば、実害は少ない。関係者も納得してくれる。

「本当にいいんだね」

修が確認すると、何がいけないのだと言わんばかりの視線をジュンが向けた。

「お願いします。ぼくはベイビーバードをバックからサポートしていきます」

# 第六章

翌朝、修は午前七時に出社した。電話で報告をすませた時、早朝の会議を申し渡されたのだ。メンバーは前回と同じ三人のみ。

会議室で待つと、エアコンが部屋を暖める間もなく、西野局長と丹羽部長が続いて現れた。

「ほかに手はないだろ。三人のメンバー構成で行くしかないな」

窓際に腰を落とすなり、西野があごをさすりながら言った。昨夜から考えをまとめる時間はたっぷりとあった。

「スケジュールと予算は組み直してみただろうな」

修はタブレットを押し出した。自宅で修正したスケジュールを表示する。

「イゾウ君のボーカルを一日でレコーディングできたら、わずかな変更のみで乗り切れます」

「制作発表会見は、二月の頭だぞ。もうひと月もない」

「大丈夫です。間に合います。先日撮った宣材写真はまだどこにも配っていません。問題があるとすれば、事前に四人のバンドだと代理店や製作委員会に伝えてありますので、その点をクリアしておく必要があります」

「のちのち問題が表面化した時に備えるなら、正直に事情を話しておくのがベストな選択であるのは疑いありません。しかし、情報を共有する者が多くなると、外へ漏れる可能性は高くなります」

丹羽部長がわかりきったことをもったいぶって口にした。あとは局長の判断ひとつだ。そう念押しする意図があるのだ。

西野がボールペンの先で耳の上の髪をかき回した。苦りきった顔を作る。

「少年審判は公開されるものではない。けど、地元に話が広がってたわけだよな」

問いかけの厳しい目にうながされて、修はうなずいた。

「被害者親子の悪評は広まってました。でも、矢部一家が転居したので、事件の詳細を知る人は少ないようです。ネットで調べてみたところ、少なくとも地元の新聞に事件の記事はひとつも出ていません」

集団での暴行事件ならともかく、加害者がすぐに救急車を呼んでいたのだ。警察がわざわざ記者発表すべき悪質性はなかった。嗅ぎつけるメディアもなかったろう。

「メンバーの一人が入れ替わるなんてことは、ビッグネームになったバンドでも起こりうるものだよな」

西野が自身に問うような口調で言った。

「音楽性の違いや収入の配分でもめたりとか、感情のもつれも時に起こる……。デビュー直前に一人が参加を取りやめたいと言いだした。聞こえのいい理由を作ったとしても、不審に思う人は出るかもしれないか」

「では、事実を伝えておくべきだと……」

部長は意外だと言いたげに訊き返した。

「いや。まあ、待てって。事実を関係者に広めるメリットは何ひとつないだろ。最初からベイビーバードは三人だった。もう一人、かつての同級生を誘っていたが、地道に活動を続けてきた三人と自分では立場が違う。サポートメンバーの一員でかまわない。そう返事をしてきた、と対外的に言える気はしないかな」

西野の中で結論は出ているのだ。が、強引に自分が部下に判断を押しつけたことにしたくない。だから、修たちに問いかける言い方をしてきたのだろう。

「問題ないと思います」

あっさりと部長が言った。彼女も同じ結論に至っていたらしい。

「ジュン君はあくまでサポートメンバーの一員で、正式なメンバーではない者が過去に不祥事を起こしていたと、のちのちわかっても、ベイビーバードに傷はつかない。それどころか、少年審判を受けた者でも、ベイビーバードの三人は仲間として正式に誘うことで、手を差し伸べてもいた。そういう事情が実はあったと、あとで言えます」

修は驚き、声が出なかった。確かに、罪を犯した仲間の更生に力を貸す三人という、聞こえのいい美談になりそうだ。善後策を講じるどころか、ピンチをチャンスに変える手がある。そう言っていた。

決して悪知恵とは言わないだろう。こういう機転が利くから、部長は多くのヒットを生んできたのだ。

ただ、後ろめたい気持ちは残る。

事実とは違っているからだ。

けれど、真実を明らかにしたところで、彼らが救われるわけではない。ベイビーバードと彼らの歌を守るために最善の策を選ぶことが優先される。

「彼らには本当に驚かされてばかりだな……。歌が素晴らしいだけじゃない。仲間の罪を知っていたから、匿名バンドにしたいと言って、事前に著作権管理の会社を設立する。デビューのあとで過去が知られたら、その時にメンバーから離れればいい、とも考えていたんだろうな。おそらく今、丹羽君が言ったエピソードを語るつもりで」

西野の指摘に、修はまた驚かされた。

もし最初から事件のことを不安に感じていたなら、三人組のバンドとしてデモ音源を送っておけばよかったのだ。

けれど、彼らは四人で夢を叶えたかった。もし万が一、事件が公になった時は、レコード会社の考え方が如実にわかる。今後も信頼していける人たちなのかどうか。

ジュンが身を引く際には、三人が引き留めるコメントを発表することも考えていただろう。少年法の理念は本当に守られているのか。そう広く世に訴えることで、ベイビーバードの知名度も高まっていったかもしれない。

ひょっとすると彼らは、自分たちに冷たく接してきた世間という大人たちの社会に戦いを挑む気でいたのではなかったか。そう考えると、彼らの行動にすべて説明がつく。

たまたま修が彼らの地元で話を訊いて回ったため、事件を知ってしまった。そこで戦略を練り直し、ジュンがサポートメンバーになるほかなくなった。

——法を犯した過去があったら、音楽をやってはいけないんでしょうか。

イゾウは挑むような口調で修に言った。あの言葉は、彼らの本音だ。

不幸にもジュンは加害者になった。でも、彼には曲作りの才能がある。たった一度の、重大な罪と言えそうにない過ちで、未来が閉ざされていいわけがない。彼らは大切に育ててきた夢を実現すべく、あらゆる事態を想定していたのだ。そう確信できた。

何という若者たちなのだ。

おそらく彼らに何を尋ねようと、正直に認めはしない。ただ歌が好きでバンドを組んだ若者を装い、今後も音楽活動に打ちこんでいくのだろう。

「何だか、彼らの掌の上で、わたしたち大人が踊らされていたように思えてきた。そう思わない？」

部長に視線を投げかけられた。

まったく同感だ。自分は大人の一員として、彼らの前で恥ずかしい発言をしなかったろうか。

「面白いじゃないか。我々は、挑戦状を受け取ったようなもんだよな、彼らから」

西野が滅多に見せない柔和な笑みを浮かべた。好敵手を前にして、火花を散らす戦いを喜んでいるような顔だった。

「我々三人は、ジュン君から事件のことを知らされた。自らサポートに回ると言ったため、その点は了承した。彼らの信念に納得できたから、関係者に多くを語ることはさけようと決意した。少年法の理念は守られるべきであり、カノンは社の総意として全面的にベイビーバードをか」


支援していく。この先、何か起きたとしても、そういうメッセージを出していこうじゃない
声音は静かでも、熱がこめられていた。

部長もすぐに応じた。

「わたしも賛成です。念には念を入れて、法務部の信頼できる者に法的な問題が起きてくるケースはないか、内密に確認してもらいます」

「早急に頼む」

西野が修に視線を振った。

「ジュン君は家庭の事情もあって、サポートに回ることとなった。そのため、ボーカルのレコーディングをやり直したい。そう関係者に事情を伝えて、スケジュールを組んでくれ。それと、アルバム制作の準備を急ピッチで進めるよう、彼らと話し合うこと。いいね」

返事をためらっていると、西野が目を据えた。

「おいおい、いい大人なんだから、中学生みたいに気持ちを顔に出すなよ。全面的にサポートするつもりなら、メンバーから外れなくてもいいんじゃないか。そう思ってるんだよな」

「……はい。すべてを正直に打ち明けて、関係者を説得できないでしょうか」

冷ややかな目が修をとらえた。

「ベイビーバード四人のほうがよっぽど大人だな」

「法の理念を守るほうが、本当の大人だと思います」

「正論を振りかざせば何でも正しいと考えるのが子どもなんだよ。大人には守るものがあるか

ら、世間と折り合いをつけていくんだ。いいか。法を犯したやつは許せない。そういう意見も一種の正論なんだよ。だから、正論を振りかざして、過去の罪をたたきにかかる。そういう子どもみたいな連中とまともな議論ができないから、大人は最善の策を採るんだ。違うか」

悔しいかな、反論が思いつかなかった。

「よく考えてくれよ。事件のことを知っていながら、青春アニメのテーマソングに推したのでは、作為がすぎると思われかねない。彼の起こした事件を、少年法のキャンペーンや歌の宣伝に利用するつもりか。そう非難されたら、彼ら自身のためにもならない。起こりうる世間の批判を最小限に抑えておかないと、スポンサーやテレビ局も気分を害する。カノンの立場を守るためじゃない。ベイビーバードのメンバーは涙を呑んで、ジュン君のサポートを受け入れた。そういう状況を固めておくためだ。わかるだろ」

保身の意味合いは感じられた。事件を知りながら、社として手を打たずにいたのは解せない。そう思われては、今後のアニメ制作にも支障が出る。

カノンは彼らの提案を泣く泣く受け入れて、最大限の支援を誓った。そういう聞こえのいい理由づけをしておきたい。

妥協の産物ではない。それこそが最善の策なのだ。

西野の判断に非は見当たりそうにない。社の一員として。ベイビーバードを支援する者としても。それが大人の対応なのだ。

でも、割り切れないものが残る。自分がまだ大人になりきれていないからだ。

ベイビーバードを守るため、やむなく修は言った。

「了解しました。彼らを全力で支援していきます」

西野が真顔でうなずき、片頬に笑みを浮かべた。

「それと——御堂君のアルバムに、グリーンアプリコットの新曲も忘れてもらっちゃ困るぞ」

仕事の山を突きつけられた。優先順位をつけて動くわけにはいかない。すべてに全力をそそぐ。その姿勢が信頼を得ることになる。


ベイビーバードが三人でスタートすると決まりました。

実は、ジュンに障碍を持つ弟がいて、家族のサポートが必要なんです。三人はぜひメンバーにと誘ってました。初めてのレコーディングに携わってみて、このまま自分が参加しては必ず迷惑をかけると実感できた。メンバーは無理でも、時間の許す限りサポートしたい。そう提案されて、三人も了承するほかなかったそうです。そこで、ボーカルのレコーディングをやり直したいと言われました。

各方面に連絡を入れて、レコーディングのスケジュールを確保した。

「でも、ジュン君が作曲を担当してたんじゃなかったのかな」

ローク岩切は当然の疑問を投げかけた。

「作詞作曲の表示はベイビーバードとします。ただご指摘のとおり、彼の貢献度は高いと三人も言っています。詳しくお伝えしていませんでしたが、彼らはすでに著作権管理の会社を設立しています。ジュン君が参加できなくなる事態に備えるためでした」

「残念だけど、仕方ないかな。家族の問題じゃあ。部外者が余計なことは言えないものね」

「正式なメンバーではありませんが、今後もジュン君には曲作りに参加してもらいます。アルバムの準備も進めていこうと確認しました。予定どおりに作業を進めたいので、よろしくお願いいたします」

五月の連休明けまでに、あと七曲を用意する。岩切の判断で収録できると思えたものから、アレンジを考えてもらう。練り直しがいると見なされた曲は、ジュンをふくめて話し合いの機会を作り、ブラッシュアップを目指したい。そう一応の了解は取りつけることができた。

アニメの製作委員会とテレビ局には、ベイビーバードが三人でスタートすると報告した。一人が参加できなくなった理由を深く尋ねる者はいなかった。そもそも匿名で活動するという情報さえオープンにしていなかった。メンバーの素性や都合に興味がいたらなくとも当然だっただろう。

次にアートディレクターを招いて、ベイビーバードのＰＲ戦略会議を開いた。

ミュージックビデオは三種類を制作する。

ひとつが、アニメの映像をメインにして演奏する三人をカットインさせるタイプ。

もうひとつが、シングルのジャケットと連動させて、歌詞に出てくる川や海の前で三人が演奏する遠景を見せるタイプ。

最後が、卒業を連想させるイメージカットに、印象深い歌詞の文字を重ねるタイプ。すべて三人はサングラスで顔を隠し、さらに後ろ姿をメインに撮影する。

テレビ局とアニメの公式サイトでも、曲の一部を流してもらう。カノンのサイトで、驚異の新人デビューという特設ページを作る。

アニメの放映前は、取り決めどおりにフルバージョンはアップしない。サビをリフレインさせたバージョンで話題作りを狙う。アニメの初回放映のあとで発売と配信がスタートする。

正式に予算の総額が、宣伝部から伝えられた。御堂に許された額の八倍を超えていて、修は正直ため息が出た。アニメへの出資は反映されていないので、事実上はもっと差がある。

会議が終わると、例によって丹羽部長がそれとなく近づいてきた。

「正直すぎるのは、取り柄じゃなくて、欠点だからね。御堂君のアルバムは、足で数字を稼ぐしかないでしょう。きめ細かな戦略を立てて、忠実に実行すること。いい？」

御堂に最初のヒットをもたらした時、部長は自らやってのけたのだった。実戦に裏打ちされた言葉は重く響く。

「なるべく早くマネージャーを決めたいと思ってる。それまで踏ん張りなさい」

スケジュール管理の手間が減れば、少しは楽になる。が、新たな仕事を割り当てられるおそれはあった。望むところで、ベイビーバードのプロモにはすべて参加したい。体がふたつほしい。

会議の途中に社内メールが届いていた。席に戻る間もなくチェックする。マネジメントの伊佐からだ。御堂のプロモを進める時期も迫っていた。

慌ててマネジメントのフロアへ駆けた。営業所が取りつけた訪問先の一覧を見せられた。仙台、名古屋、大阪、福岡。それぞれ朝から晩まで一日で何件をこなせるか。

「本当に大丈夫なんでしょうね、芝原さん」

伊佐が組んだ予定と、自分のスケジュールを見比べる。

「レコーディングが順調に進めば、問題はないよ。仙台を最後にしてあるのは、ミニ・ライブの企画があるからだよな」

「何とか会場の目処はつきました。けど、肝心のスポンサーがまだ埋まらなくて、地元FM局が二の足を踏んでます。今ならまだ引き返せるって」

ニューアルバムを記念してのライブは、プランニングが代理店と企画を進めていた。生中継は予算の面から無理でも、あとでよその地方局へ売りこむことはできる。

この企画が実現できないと、ツアーに暗雲が垂れこめる。開催地のイベンターは、固唾を呑んで成り行きを見ている。社として地方の会場はすでに押さえた。そのうち、どの会場を使えるかは、イベンターとの交渉次第となる。ここが正念場だ。

「実は……例のスポーツメーカーが協賛を辞退すると言ってきたんです」

伊佐が悔しげに切り出した。だから、会議中にもかかわらず、メールを送ってきたのだ。暗雲どころか、暗礁が目の前に迫っていた。

十三年前、スポーツメーカーのCMに御堂の歌が採用されて、商品と一緒にヒットを飛ばした。ずっとツアーを協賛してくれていた関係の深い会社だった。まさか掌返しをされるとは……。

「代理店と営業所が今、地元企業を回ってます。数を集めてカバーするしかないかと……」

アルバムの発売は四月の連休前だ。同時にツアーを告知して、ミニ・ライブを開催したい。チケットの発売は夏ごろ。その時期に地方局でライブの再放送ができればベストなのだ。

番組の編成上、開催決行のタイムリミットは迫る。

「最悪、スタジオ収録もありだと思うかな」

修は伊佐の反応をうかがった。

仙台のライブハウスに録音チームをスタンバイさせるより、東京で収録するほうが予算は遥かに抑えられる。バンドメンバーや機材の移動費がかからない。が、当然ながら、ライブハウスより観客は少なくなり、会場の熱気も相応のレベルに落ち着く。

御堂が納得してくれるものか。

「言えませんよ。だって、必ず仙台でのライブを実現させると言った手前もあるんで……」

「タイムリミットまでプランニングと代理店に動いてもらおう。それで目処が立たなかった時は、ぼくが提案するから、伊佐君も同席を頼む」

修が声をかけようと、まず丹羽部長は同行してくれない。担当A&Rとして逃げてはならない仕事になる。

こういう時に、頼りとするコネクションが新米A&Rにはない。修はスマホに手を伸ばした。プランニングの担当者へ電話を入れる。

「無理な相談を聞いてくれるかな」

「いきなり何ですか。御堂さんの件なら代理店が動いてます。その報告を待ちましょう」

「ツアーに一日か二日くらい、新たな予定を組みこめないかな。しかも、その日はおそらく、ただ働きになる」

「どういうことです。意味がわかりません」

「東海地方を拠点に手広く商売してるミノブ・グループを知ってるだろ」

「ええ、はい、一応は……」

「その傘下に、ライブハウスを持ち、地方イベントを企画するミューズ・エンタテインメントって会社がある。今度デビューするベイビーバードは、その役員の推薦でうちにデモを送ってきたという経緯があるんだ」

一気にまくし立てた。思いついたアイディアの実現性は低いかもしれない。けれど、今はほかに頼れる先がなかった。

「御堂さんのコンサートを東海地方でいくつか増やして、ミューズに運営権を譲る。代わりに、ミニ・ライブのスポンサードを頼む。向こうが乗ってくれるかどうかはわからない。けど、うちとの関係を築きたいと考えるミューズには、悪い話じゃないと思う」

「待ってくださいよ。すでに東海地方のイベンターは決まってるんです」

「だから、そっちに迷惑はかけないで予定どおりの開催はきちんとこなしたうえで、新たに会場を増やすんだよ。その運営権は、すべてミューズに手渡す」

「待ってください。今動いてくれてるイベンターは、ライバル社に割りこまれたって思いますよ。そうなると今後の仕事にも影響が――」

「特別な事情をきちんと説明して、筋は通す。ぼくが交渉に出向く。何千回でも頭を下げる」

「無茶を言わないでください」

「この先ライバルが増えそうだとわかれば、相手方もより懸命に動いてくれるように変わってくるかもしれない。東海地方で増やすコンサートの利益はすべて手放すことになるけど、それに近い額をもしスポンサードしてもらえるなら、安い出費と言えるんじゃないだろうか」

「お願いします。ぼくも頭を下げに行きますから」

伊佐が横からスマホに声を上げた。

「損して得取れって言うじゃないですか」

交渉次第で、カノン・プランニングに損害を出さないようにできるだろう。移動費やスタッフの人件費を差し引いた分をミューズの収益とさせてもらうのだ。運営の仕方次第になるが、両者にとって悪い話ではない気がする。

「社をあげて売り出すベイビーバードの活動にかかわる話にもなる。ミューズの力量だって推し量れる。一石二鳥どころか、三鳥にも四鳥にもなると思わないか。プランニングの負担は少なくすむよう一両日中に試算を出してみるから、それで判断してもらえないかな。頼む」

「芝原さん、今すぐ役員のところへ行きましょう」

伊佐が席を立った。修は即座に首を振った。

「あの人は数字しか信用するものか。会社に損は出ないとわかるようにしないと、話を聞いてもくれないさ」

電話の相手にも聞こえたはずだ。スマホを口元に引き寄せる。

「うちの上層部の承諾を得て、正式に話を上げさせてもらう。少し待っててくれ、頼む」

一方的に言って通話を切った。直ちにミューズの三上義実に電話を入れる。

「今よろしいでしょうか」

「あ――はい。何かわかりましたでしょうか」

修が慌ただしく言ったせいで、三上の声が張りつめた。ジュンの件で詳しい報告をまだだしていなかった。マネジメントのフロアなので、詳細は口にできない。

「実は別件なんです。三上さんはミューズの役員でもあると、おっしゃってましたよね」

「名ばかりですが……」

「実はお願いがあって、このお電話を差し上げています」

御堂タツミのツアーを計画している。東海地方でのコンサートをプロモートしてみる気はないか。売れ行きの落ち具合には触れず、今回のアイディアを冷静に語った。乗り気になってくれたら、御堂の評判を独自に集めるだろう。担当A&Rが何を言っても始まらない。

興行権はミューズに託す。代わりにツアーの協賛社として出資をお願いしたい。仙台のライブを考えていると正直に伝えたのでは、地域性の違いから断ってくるかもしれない。協賛金の提供を申し入れるのであれば、その使途まで問われることはないだろう。

「会場の選定や規模はお任せしたいと考えています。そちらがお持ちであろうノウハウを駆使することで、採算の目処も立てられるのでは、と考えた次第です」

「カノンさんで予定しているツアーの詳細をお教えいただけますでしょうか」

さすがに三上は慎重な物言いをした。御堂の集客力を知りたいと考えての発言だった。数字を偽った企画書を見せて話を進めるわけにはいかない。今後の仕事に響いてくる。

来たるべき十五周年に向けての足場を固めるための企画で、規模は大きくしていない。そう前置きしたうえで、企画書とニューアルバムの試聴盤に収録した四曲をメールで送った。

協賛金は、公開収録の経費を大まかに弾き出して、先方が乗ってきてくれそうな額を、思案の末に提示した。これで断られたら、スタジオ収録を御堂に呑ませるしかない。

近いうちに感触だけでもうかがわせてもらいたい。そう念押しもさせてもらった。

返事が来る前に、丹羽部長と西野局長にも話を上げた。

「ついでに、東海地方でもミニ・ライブを放送してもらえるように動きなさい」

「少し考えが甘いぞ。ミノブは東海のほかにもテリトリーを広げたがってる。好評にて追加公演決定とか称して、関東の大都市でも開催させろって言ってきかねないぞ。どうする気だ」

そこまでは考えていなかった。局長の読みは鋭い。

修はとっさに思考をめぐらせて腹を決めた。

「ツアーの広がりは願ってもないと思います。それに、最初からプランニングの役員は及び腰だったんですから、文句は言わせません」

「待てって。もし追加公演が成功でもしたら、君が恨みを買うぞ。許可した我々も、だ」

「その時は、ベイビーバードの企画でプランニングにお返ししましょう」

心して答えると、西野がはぐらかすような笑みを浮かべた。

「新米にしちゃあ、ずいぶんと強気だな」

「はい。ベイビーバードは絶対に売ってみせます。いいえ、売れないわけがありません」

「そのつもりで戦ってみろ。どっちにしろ、うちに損はなさそうだしな」

期待したほど効果が出なくても、責任は御堂と担当A&Rがかぶるのだ。そもそも背水の陣なのだから、打てる手立てはすべて試みるしかない。

翌日は、営業部と都内のラジオ局を回った。

ニューアルバムの試聴盤と資料を渡し、取材や出演の機会を得られたらありがたい、と持ちかける。いくつかの局では番組プロデューサーに声をかけてみると言ってくれた。が、実現するケースは数少ない。

「それより、カノンさんがすごい新人を仕掛けてるって聞きましたけど」

すでに営業や宣伝部が動いていた。当初はあえて情報をしぼったので、よけいに好奇心をあおったのだ。戦略どおりでもある。

「はい。そちらのほうは、いずれ大々的に発表させていただきます。情報解禁がまだなので、あまり多くをお教えできず、申し訳ありません。御堂ともども、今後ご紹介の機会をいただければ幸いです」

四軒目のラジオ局へ移動する車内で着信があった。待っていた三上からの電話だった。

「うちの上層部が話を進めさせていただきたいと申しております」

「ありがとうございます」

何よりの朗報だ。が、まだ越えねばならないハードルが残されている。その証拠でもないだろうが、三上が様子をうかがう口調になった。

「こちらとしても、いろいろ相談させていただきたいことがありまして。今度いつこちらにいらっしゃいますでしょうか」

「夕方には体が空きます。ご都合がよろしければ、夜の遅くない時間にうかがえます」

あとは交渉次第だった。

ミューズが出資を呑んでくれそうだ。プランニングに報告したうえで、修は夕方の新幹線で静岡へ向かった。

ライブハウス・ムーサを訪ねると、学生バンドのコンテストが開催されていた。イベントを通じて地元のバンドを育てていこうという企画だった。奥のオフィスにまで、重低音のリズムが心地よく響いてくる。三上が手作りのチラシを渡してくれた。

「もし時間があれば、あとでちょっとのぞいていってください。プロに感想をもらえたら、学生たちも喜ぶと思います」

三上はソファに腰を落とすと、笑みを消して真顔になった。

「わたしもイゾウ君から話を聞いて、本当に驚きました。けれど、うちの幹部にジュン君の件は伝えていません」

最初の理解者である三上に、あれから彼らが相談していないはずはなかった。

三上が噂を聞きつけた際には、少年審判のことまでは知らされていなかったという。

「彼らのことを思いやってくださり、本当にありがとうございます」

「いいえ。社として三人でのデビューを全面的に支援させていただきます」

「その件があるので、気になっていたんです……。御堂さんのツアーをうちに任せてもいいという提案は、ジュン君のこととは関係ないと考えていいのでしょうか」

「はい。ミューズさんの力を借りることで、ツアーの規模を少しでも大きくしたい。スタッフ一同、期待してのことなんです」

「そうですか、安心しました。実を言うと……うちの幹部は強気でして。ベイビーバードを紹介したと言えるんだから、もっといい条件を引き出せ、と」

三上はライブハウスの営業権を引き渡すことで、ミューズの職を得ていた。その足元を見ての指示でもあったろう。

だが、紹介したベイビーバードのジュンには、少年審判を受けた過去があった。カノンと修に迷惑をかける結果となっていた。とても強気の主張はできない。ジュンのことを思えば、上層部に事情も伝えられない。三上は板挟みの状況にあったとわかる。

「ありがとうございます。まず何よりジュン君とベイビーバードの将来を第一に考えていただいたこと、感謝いたします」

修は謝意を示して頭を下げた。

カノンとの交渉で好条件を引き出せなかった時は、社に真相を伝えて、自分の立場を守ることもできるのだ。けれど、その前にベイビーバードの責任者たる修に、包み隠さず社の意向を伝えてくれた。

最初はいくらか野心もあって、ライブハウスの経営に乗り出したのかもしれない。けれど、地元で活動するバンドを支援していきたいという三上の動機に疑うところはない。単にビジネスとして音楽を見ているのではない、と信じられる。こういう志ある人の下に、必ず熱心な音楽ファンが集まるのだ。

三上という人物にはまだ、さしたる実績はない。けれど、この人に協力すれば、多くの若者がチャンスを得ていく。ベイビーバードのデビューに手を貸したのも、彼らの実力を見こみ、後押しせずにはいられなかったからだろう。

「何でも言ってください。御堂の集客力はすでに調査ずみでしょうから、我々に隠すところはありません。ぜひともミノブさんの力をお借りしたいのです」

こういう人と駆け引きめいた交渉はしたくなかった。本音でぶつかったほうがいい。

三上がひと呼吸を置き、口を開いた。

「図々しい提案をさせていただきます。集客のためには、話題性を加味する必要があると思います。そこで、名古屋と横浜で追加公演が決定したと派手に宣伝させていただきたいのです」

西野がにらんだとおりの提案だった。修は迷わず言った。

「異存はありません。ただ、両都市ともに、別のイベンターとの話ができています。追加公演の発表を遅らせろとか、条件をつけてくると思われます。ですが、時間をいただければ、すべてクリアできる自信があります。我々カノンを信じて、契約を進めさせてください」


翌朝、修はプランニングのフロアで役員を待ち、三上との話し合いの首尾を伝えた。

「まだ細かく条件をつめていく必要はあります。ですけれど、二ヵ所の追加公演を任せることで、ミノブは間違いなく出資できると言ってます。すでに話がまとまってるイベンターには、わたしが事情を説明に行きます」

話の途中から役員は眉間にしわを作った。投げやり気味に首を振り、頭ごなしに言った。

「無理に決まってるだろ。いくら名目上にしても、追加公演の企画を立てておきながら、地元のイベンターを外すなんてことが、本当にできると思うのか、君は」

「最終的には、わたしを悪者にする手があると思います。有力な新人バンドを紹介してもらった手前、コンサートの開催権を預ける契約を持ち出されてしまい、どうしても断りきれなかった。事実、ミューズはベイビーバードのツアーを開催させてほしいと言っています。契約書に盛りこまれてはいませんが、その点は我々もミューズに確約しました」

「君一人を悪者にしたところで、相手はカノンが約束破りをしたと思うんだよ」

感染症の影響で、エンタメ業界は大打撃を受けた。どの社も仕事はのどから手が出るほどにほしい。苦しい時に手を結び合うことで、信頼は築かれる。今の状況下で他社に仕事を渡すとなれば、禍根を残しかねない。

「こうは考えられないでしょうか」

修は怖れずに言った。

「御堂さんの集客力には、我々も現地のイベンターも不安を抱いてますよね。だから、大きな会場は押さえられずにいる。いくら追加公演が決定したとあおろうと、ミューズも大きな会場は用意できない。そう読めていたから、まだ取引のないミューズに任せてみた。いつも協力いただいている、つき合いの深いイベンターさんに迷惑はかけられない、と考えたからでもある。そういう言い訳はできると思います」

御堂が聞けば、憤慨する。けれど、人気が落ちていることを前提にした話し合いで、打開の道が探れるのなら、回り回って必ず御堂のためになる。

役員は思案する目つきになっていた。その先に回りこんで頭を下げる。

「お願いします。仙台でのミニ・ライブができなくなれば、ツアーの成功も望めなくなります。ひいてはイベンターさんの成功にもつながる案件なんです」

頑固で慎重な役員だとグループ内では知られていた。アーティストの人気は水物(みずもの)の一面がある。御堂の例を見るまでもなく、急に人気を落とす歌い手は少なくなかった。手堅く実績を重ねさせたほうが、アーティストを着実に育てていける。彼の持論は、修も直に聞いた。が、御堂タツミにはあとがなかった。未来も明るくはない。

頭を下げることで展望が開けるなら、何百遍でもできる。

「本当に君が説得に回るんだな」

色よい返事に視線を上げると、あごの先を振り向けられた。

「任せてください。同時に、ベイビーバードの売りこみもさせていただきます」

ベイビーバードがツアーを開催するつもりがあるのか、確約は取れていない。が、彼らの歌を聴けば、実力は誰でもわかる。

アニメとのタイアップが決まり、カノンが力を入れて売り出そうという。将来は有望と誰もが考えるだろう。ここで恩を売っておけば、見返りも期待できる。そう思ってもらえるように交渉するつもりだった。必ず話をまとめてみせる。

「芝原君よ。これだけは忘れないでほしい。イベンターはもちろん、照明や音響、それに車両や会場警備などのスタッフが協力してくれるから、ツアーは開催できる。主催者が高みから指示を出すだけでは、誰もついてこない。我々が率先して汗を流し、全スタッフに目配りしていかないと、必ずどこかでミスが出る。学生バンドのイベントとは違う」

役員の声に熱が帯びた。現場を知らない者に管理職は務まらない。

修は心してうなずいた。

「必ず一緒に汗を流します」

「ここで誓ってくれ。たとえ説得がうまく成功しようと、君は名古屋と横浜の現場には、何があろうと駆けつけて、人一倍汗を流すんだ。たとえ親が危篤になったとの知らせがこようとも、だ。体調管理ができなくて、欠席だなんてのは絶対に許されない。行動で示すことで、初めてツアーのチームに認められる」

営業部の時から、ツアーの応援スタッフとして現場に派遣されてきた。手伝い仕事なので、責任者の指示どおりに動けばいいだけだった。担当A&Rとして小さなライブを仕切らせてもらった経験はあるが、部長の的確なアドバイスもあって、頭を悩ませることはなかった。だが、今回は違う。

「ここで誓います。必ず先頭切って働き、誰よりも汗を流します」

「現場スタッフから嫌われたら、君の担当するアーティストはコンサートができなくなる。その覚悟で行動してくれ」

言葉の重みを受け止めて、また頭を下げた。

「ありがとうございます」

プランニングの内諾を得られたことで、修はすぐさま階段へ移動して、御堂に電話を入れた。一刻も早く報告したかった。

まだ寝ているのか。呼び出し音を聞きながら留守電へのメッセージを考えていると、眠そうな声の御堂が出た。

「……悪い知らせは聞きたくないからな」

「仙台でのライブが決定しました。必ずほかの主要都市にも放送を売りこみます。それと、ツアーが予定より二公演増えます」

「へえ、どういう風の吹き回しかな」

「それだけ御堂さんに、多くの者が期待を寄せているんです。絶対に成功させましょう」

返事があるまで、少し間があった。

「――君もずいぶんと尻をたたくのがうまくなったじゃないか」

「はい。どんどん鞭を入れていきます。覚悟しておいてください」

「ありがとな」

照れくさそうな笑い声が聞こえてきた。


イゾウのレコーディングは順調に終わった。ただ、当初の予定より遅れたため、アニメの制作発表に試聴盤は間に合わなかった。会場のBGMにトラックダウン前の音源を流してのPRに努めた。三人で撮り直した宣材写真と資料も配布した。少なくない成果はあった。会見後に取材の申し入れが三件も入ったのだ。

「だって、気になるじゃないですか。後ろ姿だけの宣材写真なんて。今まで見たことなかったですからね」

「彼らは今の仕事との両立を目指しています。お手元の資料にも書かせていただきましたが、地元を離れにくい理由があるんです」

「どういう理由か、教えてもらえないんでしょうか」

「公表はしていただきたくないのですが、障碍者施設で働いている者がいます」

四人と相談のうえで決めていた。事情は伝えても、公表はひかえてもらう。介護福祉士という職種は好意的に受け取ってもらえるはずで、理解は得られると考えたのだ。

「へえ……。介護福祉士ですか」

「はい。ですが、介護の仕事を自分たちのPR材料に使いたくないと言ってるんです。ご理解ください」

「素晴らしい考え方じゃないですか。編集長に相談して、何とか紹介したいですね」

「お願いします。デビュー曲のジャケットやポスターの画像などは後日ご提供できます。いつでもお申しつけください」

「プレゼント企画とかできますかね」

「必ず実現させます」

会見に立ち会った西野も、いかにも手応えを得たという顔で制作陣と笑い合っていた。あとは記事がどれほど出てくれるか。営業もふくめて、カノンの動きにかかっている。

社に戻ると、ベイビーバードのロゴデザインが仕上がってきた。直ちに商標登録の手続きに入る。同時にロゴを使ってのグッズ開発がスタートする。

プランニングとの打ち合わせを終えると、修はラジオ局へのプロモに動いた。御堂の試聴盤はすでに配ってある。その反響を聞いたうえで、新たにベイビーバードの売りこみをかける。

今や新人がアニメのテーマソングを手がけるケースは珍しくなかった。それでも、本名を明かさずに活動する理由を語ると、誰もが興味を示してくれた。この戦略はいける。

「三人とも介護士なんですか」

「いえ。彼らのうちの一人です。ほかの二人も地元で仕事を続けていきたいと言っています。人と接する仕事なので、公私の区別をつけたいとの考えからです」

「でも、番組出演はできるんですよね」

「それぞれ仕事の都合があるので、三人そろっての出演は難しいかもしれません。その際はご相談させてください」

修は時間の許す限り、静岡へも足を運んだ。

制作発表での反応のよさは、電話で伝えてあった。MVの撮影を控えているので、タケシたちとは会って話せる。が、サポートに身を退いたジュンのケアを忘れるわけにはいかなかった。

ジュンとイゾウが二人でアレンジを合わせると聞き、貸しスタジオへ顔を出した。

「わざわざすみません」

差し入れを持参すると、ジュンが折り目正しく頭を下げた。

「当然の仕事だよ。それに一刻も早く新曲を、一部でもいいから聴きたくてたまらない」

「うわっ。何だかファンを通り越して、ストーカーみたいだ」

イゾウはわざと明るく言っていた。

そうなのだ。ジュンの前で笑顔を絶やしてはならなかった。過去など関係なく、仕事を超えて君の曲のファンなのだと、行動で表しておきたい。

ドア横に腰を落ちつけて、二人の演奏に耳を傾ける。

次に仕上げる曲の構想は聞いていた。これまでなかったロック調の曲だ。すでにタケシがリズム構成をソフトで作ってあった。そこにジュンが譜面を見ながらギターを奏でる。イゾウもアイディアは固めてきており、イントロから合わせていった。かなり音が高低に飛び交う激しめのグループだ。

「これまでとは、印象がまったく違うね」

「アルバムを作るなら、バラエティに富んでたほうが面白いかなと思いまして」

ジュンがパソコンを操作してリズムを止めた。

正直、引き出しの多さに驚いていた。デビュー前の新人だから、書きためた曲があって当然だろう。けれど、新人となれば、似た曲調におちいりやすい。その指摘を受けることで、アルバムの質は上がっていく。

ところが、他者のアドバイスなど必要ないほど、彼らは豊かなバリエーションを見せてくれる。

「ちょっと冒険しすぎでしょうか」

ジュンが修の顔色をうかがう目になった。

「いいや、感心してたんだ。実は今、二年前にデビューしたバンドの新曲に悩んでいてね。これまでと似たテイストでいくか。新たな一面を見せていくべきか」

「結論は出たんですか」

イゾウが興味深げに訊いてくる。

「仕事とはいえ、優しく愛を語る歌にはちょっと飽きがきてる。そのバンドの持ち味だけど、本当に今の路線のままでいいのか。無理難題を彼らに投げかけてみたけど、従来の曲調からなかなか外れてくれなくて、物足りなさを感じてるんだ。比べちゃいけないけど、ベイビーバードの懐の深さには驚かされるよ」

「ありがとうございます。たぶん、ぼくたちの曲作りがいい加減なんだと思います」

ジュンが照れたように言い、イゾウを見た。

「かもな。それぞれが単に好きなだけじゃなく、ショックを受けたり、驚かされたりした歌を持ち寄って、好き勝手な意見をよく言い合ってます。その刺激を大切にして、タケシが先にリズムを作ったり、おれが弾きたいベースのパターンをひねり出したり――」

「ぼく一人で曲を作ってたら、すぐネタはつきると思います」

例によってジュンの謙虚さは変わらない。

「一人で自由に歌を作りたいと思う時はないのかな」

「まったく思いません」

迷う様子もなくジュンが断言した。

「今は、だろ。そのうち、おれらが重荷になったりしてな」

イゾウが茶化すように言って笑みを見せる。

「それはないって。みんなに目いっぱい迷惑かけてきたろ。そこまで裏切り者になる勇気は、さすがにないよ」

「そのうち、おれにも曲を作らせてくれよな」

「いいけど……。タケシやコアラのほうが厳しいこと言うから、覚悟しとけよ」

いい機会だった。二人が笑い合うのを見て、修は話題を変えた。

「例の相談なんだけど……。君たちは、かなり甘く考えてるぞ」

冗談めかして言ったが、二人は真顔になっていた。

「実は、早くも東京のFM局から出演の引き合いがきてる。うちのマネジメントから相談がいくと思うけど、どうしたものかな。先方はぜひ三人で、と言っている」

二人が目を見交わした。ジュンが先に視線をそらした。イゾウがペグを回してチューニングしながら言った。

「おれは話すの苦手だし、コアラは時間が不規則だしね。タケシが代表してインタビューを受けるのが一番いいかな」

「MVの撮影もあるんで、その際に三人で取材を受けるのはどうだろうか。テレビ局にも広報させてもらいたい。もちろん、サングラスで顔は隠してもらってかまわない」

「断っておきますけど、すべてタケシに丸投げですからね」

「じゃあ三人そろっての出演もOKだね」

密かに安堵する。イゾウにも補導歴があるという。父親の件のほかにも、顔を出したくない理由があれば、取材はすべてNGと言いだしかねない。イゾウまで疑いたくはないが、不安材料は消しておくに限る。

「ジュン君、ごめんな」

「いえ……。みんなにプロモーション活動を押しつけてしまい、申し訳ないです」

「言うなって。おれとコアラはただアホみたいに横で座ってるだけさ。まあ、タケシにゃ晩飯でもおごってやりゃあ、充分だろ」

「ベイビーバードの知名度が上がっていけば、テレビ出演の依頼は増えると思う。現に、アニメのキー局からは番宣もかねて、ベイビーバードの出演枠を確保できそうだと言われてる」

二人が微妙に動きを止めた。イゾウが静かに頭を下げた。

「今は無理ですよ、未熟ですから。みんなが自信を持って人前で演奏できるようになるまで、もう少し待ってください」

カメラの前での演奏は、確かに緊張を強いられる。けれど、彼らの技量に問題はない。自らの演奏でレコーディングをこなしたのだ。それでも、人前に出る機会は少なくしたい。修たちが考える以上に、世間の目を怖れていた。修は言った。

「そうだよな。MVも顔を見せずに作るんだから、簡単にテレビ出演はしないほうが、ベイビーバードのコンセプトに合っていそうだ。よし、テレビ出演はしばらくひかえようか」

二人の肩がわずかに上下した。そっと息をついたのだ。

「それと、可能な限り取材はタケシ君に押しつけよう」

「いいんですか」

イゾウが虚を突かれたように目を見張る。

「誰が見たって、彼がリーダーだからね。顧客の決算時期でもない限り、時間の都合もつけやすいだろうし」

「すみません……」

また頭を下げたジュンを見て、修は精いっぱいに笑いかけた。

「任せてほしいな。さあ、時間を有効に使おう。あと三十分は演奏の練り上げができる」

やはりメンバー三人の意志は固かった。最初から契約の条件にもなっていた。特設チームの会議で報告すると、もう反論は出なかった。取材はリーダーのタケシが一人で受ける。歌番組への出演は正式に見送られた。

その代わりではないが、アニメ放映の前週からキー局の情報番組でエンディングに流してもらえるように交渉したい、と宣伝から提案された。チームに入っていない局担からのアイディアだという。異論が出るはずもなく、直ちに動いてもらうことが決まった。

会議の席で驚く発表もあった。当面ベイビーバードのマネージャーを丹羽部長が務めるというのだった。

「マネジメントには了解をもらいました。匿名での活動という特殊な事情があるため、M2事業局で統轄すべきと、社長の裁定が下りたためです」

もちろん、ジュンやイゾウの事情を外部に広めないための一計だ。管理職自らマネジメントを手がけることで、内外へベイビーバードの期待度を表す意味もある。

デビュー曲となる「大河が海へそそぐ時まで」のトラックダウンを終えると、各MVの準備に動いた。

映像スタッフの手配や予算管理は、映像制作部が担当する。もちろん、A&Rはすべての作業に立ち会う。タケシたちのスケジュールを聞いて日程をしぼり、最終的な予算を弾き出す。

計画書を仕上げる際は、大森昌樹の協力も得られた。

「これだけの予算があれば、凝った映像も作れるぞ。理想は高く持って、クリエーターと知恵を出し合えよな」

アドバイスをもとに、入念な準備を進めた。映像制作部に丸投げはしない。スタイリストと意見を出し合い、衣装とメイクを数パターン用意した。

本番のスタジオ撮影は、コアラの夜勤が明けた土曜の午後となった。

メンバーの意見を取り入れて、ウイッグと特徴的なサングラスを使用する。絶対に顔を見せたくないイゾウは、つけ髭も採用した。装着すると肌になじみ、見た目には作り物とわからない優れ物だ。

衣装はパステル調のスーツを選んだ。イゾウとタケシは銀の縁取りの入ったハットを被る。サングラスで顔は隠すが、真正面から三人を撮る場合は遠景に限る。外部スタッフが多く入るので、互いの私語はひかえると約束し合った。

楽器をセットしてリハーサルを重ねる。機材の準備を進める間に、別室でタケシがメディアのインタビューを受けた。もちろんサングラスとハットを着けたままだ。

「今は顔を出さない歌い手が増えています。ぼくたちも地元で仕事を続けていきたいので、顔出しはしないでおこうと決めました」

「職種もまだオープンにはしたくないと思っています。関係者に迷惑をかけたくありませんので。三人とも、こんな格好をしてるのが許されない、堅い商売なんです」

「曲作りはメンバーで知恵をしぼっています。いつも議論になるのは、詞のコンセプトを出し合う時でしょうか。幸いにもまだ、殴り合いの喧嘩になったことはありませんけど。たとえ言い争いになっても、音合わせに入ると、必ず一体感を得られます。それが音楽のいいところじゃないでしょうか」

タケシは当意即妙にユーモアを交えながら語った。同席させてもらったが、心配はすぐ吹き飛んだ。初々しさはありながらも手堅く、まるで十年選手のような堂々たる受け答えだった。

三時間かけて撮影を終えると、タケシだけがスタジオに残って、さらに取材をこなした。

東京駅まで送る車を待つ間に、控え室でタケシと二人になった。ねぎらいの言葉をかけたあと、サングラスを外さずに帰り支度を進める後ろ姿に問いかけた。

「本当に感心したよ。かなりシミュレーションに時間をかけたんだろうね」

「効果的にＰＲしたいんで、ちょっと策を練りました」

「インタビュアーが喜びそうなエピソードを盛りこんで、仕事やプライベートに関心が向かないよう、かなり気を配ってたよね。用意周到さに驚かされた」

タケシが振り返り、サングラス越しに見つめてきた。

「ぼくらの歌のためですから。慎重にならないと、足をすくわれかねません」

「もう隠してることはないって、ぼくらはみんな信じている」

真正面から修は言った。タケシなら、何を言われたか、わかるはずだ。用意周到と言っていい受け答えが、インタビューの時から気になっていた。

「顧客の中には、かなり怪しい経費を帳簿に載せてくる人がいます。よほどの大金でない限りは、見逃したほうがいいと先輩に言われました。険悪な関係にならないですむし、調査が入った時には税務署員への手土産にも利用できます」

あえて税務署から指摘されそうな項目を残しておく、ということだろう。

「税務署だって、手ぶらじゃ帰れません。そもそも必要経費には解釈の違い、という余地がありすぎるんです。一流企業だって、多少は経費を水増ししてると思います。そうやって多くの人が脱税めいた行為に加担している面はありますよね」

でも、多くの人は逮捕されない。わずかな額であり、すべてを摘発できはしない。

「ぼくたちだって、堂々と顔をさらして、気兼ねなく音楽活動ができたらいいと思ってます。でも、傷害事件で逮捕された事実は重すぎます。少年法の理念は素晴らしいけど、役立たずの理想論でしょうね」

修の問いかけへの答えではなかった。

タケシは荷物の整理を終えて、深く息をついた。

「ぼくは顧客の脱税まがいを何度も見逃してきました。額は小さくとも、罪に変わりはないのに。そう自覚しながら、仕事を続けています」

彼らが用意周到になるのは当然なのだ。

いくら理論武装をしようと、見苦しい言い訳だと指摘する者は出るだろう。仲間を守るには、世間と自分を厳しく見つめて、理想と現実の遠さから目を背けずにいるしかない。そう強く戒めているのだった。

# 第七章

二月になったというのに、アニメのオープニングが完成しなかった。ベイビーバードのMVは、編集作業が大いに遅れた。アニメ業界では珍しくもないらしく、製作委員会の面々に慌てた様子はまったくなかった。啞然とするほかはない。

見通しが立たないうち、テーマソングを発表する期日が迫った。そこで、監督が使ってもいいと許可したカットのみをつなぎ合わせて曲を乗せる、という綱渡りの作業になった。

アニメ制作の橋渡し役を務めた大森からは、スケジュールの遅延は絶対にあるぞ、と事前に脅されていた。が、これほどとは思わなかった。修は胃に穴が空くほど狼狽えた。

CM界の名手に編集を依頼したのは正解だった。CGによる映像効果を加味して印象的なシーンを並べ、歌詞のタイトル文字をかぶせるというテクニックで急場を乗り切ってくれた。物語性を強く感じさせる仕上がりで、アニメの制作陣も感心していた。

期日ぎりぎりの夕方に、テレビ局とアニメ会社のサイトにMVの短いバージョンを何とかアップできた。カノンの特設サイトとリンクも張られた。

放映ひと月前の午後四時。アニメのターゲットとなる学生の帰宅時間に合わせて、MVが公開された。テーマソングの発表を待つ若者が予想よりも多く、再生数の伸びは期待以上だった。

「出足は絶好調だぞ。見てくれ。うちのサイトでも再生数が爆上がりしてる」

ネットの動きを見ていた宣伝部の者が、タブレットを手に駆けつけた。これぞタイアップの効果だ。西野局長は窓際の席で悠揚と笑みを見せていた。

「喜ぶのはあと、あと。ここまでは想定どおり。早くメディアにダメ押しの広報メールを入れなさい。ネットで大評判だって、数字を添えれば信用度は一気に高まるから」

丹羽部長がフロアを見渡し、号令を発した。ラジオや雑誌は、強力なライバルとなったネットを絶えず気にしている。派手にあおってやれば、話題性ありと見て、さらなる情報発信に努めてくれる。

「芝原君は営業所に連絡つけて、イニシャルオーダー（初回注文数）を増やすプレゼン戦略を練り直しなさい、早急に」

再生数の伸びを見て、オーダーを増やせると部長は判断したのだ。

大型ＣＤショップでは、本店のバイヤーが受注をまとめている。全国を統轄する営業センターの担当者と、あらためて挨拶に出向くことになった。それには販促グッズがなくてはならない。

修はプランニングのフロアへ走った。グッズの製作状況を確認する。アニメのキャラを使ったポスター二種類。Ｔシャツとトートバッグ、ボールペンにクリアファイル、ピンバッジ……。新人では考えられない大量の発注数になっている。

「無茶言わないでくださいよ。キャラクターの見本が遅れたんで、スケジュールは押せ押せなんですから」

来週の半ばには、ポスターとクリアファイルが先に仕上がる予定だった。何とかなる。

「よし、完成初日に端からバイヤーを回ろう。数がそろう時間を出してくれ」

放映の前には、オンラインでのシングル発表会を計画していた。

販売店にはメールで告知ずみだ。フルバージョンのMVをひと足早く特設サイトで公開する。冒頭でリーダーのタケシがリモート出演して、生の声でメッセージを伝える。その後、サプライズとしてプロデューサーのローク岩切やカノン所属のアーティストによる応援コメントも流す予定だった。

修は御堂からもコメントをもらいたいと考えた。あわよくば御堂のアルバムも告知したいと狙ったのだ。が、特設チームの会議で疑問が出されて、採用は見送られた。音楽性が違いすぎると言われて、納得するほかはなかった。

販売店の参加者から質問を受けるコーナーも設けていた。本名と顔を伏せる理由は、最初にタケシが話すにしても、突っこんだ質問が出るかもしれない。タケシのことだから、そつなくこなすだろう。念のために、想定問答集を作っておくことにした。

営業と販売からも、各メディアにオンライン発表会を告知してある。MVの再生数が順調に伸びていけば、多くの参加者を期待できる。

販売促グッズの完成までの間、修はプランニングのツアー担当と名古屋まで足を運んだ。追加公演の件を地元イベンターに伝えて、了解を得るためだ。

協賛社の強い希望で、断るわけにはいかなかった。名古屋のFM局でミニ・ライブを放送する計画もあるので、ツアーの宣伝に努めさせてもらう、と頭を下げた。

「さすがミノブさんですね。名古屋と横浜の追加公演を引き受けるなんて。中部と首都圏にも進出していこうって狙いが見え見えだもの。カノンさんがまず落とされたってわけか……」

すでにミノブの動向を気にかけていたらしい。修は平静を装った。ベイビーバードの知名度が上がり、ミューズの関与が広まれば、ミノブへの警戒心とカノンへの風当たりも強くなるだろう。何が何でも御堂のツアーを成功させて、彼らに喜んでもらうしかない。

名古屋に一泊して、販売店と放送局も回った。御堂のニューアルバムをPRしつつ、ベイビーバードの試聴盤も手渡していく。

中にはテレビ局のサイト経由でMVを見てくれた者もいた。アニメの告知効果を目の当たりにさせられた。上層部の念願を足で稼いで叶えたのだから、大森の貢献度はもっと賞賛されていい。

東京へ戻ると、去年から約束していたランチに大森を誘った。

「うちが出遅れすぎてたんだよ。もともとクラシックのコンサート企画から始まった会社だろ。老舗意識にあぐらをかく役員が多すぎたな」

大森はサラダをつつくなり、驚くほど堂々と社の批判を口にした。

「CDは売りにくい時代だよ。でも、ネットで動画が楽しめるんだから、アニメはますます強力なコンテンツになる」

いつもの持論がくり返される。動きの遅い会社への不満が止まらない。

「グッズ販売や声優のイベントを仕掛けないで、どうするんだよ。そうやって人を集めて、C

Dも売っていく。うちはアニメに限らず、映像部門をもっと強化して、ガンガン資金をつぎこんでいかなきゃだめなんだ。まだ弱腰すぎる」

アニメ制作への足がかりを築いたのに、特別ボーナスが出たとの話は聞かない。大森が通いつめた制作会社に資金を出す代理店が、カノンの宣伝と営業に話を通してしまったせいもある。手柄はいつだって各部署での奪い合いだ。

「おい。今はアニメへの期待度があるから、MVを見てくれる視聴者は多いだろう。けど、そのうち再生数は落ち着いてくる。その前に次の手を打てよ。策はあるだろうな」

「はい。テレビ放映に合わせて、雑誌に記事が出ます。ラジオでもインタビューが流れます。オンラインの発表会もあるので、注目度は上がってくれると睨んでます」

「気になってたんだが、どうしてテレビに出ない」

パスタが運ばれてきた。大森がジンジャーエールのグラスをつかみ、様子をうかがう目になった。

「まだ演奏に自信が持てないんです」

「あの丹羽部長が、よく許したもんだよ」

多くの仕掛けを得意としてきた部長なのだ。社を挙げて売り出すバンドなのに、正攻法のプロモーションばかりで、人目を引く派手な戦略に欠けていた。

「うがった見方をするつもりはないけど……。顔を隠してるのも、実はちょっと気になってた。介護士を辞めるつもりはないって話、本当なのか」

小声で問われた。フォークを持つ手が止まる。

三上からの電話でイゾウに非行歴があったと知らされた時、ちょうど大森と話しこんでいた。あの時の修の態度から、不穏な気配を感じ取っていたのかもしれない。

目をそらすわけにはいかなかった。

「ええ、ぼくも驚いたんです。でも、ボーカルの子の歌で、落ちついてくれる入所者が多いそうなんです。彼自身も、かなり仕事に責任感を持っていると聞いてます」

「いい話じゃないか。いざとなったら、プロモに使えるぞ」

大森は視線を外して、パスタを口に運んだ。担当するアーティストを売りこみたいA&Rであれば、当たり前すぎる意見だった。

言葉を選ぶ。

「実は……安っぽい美談にはしてもらいたくない、そうも言われてまして」

「勇ましいじゃないか。ぜひとも初志貫徹してもらいたいな」

先を危ぶむ口調に聞こえた。

大森は、修の説明をすべて信じているわけではなさそうだった。

長くこの仕事を続けていれば、よくない噂は耳に入る。つい最近も、学生時代のいじめ体験を口外したアーティストが、非難を浴びて多くの仕事を失っていた。デビュー前の行動になると、A&Rでもすべてを把握できない面はあるのだ。

「ベイビーバードは会社の期待が大きいから、今や注目の的だ。期待どおりのヒットにならないと、うるさく言いたがる者が出るし、ヒットしたらしたで、足を引っ張りたがる者も出てくるぞ。その対応だけは間違えないようにしろよな」

大森は慎重な言い方をしてみせた。何か訳ありなのだろう、と見ているのだ。

恩ある先輩でも多くは語れない。修が考えていると、口調と話題を変えてきた。

「こっちの読みどおりに、テーマソングはワンクールで切り替えるって決まったらしいぞ。つまり、もう次を狙って、みんな動き出してる。当然ベイビーバードもセカンドシングルの目処はついてるよな」

今はまだ新曲に着手する余裕はなかった。ファーストアルバムの準備が進行中なので、その中から選ぶのが順当になる。

グリーンアプリコットの新曲もまだ方向性を打ち出せずにいた。御堂のプロモーションも控える。仕事量は修の処理能力を超えている。

ゆっくりランチを楽しんでいる余裕はなかった。


グリーンアプリコットの次のシングルは、これまでの路線を継承しつつもアップテンポの曲にしようと話がまとまった。会社はアニメへの出資に乗り出す。そのテーマソングを狙える仕上がりにしたい。彼らのほうから切り出してきたのだ。

悪い提案ではなかった。彼らもベイビーバードの歌を聴き、大いに刺激を受けたと言った。ようやく定着してきたファンの期待に応えるとともに、新たな方向性へとチャレンジする意気ごみを見せてくれた。

「前向きな意見に大賛成だよ。次のアルバムを出す時にも彩りが増えることになるからね。楽しみに待っているよ」

彼らは一週間で仕上げてきた。

メールで送られてきたデモを楽しみに聴いた。確かに優しいだけの歌ではなかった。曲調はアップテンポながら、彼らの長所と言えるメロディアスな部分には心惹かれた。だが……。不安からもう逃げはしない。確かめ合えた絆を見つめて。だから歩いていける。どこかで聞いた歌詞の羅列に落胆させられた。優しい言葉はいらない。背中が語っている。手垢のついた表現に思えてならなかった。

どう感想を伝えたらいいのか。言葉が見つからなかった。

彼らは文字どおり優しい若者なのだ。ひたすら音楽が好きで、ずっと仲間内で楽しんできた。仕送りが足りず、アルバイトをしたことぐらいはあるだろう。けれど、生活に困窮した経験はない。修と同じで、恵まれた学生時代だったと思われる。

もちろん彼らは何も悪くなかった。誠実で、自分たちの信じる音楽に打ちこみ、演奏テクニックを磨き、そこらの学生バンドとは比べものにならない実力を身につけた。だから、念願のデビューを勝ち取れた。人並み以上に音楽で生きていこうと懸命でもある。

ベイビーバードの才能に触れたから、彼らに物足りなさを感じているのではなかった。多くの歌を聴いてきた者であれば、同じ評価を下す。耳の肥えた音楽ファンも同じだ。

困り果てた。

どんなアドバイスを送ればいいのだ。つたない言葉で彼らの背を押していけはしない。誠実なメンバーだから、着実に力をつけることで結果につなげてほしい。その一助に、まず何を言うべきか。

悩んだ末に、リーダーの風村卓也に電話を入れた。

「今聴かせてもらった。かなりチャレンジングな曲調になっていて、驚かされた」

音の構成はよかったと思う。考えつく表現を駆使した。評価できる点をまず述べていく。そのあとで、ひと呼吸、置いた。言うしかない。

「――気になった点があるとすれば、歌そのもののコンセプトじゃないかな。この歌の立ち位置というか、聴かせどころというか――力点はどこだろうか」

「みんなで相談したんです。絆の力の大切さ、ってところですかね」

迷いも照れも感じさせず、風村は言った。自分たちの考えと歌を信じている。信じなければ、力一杯に歌えはしない。

「確かに震災のあとは、やたら絆という言葉がもてはやされた気がする。でも、使われすぎたせいもあって、奥深さはなくなってるかな。絆という言葉を使わずに、具体的なエピソードの描写や暗喩で表現できたら、歌を聴いた人も、はっと胸をつかれると思うんだ」

風村は電話口で黙りこんだ。言葉の意味を考えてくれているならいい。不服な気持ちを抑えているのでは、困る。

ここでベイビーバードの世界観を比較して出すわけにはいかない。言葉を換えて言った。

「気分を悪くしてもらいたくないんだけど、社内でも君たちのメロディを評価する声は高くて、ぼくも嬉しく思ってる。あとは歌詞とのマッチングだよ。耳に聞こえのいいフレーズばかりが続くと、どこか抽象的で甘ったるい印象が強くなってしまう。違うだろうか」

「わかる気はしますけど……」

「自信は失わないでもらいたいんだ。具体的な情景描写が、歌の主人公の心象風景を鋭く表す歌詞ってあると思う。特徴的なワンフレーズで、受ける印象はがらりと変わってくる。もう一回、チャレンジしてもらえないだろうか。メンバーでアイディア出しをするなら、ぼくも参加させてほしい」

これ以上の厳しい意見は言えなかった。つい口ごもる。

かつて丹羽部長は、御堂に何度もダメ出しをした。CMのコンセプトを聞き出していたから、その狙いに近づけたかったからだ。けれど、彼らに提供できる材料を自分は持たない。A&Rとしての実績もない。それでも、担当が自信を持って推せなくては、辛辣な意見が飛び交う編成会議を乗り切れなかった。

多くの関係者がどこか物足りないと感じた曲でも、一般受けして売れるケースはあった。たったひとつでも強烈な、彼らならではの長所が出ていれば、その部分にスポットを当て、世間の注目を引きつけることができる。

グリーンアプリコットの平均点は決して低くない。あらゆる若手バンドが、そういう状況にある。飛び抜けた何かを身につけた者が、格段の注目を集めて、この世界を生き抜いていく。

「本当に期待してる。次のシングルで勝負しようじゃないか」

励まし、賛辞を贈る。課題を提起し、また長所を見つけて語りかける。

熱意を持って話しながら、修は意外だった。ベイビーバードを見出し、契約を勝ち取った時は、喜びに心が震えた。けれど、彼らは修のアドバイスなど必要としなかった。新米A&Rの期待値を楽々と飛び越える歌を出してきた。過去のつらい体験という特殊な事情はあったにせよ、おそらく誰が担当しようと、彼らは今後も生き抜いていける。

御堂タツミはヒットの実績を持つ。いい歌が作れずにいるとの悩みを抱えてはいる。が、楽曲作りに新米A&Rが迂闊に口出しをしていいものではなく、今も躊躇があった。

けれど、グリーンアプリコットは違った。デビューはできた。力を持ちながら、まだ報われていない。そういう彼らを表舞台へ導ければ、A&Rとして自信と誇りを持てる。

御堂のアルバムとベイビーバードのデビューに時間と気を奪われていたが、彼らを忘れてはならなかった。グリーンアプリコットの行く末にこそ、芝原修という新米A&Rの評価が表れるのだ。


オンラインでのデビュー発表会は少しずつ話題になっていた。

アニメのテレビCMも流れ始めて、MVの再生数がまた伸びた。雑誌のインタビューも掲載され、情報番組でもエンディング曲として流された。その告知をかねて、三人そろってのコメント撮りも行われた。

メディア露出が増えたため、販売店から新たなオーダーが舞いこんだ。

「芝原君。営業所のノルマを三割増しにすると伝えなさい。全営業所に鞭を入れて、最後の追いこみにかかりましょう」

丹羽部長がさらなる檄を飛ばした。各数字を上昇させて調査会社のベストテンに食いこめば、新人のロケットスタートと見て、メディアが注目する。

修としては別の数字が不安だった。御堂のアルバムも発売前のオーダーを取り始めていた。

気に病みながらも営業所へメールを送っていると、伊佐が内線電話をかけてきた。案の定で、消え入りそうな声だった。

「これじゃあ……とても御堂さんに報告できませんよ」

「弱音を吐くのは早すぎる。来週のミニ・ライブを取り上げてくれるメディアは必ずある。君も根回しに動いてくれ」

数字を聞いて、思わず目を閉じた。宣伝の予算が限られていたにしても、予測を遥かに下回る動きの鈍さだった。

「時期が悪すぎましたよ。うちの新譜は、すべてベイビーバードに話題を持っていかれてますから」

多くのメディアは各社の楽曲を均等に紹介したがる。カノンの新譜情報はベイビーバード一色と言っていい。全国ツアーの計画から逆算して発売日を決めたため、予想外の影響が出てしまっていた。

修は部長の許可を取り、仙台でのライブまで御堂のプロモに集中する予定を組んだ。

「あとは任せて、悔いなくやりきりなさい」

部長に背をたたかれ、送り出された。最後の挨拶回りに駆けめぐる。

ライブを開催する会場のキャパシティは、七百強。

御堂の地元なので、チケットは問題なく完売した。が、瞬時にソールドアウトするとの読みを裏切り、売れ残りが目についた。もちろん、この報告も御堂にはできない。たった七百席とはいえ、一時間ほどのライブのために足を運んでもらわねばならず、熱烈なファンでも見送る人が多かったのだろう。

バンドメンバーとのリハーサルを一日で終えて、先に御堂と仙台へ移動した。

到着すると、放送局へ直行する。たった五分の出演時間でも厭わず、御堂はインタビューをこなした。顔馴染みのパーソナリティーもいて、話が弾むケースはあった。が、用意された質問を投げかけるだけの素っ気ないインタビュアーにも、彼は笑顔で耐えてみせた。

「手を回して、オーダーの件を聞き出したよ。芝原君じゃ、口を割らないだろうから」

伊佐が車を呼びに向かうと、御堂がエレベーターを出て笑いながら言った。

「彼は嘘がつけない男ですからね。ぼくと違って」

「まったくだよ。局プロ連中も正直すぎる。丁寧に接してくれるけど、熱は感じないものな」

「じっくり売っていきましょう。いい作品は必ず評価が高まっていきます」

「こういう時の常套句を、しれっとした顔で言わないでくれよ」

ジョーク半分だとはわかった。が、ここは否定しなくてはならない。

「いいえ。世間とマーケットを信じているから言うんです」

「ファンサイトの書きこみってのは当てにならないよな。ライブの反応こそが、この先の羅針盤だろう。待ち受けるのは荒波か、それとも安らぎの港か……」

「船を巧みに乗りこなせば、必ず目的地は見えてきます」

「ずっと気になってたんだけど……」

何を訊かれるのか、修は身構えながらうなずいた。

「――はい」

「最近の若い子たちが作る歌は、物語性に欠けると思わないか」

真っ先にグリーンアプリコットの新曲を思い浮かべた。

「かもしれませんね。実は担当する若手バンドの歌に少し物足りなさを感じてました。でも、どう伝えたらいいか、困ってたんです」

「そうか……。物語性の薄い歌を聴いて、君は物足りないと思ったわけか。でも、おれは少し違う感覚を実は抱いてる」

足が止まった。てっきり御堂も似た不満を抱き、その話を切り出したのだと思っていた。

御堂が革ジャンの肩をすくめるようにして、振り返った。

「今の子たちって、よくできすぎた物語に共感できなくなってるって思わないか」

意味がつかめなかった。修は目で話の先をうながした。

「夢は叶うって信じたいよ。でも、現実を見るなら、夢をつかめる幸福な者は限られてくる。それならいっそ、優しく自己肯定をしてくれる歌のほうがまし、って思えるだろ。ほら、最近のハリウッド映画も、荒唐無稽で現実的じゃないスーパーヒーローが大活躍する物語が多くなってる。地道に夢を叶える努力をしろだなんて、映画や歌で言われたくないよな」

だから、メッセージ性のある歌が受けなくなった。だから、自分も苦しんでいる。御堂はそう言っていた。

彼の歌の根底には、世の中や自分を問い直す眼差しがある。優しい言葉を否定して、世間と自分に厳しくありたい。ロックという歌のジャンルの誕生に根ざす、古典的な観念が通奏低音のように流れている。

今の時代を生きる若者には、そういう歌の作りが古臭く見えるのではないか。

そんなことはない。今もロックは大衆に支持される歌の主役たるジャンルのひとつだ。そう言いかけて、修は声を呑んだ。

ロックのテイストが古いのではない。そう断言したのでは、御堂の感覚にこそ問題がある、と聞こえてしまう。

自分の歌が支持を得られなくなってきた。その厳しい現実の言い訳を、どこかに見つけたがっているのだろう。修は言った。

「なかなか興味深い分析だと思います。ですけど、アーティストは時代とともに新たな一面を見せていくものではないでしょうか。次々と果敢にチャレンジしていくアーティストに、ぼくは魅力を感じます。今回のアルバムも、御堂さんのシンガーとしての底力を必ず多くの人が感じ取ってくれると思ってます」

掛け値ない本心だった。だから、迷いも照れもなく、ようやく自信を持って言えた。

「……だといいな」

歩きだしながら言った御堂の声には、自信のかけらも感じられなかった。多くのインタビュアーから反応の薄さを見せつけられて、マイナス思考に陥っている。

だから、地元でのライブを選んだのだ。熱烈なファンが集まるので、絶対に新たな御堂の一面を歓迎してくれる。修も一ファンとして、観客席の後ろから力の限り無言の声援を送るつもりだ。

「地元のファンだから、厳しい面もあるかな。どっちに転ぶか、覚悟はしてるよ」

駐車場へ歩く御堂を見つめた。その背中が下手な慰めを拒絶していた。

修は予感を抱いた。もしかすると、御堂は身の退きどころを探していたのではないか。ずるずるとレコーディングを引き延ばし、盗作の疑いをかけられそうな楽曲をあえて出し、スタッフを困らせる。彼の深い悩みはまだ続いている。

修は御堂の背中に言った。

「明日のライブで、本当の力を見せつけてやりましょう」

わかっているさと言うように、御堂は軽く右手を上げて応じたのみだった。


ミニ・ライブの放送時間は四十三分と決まっていた。メドレーをふくめて計八曲を歌い、アンコールに最大のヒット曲である「閉ざされた部屋」とニューシングルでしめる。

ライブは成功だった。一時間強という短いステージでも、ファンは大いに喜んでくれた。スタートから手拍子がやまず、バラードになると水を打ったように静まり返った。アンコールの盛大な拍手は五分以上も続いた。

予定になかったが、最後にもう一曲、御堂がアコースティックギター一本で、代表曲のひとつを熱唱する余禄もついた。

ミノブのスポンサードが得られたので、映像の収録班も投入できた。その日のうちに映像の一部を編集して地元の放送局に送り、情報番組で流してもらう予定だ。アルバムの発売前には、カノンのサイトでも公開できる。

ただ、グッズ販売は社の予測を下回った。こういう数字にファンの期待値が表れる。

「心配ないですよ。地元のファンはもう御堂さんのグッズを買ってくれてるんです」

伊佐は不安を払うように言った。

プランニングの担当は数字を睨んで厳しい顔になった。

「ここまで伸びないとは思ってもみませんでした。アンケートの結果が恐ろしいですよ」

入場時にアンケートを渡し、帰り際に回収していた。放送局のスタッフは礼儀として褒め言葉しか口にしない。お金を払った観客の反応のほうが遥かにシビアだ。

翌日、調査会社からアンケート結果がきた。修は伊佐と二人で怖々とメールを開いた。

ニューアルバムを購入したいと答えた者は、六十二パーセント。御堂のファンが集まっていたにもかかわらず、七割を下回る結果だった。カバー曲の感想欄に目を走らせる。

多くの意見があった。せつない歌声にしびれました。泣ける新曲を待ってます。カバーも悪くないけど、もっと御堂さんらしい曲が聴きたかった。十五周年のアルバムに期待していきます
……。

「どうもカバーはあまり望まれてなかったみたいですね」

伊佐が声を沈ませた。

「そうじゃない。御堂さんの熱烈なファンだから、新曲のほうに期待が集まってたんだ。それに、我々の情報告知が行き届いていなかったせいもあるな。シンガー御堂タツミの魅力を知ってもらうアルバムだと定着させていけば、ファンの反応だって違ってくる」

修は願望をこめて言った。

新たなチャレンジに出ると、最初は戸惑う声が上がるものだ。が、必ずアーティストの挑戦

する姿勢は浸透していき、理解を得られる。メディアや音楽関係者の評価が高いとわかれば、必ず売り上げは伸びていく。

もどかしいことに、メディアも音楽関係者も今はベイビーバードに関心を寄せていた。御堂のアルバムへの反応は鈍い。

「どうして同じ時期にデビューさせるんですか、ベイビーバードを」

フロアの隅で伊佐が恨めしそうに睨む。

アルバムとツアーの予定は一年前に決まっていた。幸運にもベイビーバードがタイアップを獲得できたため、スケジュールが重なったのだ。どちらかが沈んだのでは、A&Rとして悔いが残る。話題作りのために何ができるか、自問自答する。

「よし。ライブの映像を先に公開しよう」

「だってFMの放送はまだですよ」

映像の公開は、番組の放送後と決められていた。ただし、告知や宣伝であれば、短い映像を使える、との条件があった。

「了解はぼくが取る。テレビ局に送るプロモーション用の映像を、番組の宣伝にも使うと言えば、わかってもらえるさ」

早速、仙台のFM局に電話を入れた。

「告知が目的なら、三十秒以内にしてくださいね。うちが最初に放送する権利を持っているんですから」

プロデューサーの主張は正しい。一心にお願いするしかない。仙台から全国へと話題を広げていきたい。その先陣を切る放送を盛り上げるためなのだ。

無理を承知で説得すると、現場のプロデューサーは上司の許可を取りつけてくれた。

「編集後に、こちらでチェックさせていただきます。番組ロゴの大きさを上が気にしてました。それと、公開前から必ずリンクを張ってください。お願いします」

「はい、ありがとうございます。あらゆるメディアに告知の情報を送ります。ご期待ください」

受話器を手に頭を下げた。

直ちに映像編集のプロダクションに事情を伝えた。予算と時間が限られているので、荒っぽいつなぎでかまわない。そのほうが臨場感が出る。

全国の放送局にもすぐさま情報を送った。局担に協力してもらい、面識ある番組プロデューサーに頼みこむ。映像を見てもらうことで、番組出演につなげる狙いだ。

あとは何ができるか。考えろ。予算がないなら、知恵を使え。

カバーアルバムをヒットさせたシンガーと対談やセッションができないものか。有名アーティストを引っ張り出すには、恥ずかしくない舞台が必要だ。企画を立てて、自ら売りこむしかない。内容次第で、動いてくれる代理店があるかもしれない。もっと早く思いつけばよかった。時間がない。

夜を徹して企画書を書き上げた。会社の営業統括部長に提出した。

「アーティストの了解が取れれば、対談ページを確保できる可能性は高いと思います。資金も少なくてすみます」

「先方の了解が取れるのか」

「動きます」

修はまず望月に相談を上げた。

「考えたね。でも、先方にメリットがあるかどうか。リストにあるアーティストは、御堂君と面識はなかったと思うんだけど」

会社も違うし、ジャンルも同じとは言えない。人気も遥かに高い。その肩を一方的に借りるわけにはいかない。

「たとえば、先方のコンサートに御堂さんが友情出演するとかの条件では無理でしょうか。金銭のやりとりが生まれなければ、事務所の垣根もクリアできると思うんです」

「難しいかもな。社内を先に説得したほうがいいだろうね」

「そっちは伊佐にやらせます。望月さんから働きかけをしていただけないでしょうか」

「バンドメンバーとなら、ちょっとは話せるけど。反応を確かめてもらうぐらいしかできないと思うよ」

「ぜひお願いします」

伊佐とプランを練って社内の許可を取った。アーティストの事務所や雑誌などの媒体にアプローチを試みる。

二日後の夜、望月から電話が入った。

「残念だけど、いい返事はもらえなかったよ。御堂君がカバー曲を披露するのは興味深いけど、次のアルバムの準備で時間が取れそうにないらしい」

体よく断るための常套句だ。御堂にカバーの実績がなく、利用されて終わると事務所サイドが見たのだろう。事実なので、恨める筋合いにはない。

ほかも色よい返事は得られなかった。動き出しが少し遅すぎたのだ。あとは地道に売る手立てを考えていく。

ベイビーバードのオンライン発表会も迫ってきた。新たな資料を作って、営業からメディアや販売店に送ってもらう。特設チームで入念なリハーサルをくり返した。

当日は、タケシに休暇を取ってもらった。カノン本社の会議室からネット配信でのシングル発表会がスタートする。

まずフリーの女性アナウンサーによる紹介があり、MVが流される。最初のサビが終わったところでサングラスをかけたタケシが挨拶して、アナウンサーによるインタビューへ移る。Mプロのローク岩切もリモートで出演してくれた。ベイビーバードの豊かな音楽性を熱く語ってもらう。

予想に反して、参加メディアや販売店からの質問は少なかった。好きな海外アーティストや音楽を始める動機を訊かれたぐらいだった。最近は本名や顔を明かさずにネットで活動する「歌い手」は多い。

介護福祉士という職業も、気軽に質問をしにくい面はあったろう。質問の方向性や取り上げ方を誤れば、批判を呼ぶかもしれない。そう考えると、素性を隠すことへの理解は無理なく得られそうだと思われた。

最後に、アニメの告知をタケシが語って、オンライン発表会は終わった。

ほぼ予定どおりの四十分。宣伝部は盛り上がりをもっと期待していたようだった。ただ、タケシはサングラスを外して、安堵の表情を見せた。

「本当に助かりました。先に情報を広めていただいたからだと思います」

礼を告げた真意を知る者は、カノン社内でも多くはいない。イゾウに補導歴があったことも、特設チームのスタッフすら知らずにいた。

アニメの放映日が近づくと、テレビCMが始まった。雑誌やネットでのインタビュー記事も掲載され、メディアへの露出は目に見えて増えていった。

「どう思う。再生数が明らかに伸び悩んでるよな」

営業部のデータを見るなり、西野は特設チームを会議室に招集した。

アニメの制作発表が行われた直後は、MVの再生数が一気に伸びた。制作会社と監督は過去にヒットを飛ばし、多くのファンが待ち望んでいた作品だったからだ。テーマソングへの関心はやがて落ち着いてくると読めていた。だから、オンライン発表会を仕掛けたのだ。

再生数は期待ほどの伸びを見せていない。

「ベイビーバードは新人です。アニメの制作陣に比べるなら、実績はまったくありません。テレビ放映がスタートすれば、歌の素晴らしさは必ず浸透していくと思われます」

丹羽部長が数字を見ながら言った。今はまだアニメへの期待度が先行している。オープニングとエンディングの映像が完成してサイトにアップすれば、もっと多くのファンが見てくれる。

「販売店での予約状況は悪くないんです。主要キャラのカードが付録でつきますし、ポスターの抽選券も手に入りますから」

営業部もアニメの人気に便乗する戦略だった。

多くの予算を獲得した手前もあって、西野は高いレベルの手応えを得たがっていた。各部署で早急にプロモーションの補強案をまとめることになった。

「例の話だけど……」

フロアに戻る廊下で、部長に呼び止められた。明らかに辺りをはばかる声だった。

「子守歌の件。彼らはどう考えてるのか、確認は取ったでしょうね」

本気で言っているのか。修は部長を見つめ返した。

施設で子守歌をコアラにせがむ入所者がいる。宣伝に使う手は本当にないのか。真正面から問われるとは考えてもいなかった。

「メディアはいつだって感動的なエピソードをほしがってる。わかるでしょ」

「彼らが承諾するわけがありません」

「つまり、まだ確認は取っていない」

訊けるわけがなかった。君の大切な仕事を美談としてPRに使いたい、なんて……。

「じゃあ、子守歌のエピソードが事実だってことは確かめてあるんでしょうね」

「――いえ」

「根も葉もない嘘を広めるのはルール違反でしょう。もし事実と違う部分があれば、多くの批判を集めてしまう。でも、事実なら、時に意外な方向から広まることもある」

「情報をリークする気ですか」

愕然となった。知り合いの記者にでも教えて、記事にしてもらう気なのだ。

カノンが宣伝に利用したのではない。事実を嗅ぎつけた者がいた。世間の関心を惹くと見て、記事が出てしまった。カノンは関係していない。そう偽ることはできそうだった。

冗談じゃない。

部長は人目を気にして、また会議室の中へ戻った。修を振り返ると、確信ありげに言った。

「わたしがやらなくても、誰かがやると思う。使えるものは何でもプロモに利用する。局長でなくたって、そう考える業界人ばかりだから」

反論を口にしかけた修を見て、部長が機先を制した。

「我々カノンは善意で彼らをデビューさせるわけじゃない。すでに億を超える資金だって投じられてる」

「何を言うんですか。彼らの歌は必ずファンを獲得しますよ。結果を焦って、彼らの信頼を失ったら、次のチャンスをつぶしかねません」

契約はすでに成立していた。けれど、裏切り行為があったとなれば、話は別だ。稲岡弁護士が強硬な手段を執ってくるに違いなかった。

「そのために、君というA&Rがいるんでしょ」

彼らの歌を広め、多くの賛辞を集めて、次につなげる。何が起きようと、信頼を得られるように万全をつくせ。あらゆる事態を想定しろ、との宣告なのだ。

「タイアップは諸刃の剣でもある。それくらいわからなくて、どうするつもり」

御堂のヒットを見るまでもなく、成功すれば両者に利益がもたらされる。結果が出なければば、次のチャンスは細る。

「イニシャルオーダーは悪くないけど、アニメの人気が先行してる。でも、配信は歌そのものの魅力度を如実に表す。その推移を見て、騒ぎ出す人が出ると思いなさい」

ＭＶの再生数が鈍ったと知り、急に不安がるとは心配性がすぎる。修は胸に浮かんだ疑問を投げ返した。

「もしかすると……例のドラマで、御堂さんのタイアップが成功しなかった時、何かあったんでしょうか」

二年前のことだ。会社のごり押しで、深夜ドラマのテーマソングを御堂が担当した。が、曲もドラマも散々な成績だった。ついに丹羽女史も運がつきた。そうささやく声が聞かれた。

「あの直後に、盗作疑惑がネットで話題になった。しかも、同じ時期に週刊誌が昔の女性問題を記事にすると言いだして、火を消すのが大変だった……」

伊佐からも聞いていなかった。部長一人で対応し、彼も知らされずにいたらしい。

「余計なお金も使ったし、特ダネみたいなものを代わりに提供することで、何とか事は収められたけど……。あの時の責任を取るためもあって、わたしは御堂君を手放すしかなかった。だから、彼の予算に関して、上に強くも言えなくなって……」

「御堂さんは当然、知っているんですよね」

「説明はしたけど、体のいい言い訳と思われてもしかたないでしょうね」

売れなくなったから担当から逃げ、新米に任せることにした。女性問題が記事にされかけたことは、御堂本人にも伝えなかったのだろう。長年のつき合いがあるにしても、女性の担当者に女がらみの問題を知られたとわかったら、御堂が恥に思う。

「あの時は社内でもいろいろ言われて、身内を疑いもした……。よその部署には彼の女性問題を知ってた者が何人かいたみたいだったから」

部長は先に情報をつかんでいたのかもしれない。密かに調査を進めていたとも考えられる。

「女がほんの少し結果を出したからって、ポストを与えるとはどういうことだ。そう騒ぎたがる男が結構いたしね」

部長の考えすぎであってほしい。足の引っ張り合いはあるにしても、盗作疑惑やスキャンダルを流すのは、悪意に満ちすぎている。しかも、社のアーティストにダメージを与えるのだ。

「あらゆる事態に備えておきなさい。わかるでしょ」

部長はそう言いおくと、ヒールを鳴らして会議室を出ていった。

席に戻って、考える。ベイビーバードのメンバーに電話はできなかった。彼らのPRに、やはり介護の仕事は使えない。何があろうと、アーティストを護るのが仕事だ。正攻法でも必ず売ってみせる。

アニメの放映日が近づいた。別の情報番組でもベイビーバードの歌が流された。伸び悩んでいた再生数も上昇の兆しを見せた。修は時間の許す限り静岡へ通った。ベイビーバードの曲作りに立ち会った。

「胸を張っていい数字だよ。うちの新人でここまで話題になったアーティストはいなかった」

もちろん、ここまで社がプロモーションに力を入れた新人はいなかったからでもある。

どう激励しようとも、相変わらず彼らは嬉しがる表情を見せなかった。デビューの時が近づくことで、その先の結果を怖れる気持ちが大きくなっているのだ。

彼らはＳＮＳを開設していない。写真の掲載を制限したいからだ。代わりにメンバーのコメントを定期的に特設サイトへ上げていた。新人がフランクすぎる言葉を使えば、横柄と受け取られる。丁寧すぎても愛想なしと思われる。コメントはすべて修が目を通していた。

カノンではＳＮＳでの注意すべき事項を、アーティストに配付している。それでも時にコメント欄が炎上まがいに荒れもする。

「掲示板とかの書きこみを今から気にしてたら、身が持たないからね。発売されたら、もっと勝手な意見が多くなる。その対策として、ファンサイトを開設しようと準備を進めてる」

「でも、ぼくたちから報告できることは、ほとんどないと思いますけど……」

コアラが首をかしげてみせる。

「一週間に一、二回、誰かがコメントを出してほしい。あとは、新曲情報や販促グッズの製造過程を見せていったり、こまめに更新しようと考えてる」

「おれがサイトの担当を引き受けようかな」

イゾウが譜面をめくり、真顔になった。

「ジュンは曲作りがあるし、タケシにはアレンジに集中してほしい。コアラは仕事が不規則だものな。時間がありそうなのは、おれぐらいだろ」

「そうか。やってくれるかい」

「みんなのコメント集めて、送ればいいんですよね。練習風景の写真を載せてもいいし。みんなの顔に下手な加工して楽しもうかな」

「イゾウにしちゃ、グッドアイディアだよ」

タケシが冷やかし、コアラが横で笑う。

「けど、ちょっと心配だよ。イゾウの撮った写真なんか使い物になるかな。芝原さん、厳しくチェックしてくださいよ」

「余計に芝原さんの手間が増えそうじゃないか」

ジュンも笑顔を見せた。

こういう彼らの素の表情を多くのファンに知ってもらいたい。けれど、彼らはこの先も、ジュンの名誉と歌を守るため、素性を伏せたまま活動を続けるのだ。

「そろそろ次のシングルを決めようか。うちの局長は、絶対またテーマソングにプッシュするって意気ごんでる。そのつもりで張り切ってくれよな」


アニメの初回放送は火曜深夜の二十三時半からだった。

修は自宅に帰らず、特設チームの若い社員とフロアで番組を見た。本当ならベイビーバードのメンバーと喜び合いたかった。が、それぞれ仕事があるため、気軽に誘うことはできなかった。

オープニングが始まった。テーマソングが流れだす。ぞわぞわと肌が粟立った。もう何百回と聴いていたし、完成した映像も見ていた。テレビ画面を通すと、また新鮮に感じられた。ベイビーバードの名と曲名のテロップが出ると、今日までの苦労と疲れが一気に吹き飛んだ。

この歌を今、何十万人もの若者が耳にしている。そのうち何人がベイビーバードというバンドに心惹かれてくれるか。最初の一歩にすぎずとも、彼らにとって記念すべき日なのは間違いなかった。

エンディングまで見終わると、社内で拍手がわいた。最後に主題歌CDのプレゼントが告知された。応募が何件あるかで、次のプレゼント企画をいつ打つかが決まる。

修のスマホにメッセージが届いた。イゾウからだった。

『ちょっと興奮して眠れそうにないですね。本当にありがとうございました。今後もよろしくお願いします。おやすみなさい』

返信メールをすぐに送った。

『こちらこそ、ありがとう。これから忙しくなるから体調には気をつけて。明日、都内のCDショップを回るので、反響を楽しみに。おやすみ』

新人をデビューまで導けた興奮が収まらず、その夜はろくに眠れなかった。翌朝は、出社してきた社員が修を見るなり声をかけてくれた。

「見たぞ。絶対売れるよ」

「この一週間が勝負だ。とにかく走り回れ」

大森はわざわざM2のフロアに足を運んでくれた。

「いいアニメだったよな。ベイビーバードのせつない歌にマッチしてた。制作陣の選択は悔しいかな、間違いじゃなかったって思わされた。けど、負けないからな。首を洗って、待ってろよ」

丹羽部長も出社してきた。お疲れ様のひと言もなく、ストリーミングのカウントがどうなっているか、問いただしてきた。

同時にネット配信もスタートしていた。まだ再生数は多くなかった。明け方までという多くの人が動いていない時間帯にしては、悪くない数字と言える。

「もっと行くと思ってたけど」

「アニメのほうは、SNSのトレンド入りしてます。主題歌が気に入ったという投稿も見られました」

ほぼ徹夜で反応を見ていたらしく、営業部の新卒社員が赤い目で報告を上げた。

「プレゼントの応募はどうなってる。どうして誰も連絡してこない」

西野も社に出てくると、鞄も置かずに修のデスクへ歩み寄ってきた。

「今のところ八千を超えています」

「少なすぎる。たとえ一パーセントの視聴率でも、百万人だぞ」

統計上の数字にすぎない。深夜の時間帯にただテレビをつけていた人もふくまれる。わざわざアニメのサイトを訪れて応募するのは、さらにその数パーセントだ。

午後は営業部とCDショップを回った。どの店もアニメのポスターを使って大々的に展開してくれている。チェーン店では店内放送で曲を流す計画もある。こういう街鳴りの機会を増やすことで、世間への認知を図る。

翌日に、次の戦略会議が招集された。

すべての数字を、社内で販売した過去のデータと比較した。似通った数字を見ることで、大まかな今後の売り上げ予測が立てられる。

新人のデビュー曲では群を抜いていた。が、宣伝の予算が大きいため、もっと数字がほしい。

「ポスター目当ての予約が入ってるにしても、来週が心配だな」

発売初週に好調なスタートを切りながら、即座にランク外へ落ちるケースは多い。熱心なファンが買い求めても、大ヒットにはならない。発売二週後も数字を伸ばしてこそ、話題作と言えるのだ。

「よし。大好評につき、アルバム発売決定、の告知を即座に打て」

西野がコンテンツビジネス部の社員に命じた。

「ですけど、まだ曲はそろっていませんよね」

サイトの担当者が修を見て言う。

西野の言葉に迷いはなかった。

「セカンドシングルも三ヵ月後に発売すると、各メディアに情報を流せ。いいな」

受けて立つまでだった。またもタイムリミットを設定しての音源制作となる。が、もとより次のテーマソングも狙っているので、予定どおりの指示でもあった。

「任せてください」

デビュー三ヵ月で次のシングルを出すのは、早いという意見もあった。アニメとデビューシングルが定着していく前に、次の曲へ関心を集めてしまう。

アニメが固定ファンをつかめば、総集編の上映なども考えられた。その際もベイビーバードを使ってもらうと、勝手な青写真を西野は描いているのだった。つまり、アルバムまで一気に話題を引き継ごうというわけだ。

「芝原君。デモでいいから、制作陣に早く聴いてもらおう」

「了解です」

候補曲はすでに考えてあった。岩切もアレンジに取りかかっている。その進行具合でスタジオ録音の日程が決まる。

初日の売れ行きを報告してメンバーのコメントをもらうため、イゾウに電話を入れた。

「みんな喜んでました。コアラは夜勤だったんで、録画したのをついさっき見たって連絡があったところです」

「忙しいのに、次のシングルはまだかって、リクエストが押し寄せてる」

「もう決めてますよね。おれたちと同じ考えだと思いますけど」

意思の疎通は図れていた。話は早い。

「スケジュールをつめていきたい」

「次の土曜日なら、コアラも休みだったと思います。何なら、その日のうちにアルバムの残りも仕上げましょうか」

自信に満ちた言葉だった。彼らは日々、目に見えて成長している。


発売初週の売り上げは、七位だった。

サブスクリプションをふくめたストリーミングは九位に入った。大手のアイドルグループでもない新人バンドが、デビュー曲でベストテンに食いこんだのだ。快挙と言っていい。

だが、期待が大きかったため、誰もが微妙な表情を見せた。テレビ出演をしなかったのが影響したんだ。仕事を休んででも、プロモに専念する時間を作るべきだった。彼らの事情を知らない部外者が勝手な意見を言ってきた。

土曜日に静岡のスタジオでメンバーと会った。岩切もリモートで打ち合わせに参加した。

「芝原君から相談されたけど、例の『街は甦る』でいいんじゃないかな」

震災からの復興を隠しテーマにした歌だ。

「はい、ぼくらもぜひそうしたいと思います。できれば歌詞も変えずにいきたいんですが、どうでしょうか」

タケシが代表して言った。

「大丈夫だよ。街だけじゃなく、人のつながりのほうが印象深くなってるからね。その計算は見事だと思う」

修も同感だ。青春アニメのイメージから離れてはいない。ぶつかったり、仲違いしても、街と一緒に歩いていく。君という呼称を使っているため、恋人との和解を図る歌とも受け取れる仕上がりだった。本当に新人離れしている。

大まかなアレンジはタケシがDTMソフトで作り、岩切に渡してあった。

「気を悪くしないでほしい。サビがおとなしすぎないかな。震災への気持ちをこめた歌だって考えたからだよね。けど、もっと盛り上げたほうが受けはよくなる」

「そう言われると思ったんで、別バージョンも実は用意してます」

ジュンが控えめに言った。修はまた心底から驚かされた。

彼らは、自分たちの歌を冷静に評価できていた。四人が意見を出し合い、完成度を高める努力を怠っていない。

作曲を担当するジュンには、仲間の意見を取り入れようという謙虚さがある。少年審判を受けた身との意識からだろう。ジュンを快く受け入れたタケシたちの思いに応えていきたい。

素晴らしいと言うしかない関係性だ。ジュンがサポートに退いたことが、今もって悔しくてならない。

四日後には、岩切のアレンジ案が完成した。静岡のスタジオで録音に入り、デモ音源に仕上げた。その翌日に早速、社内で披露した。

発売二週に、テーマソングのアドバンテージが薄れてしまうか、誰もが数字を気にしていたので、固唾を吞む者が多かった。最初のデモを聴いていた丹羽部長が、変更されたサビのパートに入るなり、修にうなずいてきた。

「コーラスの盛り上げが見事じゃない。完成度は高いと思う」

「よし。製作委員会にもすぐ持っていけ。特設サイトにタイトル決定の一報も出すぞ。絶対に次のテーマソングも取るからな」

西野が珍しく声に力をこめた。

御堂のアルバムの発売日も迫っていたが、プロモーションを伊佐に任せるしかなかった。御堂にも電話を入れて、局長命令で仕事を押しつけられた事情を伝えた。すぐ復帰できるよう全力をつくすと約束した。

「待ってるよ。君と仕上げたアルバムだからな。いい酒を一緒に飲もう」

胸が震えた。御堂の歌に入れこんでいたとはいえず、ろくな貢献もできていなかった。忸怩たる思いがあった。けれど、一緒に作り上げたアルバムだと言ってもらえた。社交辞令であっても、今までにはない言葉だった。嬉しくてならない。俄然、やる気が出る。

スケジュールを確定して、岩切と予算を組んだ。ミュージシャンの手配にかかる費用を弾き出す。製作委員会の反応はすこぶるよかった。確かな手応えに、チームの仲間とささやかに祝杯を挙げた。セカンドシングルのレコーディングに向けての決意表明コメントをイゾウからもらい、特設サイトにアップした。一日が二十四時間では短すぎた。

発売二週目の数字はやはり落ちた。

アイドルグループの新譜が二曲も入った影響が大きい。さらに翌週も、大物ミュージシャンのCMソングが発売される。その次の週こそが、ベイビーバードの真の認知度が測られる数字となるだろう。

「芝原さん。調査会社の資料が届きました。ラジオの回数は安定してます」

営業部の社員がフロアに走ってきた。

FM局での放送回数が三割増しに伸びていた。若者からのリクエストが多くなった証拠だ。この伸びが続けば、必ず世間に認知される。

若者向けのラジオ番組なら、電話出演という手もあった。すでに局担が動いていたが、依頼はまだきていなかった。局長自らが動き、電話出演の道を探れと号令が出された。

翌日に、二件のオファーが飛びこんできた。もちろん、出演料は発生しない。どちらも深夜の時間帯だが、こういう機会を増やすことで、売り上げアップにつなげていきたい。

時間を見つけて営業部の局担とラジオ局を回っている時だった。スマホに丹羽部長から着信が入った。

「今どこ。すぐ帰ってきなさい」

ひそめた声が張りつめていた。嫌な予感に襲われる。

「……何かありましたか」

「たった今、週刊誌の記者から電話で広報に問い合わせがあったって」

ついに来たか。息がつまる。

修は営業部の仲間に目で断りを入れて、階段横に張りついた。人目をうかがう。

「ベイビーバードの担当者であれば、矢部太一という男を知ってるだろう、って――」

壁に貼られた番組ポスターから、一瞬にして色が消えた。胸に痛みが駆け抜ける。

矢部太一。ジュンが殴りつけた同級生だ。

週刊誌の記者にかぎつけられた。地元の噂を教えた者がいたのか。どこの誰だ……。

恨みがましく思おうと、もう遅かった。スキャンダルをほしがる週刊誌には絶好のネタだった。

「どこの週刊誌です。連絡先を教えてください」

自分に何ができるか。記者に相対して、盾となるのがA&Rの務めだ。彼らをメディアの矢面に立たせてはならない。

「週刊デイリーコムの坂本（さかもと）。担当者を教えてくれの一点張りだったみたい」

「今すぐ連絡を取ってみます」

「待ちなさい。どうするつもり」

「とにかく話をしてみます。ジュンはサポートメンバーなので、ベイビーバードと事件は関係ない。少年法の理念から見ても、前科には該当しないと誠心誠意――」

「週刊誌の記者に少年法の理念を説いたって、無駄に決まってるでしょ」

見事な決めつけだ。反論の言葉が出てこない。静かな口調ながら部長が怒りをぶつける。

「彼らは雑誌が売れたら万々歳で、理念も理想も簡単に踏みにじる。少年法はいかなる罪を犯そうと、一切何もなかったことにするのと同じで、被害者と家族の心情をないがしろにしてる。本当にそれでいいのか。そう問題提起する体裁を取り繕って、扇情的に話題をあおろうとしか考えてないでしょうね」

「じゃあ、どうすればいいと……」

「まず君がやらなきゃならないのは、彼らを守ること」

もちろん、そのつもりだ。だから、記事を食い止めたいのだ。

「名前を知ってたからには、もう被害者側に話を聞いたと見ていいでしょう。地元の関係先も訪ねてると思う。デイリーコムの発売は明後日だから、記事はほぼできてて当然だし……」

明日の夜には、〝早刷り〟と呼ばれる最初の印刷分が各メディアにもたらされる。テレビ局は常に早刷りを手に入れて、情報番組のラインナップに反映させる。

「最後の仕上げに、うちの反応をうかがっておいて、できるものなら本人へも直撃インタビューを敢行したい。そう考えて電話してきたんでしょう」

「ですけど、どうすれば……」

「ジュン君は真面目に過去を思いつめてるから、記者のインタビューを受けたら素直に答えてしまう。絶対に、そうさせてはダメ。ずる賢い記者相手じゃ、勝負になるわけない。赤ん坊の手をひねるようにあっさり追いつめられて、たたきにたたかれ、手痛い傷を受けるだけだから。とにかく今は仕事を休ませて、どこかに身を隠すよう説得しなさい」

「了解です」

電話を切ろうとすると、さらに追い立てるような勢いで言われた。

「念のため、イゾウ君たちにも同じことを伝えてくれる？　逃げるようなことをしたら、もっとたたかれそうだって不安がる子もいるかもしれない。でも、会ったら絶対、相手に都合のいいよう散々書かれるだけになる。だからって、何も答えずにいれば、開き直るような態度を許していいのかって糾弾される。とにかく今は会わないでいるのが一番いい」

記者は話題を大きくあおって、雑誌を売りたいのだ。自分たちは正義の側にあるとのスタンスを取り、被害者を支援すべきと巧みに言論を操って、加害者に鉄槌を下したがる。正義感からではなく、あくまで売れ行きという経済論理を優先して動く。

「君も記者とは絶対に話さないこと。あとは当初の方針どおり。相手側との交渉は、すべて会社が受け持つ。法務部だけじゃなく、上層部にも動いてもらう。ジュン君はベイビーバードの一員ではないし、保護観察も終えている。正論で立ち向かうしかない。何より彼らを守る。そのために、世論を味方につける戦略を局長たちと考える。状況次第で製作委員会やテレビ局にも話をつけなきゃならないし。君は彼らに連絡つけて、すぐ静岡へ向かいなさい」

「了解しました……」

肩を落としたまま通話を終えた。

営業部の者が驚き顔で見ていた。前科というフレーズを聞き、ただならぬ事態とわかったろう。が、詳しい話を仲間である社員にも伝えることはできなかった。

急を要する事態が起きた、そう伝えて、修は階段を駆け下りた。急げ。局内では人目がありすぎる。エントランスを出て路地を折れた。辺りに人がいないことを見てから電話をかける。

時刻はまだ午後四時前。ジュンは仕事中らしく、つながらなかった。あとで折り返し電話をくれるだろう。

表通りへ走って、タクシーを停めた。東京駅へ向かいながら再びスマホを握る。

イゾウは電話に出てくれた。

「――芝原だ。例の件で緊急事態だ。今話せるかな」

「待ってください。すぐかけ直します」

修理工場の中にいたのだろう。一分もすると、着信があった。

「もう大丈夫です。事件のことですよね」

イゾウの声は落ち着いていた。もちろん、声はひそめている。

事情を手短に伝えた。相槌を打つことなく聞き終え、イゾウは言った。

「今日一日だけでいいんですか」

「うちの上層部が先方に連絡を取っている。その結果次第になると思う。けど、週刊誌の発売が明後日なんで、今日中に記事を仕上げるはずなんだ。翌週の発売号にも後追い記事を出そうとするかもしれない。当面は三日ぐらい休めるといいんだけど……」

「おれは問題ないですよ。ジュンも社長さんに相談すれば、何とかなると思います」

「難しいのはコアラ君か」

「いえ、施設から出なければ、記者は近づけないでしょう。問題があるとすれば、タケシかな。仕事がたまってるって言ってたから。急場をしのぐために、事務所に泊まりこんでもらう手はあると思います」

修はタクシーの車内でさらに声をひそめた。

「悪くすると、君たちの家族にも迷惑が及ぶかもしれない」

「わかりました。もし記者から接触があったら、何も知らない、そう言ってくれと電話を入れておきます」

「頼む。とにかく今からそっちへ向かう。会って話そう」

慌ただしく通話を切ると、着信音が鳴った。今度はジュンからだった。

「今、大丈夫かな。例の件なんだ」

「はい。何か――」

落ち着いて聞いてほしい。そう前置きしてから、状況を伝えた。運転手の耳があるので、少年審判などのキーワードは口にできない。

ジュンの声は落ち着いていた。

「ご迷惑をおかけして本当にすみません。罪を犯した者はメンバーに加わっていない。だから、問題は何もないと包み隠さずに伝えてください」

「その辺りは会社がうまく対応するよ。だから、心配しないでほしい。それより、記者が君たちを訪ねて、言いがかりめいた質問を浴びせてくるかもしれない。要するに、君たちを怒らせて不用意な発言を引き出しておいて、一方的に断罪する記事を書く可能性があるんだ。念のため、ひとまず仕事を休んで、家にも帰らないようにしてほしい」

「でも……。逃げるような態度を取ったら、もっとみんなに迷惑をかけてしまいます」

「不安に思うのは当然だよ。けど、過去をほじくり返して記事にしようなんてのは、最初から悪意を持ってるんだ。矢部の名前だけを出すなんて、こちらの反応を見るためだとしか考えられない」

「確かに……そうですけど」

「記者への対応は、会社に任せてほしい。君の家族のところへも訪ねていくかもしれない。できれば、家にいないほうがいい。そう伝えてほしいんだ。身を寄せる先の当てがなければ、こちらでホテルを用意する」

言葉を継ぐごとに汗が掌ににじむ。ジュンはまだ納得できないと言いたげな声だった。

「ぼくが正式に記者の取材を受けたほうが、迷惑をかけないですむと思います」

「どうしても言っておきたいことがあるなら、会社から必ず正確に伝えてもらう。その点は約束する。けど、相手の取材スタンスがわからない段階で、君が会って話をするのは危険すぎる」

「でも……逃げていたら、タケシやコアラの仕事先にも記者が押しかけます」

「その点も、迷惑がかからないよう、会社が強く要請する。取材を控えてくれ、って」

「何という週刊誌ですか」

「だめだ。教えられない」

「家にいれば、きっと訪ねてきますよね。ぼくが頭を下げます。ベイビーバードとは無関係で、全責任はぼく一人だけにある、と言います」

「待ってくれ」

呼びかける前に、通話は切れた。

まずい。ジュンは罪を思いつめている。すべて自分が引き受ければ、周囲への悪影響は少なくすむ、と考えている。

修はイゾウに再び電話を入れた。

「――はい。今度は何です」

「申し訳ない。ぼくが不用意な言い方をしてしまった」

ジュンに電話を切られた一件を伝えた。イゾウは舌打ちとともに言った。

「あのバカ。一人で顔と名前をさらす気かよ。おれが止めます」

イゾウはひと息に言って通話を切った。ジュンは事件のあとも地元で暮らしている。その自宅に向かうつもりなのだ。

間に合ってくれ。強く念じながらも、修はイゾウの言葉が気になっていた。

——一人で顔と名前をさらす気かよ。

記事が出れば、石田俊介という本名が明らかにされる。当然、ジュンの同僚や元同級生にも事件の詳細は広まる。ジュンが身を引くと決めた時から、こういう事態が訪れる危険性は予測できていた。

彼らは同じ地元の仲間だった。事件の前からバンドを組み、その後も地道に活動を続けてきた。一人が顔と名前をさらせば、ほかのメンバーの素性も自然と判明する。自明の理なのだ。それでもイゾウは、一人で顔をさらす気かと怒るような言い方をした。

やっと納得できていた。

彼らはどこかのタイミングで、四人そろって名前をオープンにしようと最初から考えていたのだろう。自ら過去の罪を打ち明ければ、きっと多くの理解を得られる。そう彼らは固く約束し合っていたのだ。

けれど、ベイビーバードを守るため、ジュンは先に顔と過去をさらすべきと考えた。そのほうが、やっと巣立ちの時を迎えたベイビーバードのためになる。

元同級生に傷を負わせ、少年審判を受けたジュンを迎え入れた三人。その三人のために自分を犠牲にしようと考えたジュン。

前科にならない少年時代の罪をあげつらい、雑誌を売ろうと企む記者の性根が忌々しくてならなかった。

午後五時。東京駅で新幹線を待つホームの片隅から、タケシに電話を入れた。

「イゾウから聞きました。ぼくとコアラは仕事場にいますから、記者と会うことはないと思います。稲岡先生にも相談したんですけど、雑誌の出版を差し止める仮処分を裁判所に申請しても、認められる可能性はないと言われました」

憲法で、言論の自由は認められている。少年法の理念に背く記事かどうかは、誰も事前に確認できない。ジュンは成人であり、ベイビーバードの一員に近い立場で、公的存在と言える。そう見なされる可能性は高い。

仮に出版差し止めの訴えが認められても、出版社が拒否して発売を強行するケースは過去にもあった。しかも、その経緯を出版社が大々的に公表するはずで、かえってジュンの罪を世に広める結果にもなる。

かつて、重罪を犯した未成年者の顔写真をあえて載せた週刊誌があった。本来は表に出ることのない検事調書まで、月刊誌に掲載された。法務省が回収を命じたが、出版社は応じなかった。結局は図書館などでの閲覧禁止にとどまり、今もネット上に多くの情報が残されている。

人権侵害だと訴訟を起こそうと、認められる賠償額はあまりに少ない。出版社にとって、記事にして雑誌を売ったほうが遥かに得なのだ。

「過去の判例から見て、法的手段に訴えるのは得策とは言えないようで……。ぼくたちにできることがあるとすれば、先に記者会見を開くことじゃないでしょうか」

思いもしない提案だった。真っ向から立ち向かう気だ。

「デビューしたての新人が記者会見を開くと言ったところで、相手にされないかもしれません。けれど、ネットで生配信すれば、アニメのファンも注目してくれます」

「会見の席で何を言うつもりなんだ」

「ジュンは過去の罪を反省している。だから、ベイビーバードに参加しなかった。被害者が納得できていない気持ちはわかるものの、よくある喧嘩が不幸な結果を招いてしまった。でも、ジュンは審判を受け入れて、保護観察を終えた。立派に更生し、地元で仕事を続けている。その姿を間近で見ていたので、ぼくたちは正式なメンバーになるべきだと言った。少年法の理念からすれば、前科とは見なされないのに、ぼくらの迷惑になるから無理だと彼は言い続けた。なぜならジュン自身が、こういう事態を最も怖れていたからだ、と……」

「気持ちはわかるよ。でも、人は誰もが思っていることを表明できる機会を持てるわけじゃない。たとえ新人でも、アーティストという恵まれた立場にあるから、自由にものが言える。そう身勝手に君たちを羨んだり、妬(ねた)んだりして、生意気だと指摘する意見が多くなる気がするな」

「黙って我慢しろと言うんですね」

「イゾウ君にも伝えたけど、今会社が出版社と話し合ってる。その結果を待ってからでも遅くない」

「いつまで待てばいいんでしょうか」

会社ではなく、修の考えを問われていた。

このままだと、本当にネット上で独自の会見を行いかねない。心して、言った。

「気持ちは同じだよ。でも、明日には何かしらの結果が出ると思う」

たとえ結果は出なくとも、夜には週刊誌の印刷がスタートする。記事の締め切りは午前中になるだろう。

「わかりました。明日までは待ちます。出版社との交渉が決裂したら、抗議文をぼくが書きますから、カノンのサイトに載せてください。その中にネットで会見を開くと書いておきます」

断固たる決意をにじませた声だった。

「必ず明日まで待ってほしい。とにかく今そっちへ向かっている」

「こういう事態が起こるだろうと、ずっと考えてきました。ジュンは会見に同席させません。深く反省していると、ぼくが代表してコメントを読み上げたほうがいいと思います。決して誤解を受けそうな態度にならないよう、充分に気をつけます」

タケシも苦労人なのだ。友を守るため、間違ったことは何ひとつ言っていない。けれど、人の抱く正義感は千差万別だった。

名古屋行きのこだまが入線してきた。立ち位置や見つめる角度によって、違った色を帯びてくる。通話を打ち切るわけにはいかなかった。

「アニメのスタッフやテレビ局の意向を無視することはできない。ぼくが確かめて、君たちとの間をつなぐ」

「記者会見は譲れません。大切な仲間を守るためです」

「ＯＫ。一晩かけて、ゆっくり話し合おう。それまでは何もしないでほしい。いいね」

「――一晩は待ちます。でも、イゾウがジュンを止められたら、の話ですよね」

もしジュンが自ら記者の前に出ていけば、彼らも動かずにはいられなくなる。ベイビーバードの作曲を担当してきたジュンの名誉のためでもあるのだ。

祈るような思いで通話を終えた。新幹線の車内へ駆け入った。

デッキに立ったまま、ホテルの予約をまず入れる。週刊誌の記者が近くにいると困るので、彼らの地元から少し離れた東静岡駅に近いホテルを選んだ。ジュンの母親とイゾウたちのために、ひとまず二部屋を取った。

自由席へ歩きかけると、スマホが震えた。イゾウからの着信だった。デッキへ引き返す。

「ジュン君とは会えたのか」

「間に合いませんでした。つい先ほどですが、自宅に記者が来たそうです」

「家族に話を聞いたんだな」

無念そうにイゾウの声が震えた。

「はい……。お母さんが質問攻めにされて、稲岡先生の連絡先を教えたそうです。息子は深く反省している。友人たちのデビューが決まったことは喜んでいた。あとは弁護士に聞いてほしい。そう涙ながらに答えて引き取ってもらったと、ジュンに電話がかかってきたんです」

「ジュン君は今どこにいる」

「このまま自宅に戻ると言ってました。お母さんを一人にはできないからって……」

ひとまず通話を終えた。急いでジュンに電話をかけ直す。

五度目のコールでつながった。

「芝原だ。イゾウ君から電話をもらった。自宅に戻るのは待ってほしい」

「……どうしてですか」

頼りなげなジュンの声が返ってくる。

「お母さんから連絡が行けば、君が家に戻ってくると思って、待ち伏せしてるかもしれない」

修が不安を語ると、ジュンの語気が鋭くなった。

「だったら、ぼくからきちんと説明します」

「だめだ。週刊誌の記者は信用がおけない。君の言葉をそのまま忠実に取り上げてくれる保証なんかあるものか。君を怒らせるような質問をくり返してくる」

「決して言い返したりしません」

「君にそのつもりがなくても、相手は都合のいいように解釈する。それに、君一人を責めるような記事が出たら、タケシ君が記者会見を開いて君を弁護すると言ってる」

「あいつらしいや……。だから、迷惑かけないためにも、ぼくが一人で記者の前に出ていったほうがいいんです」

「待ってくれ。どうすべきか、じっくり話そうとタケシ君とも約束した。君たちの気持ちは痛いほどわかってるつもりだ。一緒に考えていこう。今は早まったことをしないでほしい」

言いながらも、記者の前に出て反省の言葉を述べるのが、どうして早まったことなのか。納得できない自分がいた。

わかっている。週刊誌が興味本位で記事にしたがっているのは明らかだ。彼らは雑誌を売るのが目的で、少年法に守られた加害者に協力すべき理由は何ひとつなかった。ジュンにとっていい結果になるわけがない。

「おかしな記事が出るようだったら、カノンとして正式に抗議を表明する。記者会見を求められることもあるだろう。その際に、君たちのメッセージを発表することはできる。最初に君一人が記者の前に出ていくのは危険すぎる」

「母を一人にはさせられません」

一方的に通話は切れた。

イゾウもジュンの自宅に向かっていた。あとは任せるしかない。今は一刻も早く静岡へ行って、彼らの支えになりたい。守ってやりたい。

再びスマホが震えた。今度は丹羽部長からだった。

「局長が出版社に連絡をつけた。けど、まともに話を聞いてくれるどころか、逆に質問攻めにされたって。カノンは最初から事件のことを知ってたのか。アニメの製作委員会はまったく知らなかったと激怒している。テレビ局もカノンを訴えるしかないと言ったとか……。上が今、慌てて幹事社の代理店に話をつけてるところ」

やはり記者は関係先を訪ねていた。単に一人二人の記者が動いているのではないだろう。チームを組んできたとなれば、記事の扱いも大きくなる。

「会社にもあちこちから問い合わせが入ってる。わたしは代理店の担当者に電話で説明したけど、これから局長と出向くつもり」

「お願いします」

「任せなさい」

静岡までの一時間が長かった。ジュンの自宅へ向かったイゾウからの電話はなかった。何かあったのでは、と不安が走る。じっと座ってなどいられなかった。

新幹線が静岡に近づいたところで、ようやくスマホが震えた。

「今タクシーの中です。ジュンの自宅前に記者はいませんでした。ちょうどスーパーの社長さんからジュンに電話が来て——。やつらはそっちへも行ってたんです」

「そうか。二人と一緒なんだね」

「ジュンがガタガタ言いやがるんで、ベイビーバード全員で対処するからって、無理くりタクシーに乗せました」

「ありがとう。助かったよ」

「礼を言うなら、社長さんのほうですよ。記者を追い払ってくれたんですから。被害者がひどいやつだってのは、取材すればわかるだろ。おかしな記事を書いたら訴えるぞって。大丈夫だったでしょうか」

話しながら、社長の対応ぶりが心配になったらしい。

「あとでぼくがお礼に出向く。ジュン君が周りに支えられてきたのが、記者もよくわかったと思う。東静岡にホテルを確保したから、合流しよう」

午後七時。タクシーでホテルに駆けつけた。イゾウたちはすでに部屋で待っていた。コンビニで買ったらしきサンドイッチや飲み物がテーブルに置いてあった。手をつける者はなく、テレビが淡々とニュース番組を流していた。

「本当にご迷惑をおかけしています」

ジュンの母親は身を縮めるように頭を下げた。まだ五十代とは思えないほどの白髪だった。障碍を持つ息子を女手ひとつで育てたうえ、ジュンの事件もあって苦労が偲ばれる。

「こちらこそ、ご挨拶が遅くなりました。俊介君には大変お世話になっております。我々カノンの者はみな、俊介君の才能に感激しているんです。どうか、頭をお上げください」

それでもジュンの母は頭を上げず、涙まじりに何度も腰を折るのだった。ジュンはベッドの端に座り、思いつめた顔で窓の外の夕空を見ていた。自分の罪が母親を卑屈にさせていると思ったのだろう。

イゾウは会社名の縫い取りが入った作業着姿のままだった。整備工場からジュンを迎えに直行したとわかる。ベッドにはスーパーのエプロンもたたまれていた。彼らが置かれた場所の一端が見え、胸の奥が痛んだ。この環境で歌に打ちこみ、今の彼らがあるのだった。

家族の前では話しにくいだろう。もうひとつ取った部屋に二人を誘った。

「すみません……」

うなだれたままのジュンが頭を下げた。

「おまえが謝ることはないって。少年法を無視して昔のことを暴こうとしてる連中のほうがあくどいんだよ」

「アニメのほうは大丈夫でしょうか」

「問題なんかあるものか。君は潔く身を引いたんだから、ベイビーバードの歌とアニメに影響は出ない。出てたまるものか」

　修は当然だという顔を作って、理想を語った。たとえカノンがアニメの関係者にジュンの過去を隠していようと、法的には何の問題もない。ただ感情論から、しこりは残るだろう。だが、カノンが理解を得られるように努めるまでの話だった。

「なあ、ジュン。週刊誌に売ったのは、やっぱり矢部の野郎かな」

　イゾウがベッドに腰を落とした。拳を白い枕に打ちつける。

「……かもしれないな。おれたちがデビューしたって聞いたら、許しがたいって怒りがぶり返しそうだものな」

　ジュンの肩がさらに落ちた。

「矢部太一が今どこで何をしているのか、わかるだろうか」

　修が訊くと、ジュンが伏し目がちに答えた。

「稲岡先生が言うには、母親の地元で、やはり前と同じく酒屋を開業したとか……」

「矢部太一も店を手伝っているんだろうか」

「どうですかね。慰謝料ふんだくったのを喜んで、遊びほうけてるって話を前に聞いたけど。痛い目にあったからって、素直に改心するようなやつじゃないし」

　イゾウが苛立たしげに足を揺すった。

「怪我はもうすっかり治ったわけだよね」

「とっくですよ。後遺症が残ってるなんて言ってたのは、慰謝料つり上げるための嘘ですからね。だって、退院後は即、仲間と飲み歩いてたのを稲岡先生が突き止めて、追及したんです」

まさしく札付きだ。ジュンが仲間とデビューしたと聞けば、快くは思わないだろう。実家が再び酒屋を開業したのなら、調べる方法はありそうだった。ただ、誰が訪ねていこうと、素直に口を割るとは考えにくい。

修は二人に断ってロビーへ下りた。電話を入れたが、丹羽部長も西野局長も席を外していた。製作委員会の幹事社へ説明に出向いたのだろう。

スマホが震えたのは、午後八時半をすぎてからだった。丹羽部長からとわかり、修は二人の前で電話に出た。

「今、テレビ局のプロデューサーと話し合ったところ」

「どうでしたか、向こうの反応は」

「よく話を聞いたら、訴訟も辞さないと言ったなんて、嘘もいいところだった」

まだ怒りが収まらないようだ。鼻息荒く、部長は言った。

「要するに、制作側に黙っていたのは明らかに契約違反だろうから、その場合は訴訟もありえますよね。そういう意地の悪い訊き方だったらしい。局長が代理店にも確認したけど、まったく同じ。でも、仮定の話には答えられないと言ってくれた。で、体よく追い払われたから、社の広報に問い合わせの電話をしてきたみたい」

誘導尋問が失敗したので、カノンへ攻撃先を変えたのだ。当初は会社へ乗りこむつもりだったかもしれない。制作側の反応が鈍かったため、カノンに問い合わせたが無回答だった。お決まりの記事にして糾弾する戦略なのだ。

「制作側には事情を理解していただけたんでしょうか」

期待を胸に問いかけた。

返ってきた部長の口調は重かった。

「少年法の理念は尊重したい。けれど、本当に稲岡弁護士やメンバーが言うような事件だったのか。被害者の怪我の程度や審判の詳しい中身を、カノンは確認しておくべきだった。そう言われて局長も返事に困ってた……」

「でも、少年審判は非公開で行われるんです。詳しい中身については、外部の者が知ることはできません」

修が声を強めると、横でジュンの背が丸まった。

「それに、和解契約書は法務部が確認したはずです」

「ただ……そこには慰謝料の額と支払い方法、和解の中身については口外しないとの取り決めが書かれていただけだった。その一筆のみで安心したい気持ちはわかるけど、最低限の確認は必要だった。売り出したいバンドの人間性を信じすぎと言われても仕方がない。そう厳しい指摘も飛び出してきて……」

どこかに責任を押しつけたくて言ったと思える。

事件のことを詳しく調査していれば、関係者の記憶を刺激しただろう。いたずらに過去を蒸し返すも同じになる。ベイビーバードへの参加をジュンが見送ったのだから、法的な問題はどこにもないはずなのだ。

「世間の反感を買わないためにも、ジュン君本人のコメントが重要になると思う。我々カノンの対応も、多くの人に注目されると覚悟しておこうって、局長も言ってた」

「タケシ君が今、コメントを考えてくれてます。ただ、彼はネット上でもいいから正式な会見を開いて、自分たちの言葉で今回の件を説明したいと言っています」

「会見なんか開いたら、興味本位の記者まで集めてしまう。タケシ君なら対処できるでしょうけど、意地の悪い質問が飛び交うことだって考えられる。最初はコメントの発表だけにしたほうが無難でしょう。とにかく幹部と相談してから、また連絡する」

夕食がまだなので、最上階のレストランに三人を誘った。誰も重い腰を上げようとしなかった。会話が弾むわけもなく、テレビの音楽番組を何となく見ながら、夜の時間がすぎていった。

午後十一時。ようやく部長から着信が入った。

「出版社側に記事の内容を問い合わせたけど、お決まりの言論の自由を盾にはねつけられた。少年法で守られる年齢が引き下げられたこともあるんで、世間に事件の内容を問うべき時だと考える。そう正式な回答が返ってきた……」

ジュンは二十歳になる直前に事件を起こした。今であれば、少年法で守られる年齢ではない。正式な裁判を受けた可能性もあるのだった。痛いところを突いてくる。

「法務部の見解だと、当時は少年だったから、ジュン君の前歴は暴かれていいものではない。会見を開いて謝罪すべき理由もないし、社として正式な抗議を表明するのが先だって言われた。上層部も賛同してる。会見を開く場合は、社長も同席すると力強い言葉はもらえてる」

言葉はもらえた。けれど、責任はM2事業局にある。そう言われたのだろう。部長の口調は煮えきらなかった。

　修はタケシに電話を入れて、社の方針を説明した。

「先にコメントを出せばいいんですね」

「抗議の意向は、社のほうから表明させてもらう。ベイビーバードの正式なコメントは、本来ならジュン君もメンバーの一員になるべきなのに、彼は潔く身を引き、サポートに徹してくれている、いつか正式なメンバーに迎えたいと願っている——そういう趣旨の方向で頼みたい」

　部長と打ち合わせた内容を伝えた。

　タケシは黙っている。どうだろうか、と催促してようやく声が届いた。

「お涙ちょうだいのコメントですか」

「そうじゃないよ。法的な解釈はカノンが受け持つ。君たちは心情的な面を軸にしたコメントのほうがいいと思うんだ。デビューしたてのバンドが、いくら正論でも法解釈を前面に打ち出したら、反感を買うだろう。製作委員会やテレビ局に批判が集まったら、アニメの存続にも響く。多くのスタッフに迷惑をかけないために最善の道を取ろうじゃないか」

「同情を引くようなコメントを出したら、小ずるいことするな、って思われますよ」

　イゾウが横から懸念を投げかけてくる。

「中には勝手な理屈をつけて、非難したがる者もいるだろうね。でも、君たちの気持ちが伝われば、必ず一部の者の空騒ぎに終わる。謝罪したくなくても涙を呑んで頭を下げて、優等生のコメントを出したところで、決して恥なんかじゃない。一人一人が社会の一員である大人として、周囲に迷惑をかけないように努めるのは、当然でもあるしね」

タケシは承服しがたく思っているのか、言葉を返してこない。イゾウは悔しげに横を向き、ジュンはうつむいている。

「明日の昼までに頼めるかな。社の法務部がチェックしたいそうだ。もちろん、できる限り君たちの素直な気持ちを優先させたい。わかってもらえないかな」

「……しかたないですね。ぼくらは社会常識がまだ身についていない若造ですから」

「気分を悪くさせてしまって、すまない。あとは我々を信じてほしい」

期待していた返事はなく、通話は切れた。

翌朝、修は一人でホテルを出た。無駄と知りつつも、駿河中央法律事務所へ向かった。稲岡弁護士は依頼人と外で打ち合わせをすませてから事務所へ来ることになっていて、会うことはできなかった。

矢部太一の連絡先を知りたい。そう事務員に伝えると、五分後に稲岡弁護士から電話をもらえた。予想どおりの回答だった。

「すでに和解契約書は開示させていただいております。当該住所を被害者が離れていても有効ですし、和解の詳しい経緯は第三者に開示してはならない決まりがあります。ご理解ください」

「週刊誌の記者が動いていることは、聞きましたよね」

「残念なことです。抗議の表明は、わたしからもさせていただくつもりです」

法律に則った無味乾燥で形式的なコメントだろう。ベイビーバードの立場を悪くするような文言にならなければいいが、と祈りたくなる。

「もし矢部が週刊誌に伝えたとすれば、和解条項に反するのではないでしょうか」

「事件の経緯を言いふらした証拠があれば、契約違反に問えます。けれど、矢部君自身が週刊誌に教えたとしても、その事実を認めるわけがないでしょう。週刊誌も情報源は秘匿すると思われます」

証拠が出てくる可能性はない。たとえ矢部に連絡を取ったところで、解決策は見出せない。

「芝原さんたちは、まだ少年法を理解してくださっていないようで残念です」

社の対応を疑問視する言葉まで放たれた。不満の念が胸で渦巻く。

理解はしていた。だが、世の中には、少年法の理念を甘やかしに近いと考える者が多い。そういった固定観念がはびこる中で、彼らを守りたいから相談しているのだ。

「俊介君は保護観察期間を終えて、罪を深く反省したのです。前科とは見なされず、ベイビーバードの一員でもありません。そういう状況を説明しても、不当な批判や攻撃をくり返す者が出た場合は、厳正に対処していくのが我々の務めです」

当然、修たちも厳しく対処したい。が、正攻法は即効薬にならないケースが多い。法的手段に訴えても、裁判が決着するには時間を要する。たとえ勝訴できても、ベイビーバードとジュンの名誉回復には手遅れとなる。

弁護士は彼らの代弁者として戦いさえすれば、務めは果たせるのだろう。けれど、ベイビーバードの未来は不当に絶たれてしまう。矢部と会って、誠心誠意に訴えたい。ジュンたちの努力に泥を塗らないでほしい。人として恥ずかしいことはやめるべきだ。何もできない自分が悔しくてならなかった。

徒労感を引きずって法律事務所をあとにした。駅前でレンタカーを借り出した。ジュンたちの地元を訪ねて、矢部の消息を探るしかない。

手続きを進めたところで、スマホが震えた。タケシからの着信だった。

「コメントを書きましたので、送ります」

声が硬く聞こえた。文章の仕上がりに不安を感じているようだった。


——ベイビーバードを代表して、ぼくたちの大切な仲間であるジュンの事件について説明させていただきます。

彼が十九歳の夏に傷害事件の加害者となり、少年審判を受けたのは事実です。しかし、被害者となった元同級生は、障碍を持つジュンの弟をずっとからかってきました。彼を一方的に非難したくはありません。ですが、その日もジュンと弟を侮辱する言葉を投げかけてきたのは、嘘偽りない事実です。

ジュンの弟は歌が好きで、昔から言葉にならない声を出して、好きな歌を歌ってきました。周囲の人には騒音にも聞こえてしまったのでしょう。そのため、被害者となった同級生は彼の歌をからかうとともに、住民代表と称して騒音をまき散らすなと罵倒に近い言葉をずっと浴びせ続けていたのでした。

事件の当日、同級生はジュンがギターを持っていたのを見かけて近づき、悪し様(あしざま)に罵ったのです。「弟と一緒におまえまで騒音をまき散らすつもりかよ。みんな迷惑してるんだぞ。二度と歌えないように、弟の口をふさいでやろうか」と。

その言葉は、ジュンと一緒にいたイゾウが、一字一句覚えているので間違いありません。ジュンは面と向かって弟を嘲笑(ちょうしょう)され、積もりに積もった怒りを抑えきれず、手を出してしまったのです。けれど、人を殴ったことのないジュンの拳は狙いが外れて、同級生の首筋に当たり、彼は横倒しになりました。その時、運悪く頭を地面に打ちつけてしまったのです。

ジュンとイゾウは、すぐに救急車を呼びました。警察にも真実を偽りなく話しました。ところが、怪我を負った同級生は、後ろから岩で殴りつけられた、と警察に言ったのです。しかも、彼の父親は地元の議員を動かして、殺人未遂容疑で検挙するよう検察に訴えました。

しかし、担当の弁護士さんが、被害者側の嘘と過去の暴言や悪質な嫌がらせを報告しました。その結果、殺意があったとは認定されず、二年の保護観察という処分が下されたのでした。

それが嘘偽りのない真実です。

ジュンは二年の保護観察期間を無事に終えました。未成年時に犯した罪は、前科とは見なされません。しかし、ジュンは自分の罪を深く悔い、反省しています。ぼくたちは彼と五年にわたってバンドの練習を続けてきました。本来は、ジュンもベイビーバードの一員なのです。けれど、デビューが決まると、ジュンはベイビーバードに参加できないと言いました。前科ではないにしても、罪は消えない。自分の起こした事件のことが広まれば、ベイビーバードの音楽活動に支障が出てしまう。自分はサポートメンバーとして、ベイビーバードの音楽を手助けしていきたい。そう言ったのです。

ぼくたちはジュンの在籍しないベイビーバードはあり得ないと、彼の参加をうながしました。残念ながら、最後まで同意は得られませんでした。でも、ぼくたちは信じて疑いません。いつかジュンをベイビーバードの一員として迎えられる日がくることを。以前と同じく、自分たちの愛する歌をともに歌い、喜び合える時がくることを。

ぼくたちベイビーバードは、古くからの信頼できる仲間であるジュンと一緒に歌っていきたいのです。ご理解いただければ、幸いです――


涙をこらえている自分に気がついた。仲間への思いが言葉の端々から伝わってくる。

社内メールで会社にコメントを送信してから、タケシに電話を入れて礼を告げた。

「素晴らしいコメントだよ。これなら多くの人が必ず納得してくれる。甘い考えかもしれないけど、ジュン君を迎え入れる一歩にもなると思う」

「そのために書いたんです。あとはカノンに託します」

レンタカーを借り出すと、早くもスマホに着信があった。

「さすがはタケシ君だと思わされた。これなら絶対、大丈夫。あの局長までもが、ちょっと感動してたみたいだった」

丹羽部長も手応えを得たようだ。声に力が戻っていた。

「法務部が今、社のコメントを仕上げてる。テレビ局にも、タケシ君のコメントを送れば、必ずベイビーバードの支援を約束すると思う。絶対に説得してみせるから、あとは任せなさい」

「お願いします。ぼくはこっちで、矢部太一の連絡先を探します」

「待って。どうするつもり」

部長の声が警戒心に張りつめた。

「彼と会って話をしたいんです。週刊誌に情報を売っただろ、と問いつめたいんじゃありません。ベイビーバードの努力を認めてほしい。彼らは自分たちの音楽を五年にわたって作り上げ、やっと念願のデビューを勝ち取ったんだ、と伝えたいんです」

「君が会いにいったら、かえって相手を刺激する」

「冷静に話をします」

「よく考えなさい。たとえ君が冷静でも、相手は脅しに来たと言ってくるかもしれない」

「では、録音させてもらいます」

「そんなことを切り出したら、証拠をつかみに来たと思われる。とにかく今は、下手に動かないで。法務部と相談してみる。それに、我々が動かなくても、記事が出たら、メディアがこぞって矢部を探しにかかる。そうなった時こそ、タケシ君のコメントがものを言う気がする」

言われて、考え直した。デイリーコム以外のメディアは、タケシのコメントを読めば、その真偽のほどを確認しようと動く。その時、被害者だった矢部太一が最も重要な証人となる。

もし彼が週刊誌に情報を与えていた場合、自己弁護に徹する公算は高い。修が会いに来ていたとなれば、彼の都合のいい材料となる怖れは確かにあった。

「とにかく、今はおとなしくしていなさい。法務部と対策を考えるから。いい？」

「わかりました……」

焦りがあった。ベイビーバードを守りたい。彼らの歌が不当におとしめられてはならない。

事態の成り行きを、黙って見ていられなかった。けれど、第三者が真相を突き止めてくれたら、必ずベイビーバードの歌は守られる。そう信じる以外に今はなかった。

出直しだ。借りたばかりのレンタカーを返却した。タクシーでホテルへ帰った。車中でスマホが短く震えた。大森からの社内メールだった。

『社で噂が広がってる。ベイビーバードに何かあったみたいだけど、彼らのそばを離れるなよ。彼らが頼りにできるのは、誰よりも君だ。健闘を祈る』

関心はあるはずなのに、多くを尋ねず、励ましだけを与えてくれる。もし自分なら、どうするだろう。

ライバルに悪い噂が立てば、次のテーマソングを獲得できる確率が上がる。さもしい根性と言われようが、ヒットを生んでこそのA&Rなのだ。修は返信メールを送った。

『ある程度の覚悟はしていた事態でした。ここを乗りきれば、彼らは大きく飛躍できると信じています。ご声援、ありがとうございます』

誰より自分が揺るぎない態度を保たなくてはならない。そうあらためて自覚できた。下手な演技をしては、彼らを不安にさせる。会社の対応と自分たちで出した結論を疑わずに力をつくす。彼らを受け止め、励まし続けろ。弱気を見せるな。

己を鼓舞して、ホテルへ戻った。部屋にはジュンの母親しかいなかった。落ち着き払っていようと腹を固めたばかりなのに、みっともないほど声が震えた。恥ずかしい。

「……彼らは、どこへ、行ったんですか」

「あの子たちには本当に驚かされてばかりです。ただ部屋でじっとしてるなんて無駄だって」

ジュンの母親は意外にも目を細めながら修を見た。

「ホテルの人に訊いたんです。ギターやピアノとかの楽器はないかって。そしたら、従業員の人が練習用に持ってきたものが、倉庫に置いてあると言われて……」

胸が熱くなった。何という若者たちなのだ。

窮地に追いこまれた状況にあろうと、楽器に触れていたいと彼らは考えたのだ。世をすねて人を恨み、ただ部屋に閉じこもっていても、何も生み出されはしない。こういう時だから、自分たちの歌に向き合おう。せっかくデビューできたのだから、アルバム発表に向けて少しでも曲を磨き上げたい。

修は感極まった。彼らは心から音楽が好きでたまらず、自分たちを向上させていきたいと願っている。プロになったのだから。過去を問われようと、未来を信じて進む。そうたくましく考えていける若者なのだ。

フロントへ下りて、楽器の件を尋ねた。地下の倉庫にジュンたちを案内したという。

「二人は今どこに……」

ホテルマンは柔和な目で答えてくれた。

「ずっと倉庫にいらっしゃいます」

教えられた裏手の階段から、地下の倉庫へ向かった。ひんやりとした通路にギターの音色が洩れていた。

倉庫の重い扉を押した。薄暗い照明の下で二人が向き合って座り、ハミングでハーモニーを奏でていた。ジュンがギターを弾き、イゾウは自分のひざをたたいてリズムを取る。扉が開いたのに気づいて二人がこちらを向いた。心地よいハーモニーが途切れて、一瞬の静寂が訪れる。

「――あ、お帰りなさい」

イゾウの頬に笑みがあったのは、修に見られたからではない。二人で作り上げるハーモニーに手応えを得ていたのだ。ジュンは横の段ボール箱に置いたノートに音符を書きつけてから、照れたように修を見た。

「ちょっと修正したいところがあったんで、イゾウと合わせてました」

「三度違いのハーモニーなら簡単なのに、ジュンの要求はきつすぎるんですよ」

ジュンが身を引き、イゾウの負担は増えた。三度違う音階が基本の和声になるが、主音から五度上のドミナントもベイビーバードは多用する。さらに主旋律が入れ替わりもするのだから、歌いこなすのは難しい。

「聴かせてほしいな」

音が外へ洩れないよう、修は扉を閉めた。棚の前に積まれた洗剤の箱に腰掛けた。

ジュンがうなずき、ギターのボディを指先でたたく。四拍めのあとにCのコードが鳴らされて、二人のハーモニーがスタートする。

アルバム収録のための曲だ。聴き覚えのないメロディで、まだ完成途上にあるらしい。歌詞はなく、〝ラ〟のスキャットで二人は歌い上げる。ギター一本の伴奏なのに、主旋律とハーモニーが変幻自在に入れ替わり、立体感をともなって耳に届く。ミディアム・バラードのサビだろう。

薄暗く、埃っぽくて、寒々とした狭苦しい倉庫の中で、二人は歌を仕上げようと懸命だった。志あふれる彼らの前途をふさぐような記事など、絶対に許してはならなかった。

「素晴らしいよ。早く完成した歌を聴きたくなった」

「まだ歌詞の構成が固まってないんです。テーマを決めたあとで、タケシがアレンジを考えることになってます」

ジュンがリズムでも取るような口調で説明した。早く四人で合わせたくてならないらしい。作曲を担当してきた彼の力はベイビーバードに不可欠なのだ。

「なあ。単純に盛り上げを狙うんじゃなく、例えばコーラスがベースと一緒にトニック（主音）へ下降していくのはどうだ」

イゾウが足先でリズムを取りながら提案した。ジュンが少し首をかたむける。

「どうかな。欲張りすぎると、音がごっちゃになる」

「タケシのアレンジ次第ってとこはあるかな」

二人の討論をもっと聞いていたかった。けれど、ポケットの中でスマホが震えた。

扉を引いて倉庫を出た。丹羽部長からの着信だった。

「デイリーコムのサイトに先行記事が配信された。写真まで出てる」

倉庫の冷気に劣らず、声が冷えきっていた。

修は通話を切った。週刊デイリーコムのサイトを調べる。トップ記事の扱いだった。

写真がまず目に飛びこんでくる。一枚はメディアにも配布した宣材写真だ。ジュンの姿は入っていない。アニメのオープニングのワンカットも載っている。

残る一枚が、ギターケースを背負うジュンの写真だ。解像度が低く、粒子の粗さが目立つ。顔や目を隠すことはしていない。背景はモザイクでぼやかされている。東京か、地元の島田市かはわからない。

## ――傷害事件を隠して華々しくデビュー

ベイビーバードという三人組の新人バンドを知っているだろうか。四月から放映がスタートした青春アニメのテーマソングを歌う三人組だ。新人のデビュー曲ながら発売第二週でもベストテンに入る大ヒットとなっている。

ところが、彼らは当初、四人組でスタートする予定だった。アニメを制作する主要スタッフが証言してくれた。

「顔も名前も隠している四人組だと聞いたのに、いざデビューすると、なぜか一人メンバーが減っていたんです」

デビューした彼らの写真を見てもらえばわかる。彼らはサングラスや濃い化粧で顔を隠している。本名も明かしていない。なぜかデビューを機にメンバーが一人減った。本誌はその謎を探り、驚愕した。

デビュー直前にメンバーから消えた若者の名は、石田俊介。二十五歳。彼は十九歳の夏に、中学時代の同級生を殴り、脳内出血で全治三ヵ月という重傷を負わせて逮捕された過去を持つのだ。

二〇二二年四月から、十八歳が成人年齢となり、起訴されれば実名報道もされる。ところが、彼は二十歳になる二ヵ月前に罪を犯したため、裁判にかけられることなく、たった二年という短すぎる保護観察のみで許されている。

その事実を知ったカノン・ミュージックは慌てて彼をメンバーから外して、デビューさせた。しかも、アニメの関係者には報告を一切していない。さらに、メンバーとして名前はないが、今も音楽活動をともに続けており、実質的なメンバーの一人と言えた。つまり、ベイビーバードの三人が名前と顔を隠したのは、仲間の罪が知られることを怖れたためだったのだ。

彼らは地元の仲間であり、一人でも素性が知れれば、石田俊介の犯した罪が暴かれてしまう。その傷害事件の現場には、別のメンバーも立ち会っていたとの情報もある。過去の罪を知りながら、デビューさせたカノン・ミュージックの責任は重い。本誌は徹底取材の末、被害者から話を聞くことができた。

「後ろから岩で殴りつけられたんです」

あまりに卑劣で残忍な行為ではないか。そういう重い罪を犯しながら、当時は二十歳になっていなかったため、二年の保護観察という軽い処分ですんだ。しかも、青春アニメのテーマソングを歌っているのだ。

少年法は改正された。過去の罪には適用されず、今の十八歳の若者たちだけが大人として世間から糾弾されるのだ。取材を通じて、記者は少年法の残酷さを知らされた。木曜発売の本誌に特集記事を掲載している。あなた自身の目で事件を確かめ、少年法について考える一助にしていただきたい――

スマホを持つ手が怒りに震えた。やはり現状の少年法に疑問を投げかける体裁を取り、カノンとジュン個人を攻撃していた。脳内出血という言葉にインパクトがあるため、凶悪な事件だったと読者に先入観を与えてしまう。実に巧妙なやり口だった。

修は倉庫の前を離れて、部長に電話を入れた。

「悪質すぎる記事ですよ」

「そう決めつけられない。事実しか書かれていないでしょ」

「でも、少年法には抵触しています」

「そこが難しいところみたい。過去にも未成年者の凶悪事件で実名報道がされてる。法務省が回収を命じたけれど、実効性はまったくなかった。しかも、今はネット社会で、拡散した記事をすべて消すことはできない」

「書き得ってわけですか」

「事実関係を多くの人に知ってもらうほかはないでしょう。正式なコメントをいつ出すのがベストか、を上が考えてる」

「タケシのコメントをまずサイトにアップしましょう」

当然の策だと思った。が、部長の返事は遅れた。

「……上の判断次第だと思う」

「躊躇してる時じゃありません。あのコメントには彼らの気持ちがあふれてる。世間も納得してくれます」

「わたしもそう思う。でも、あの文章が真実なのか。信憑性に疑いはないか。なぜなら、稲岡弁護士が事実を明らかにしてくれていないでしょ。そこに不安がある、という意見が出てる」

「彼らが嘘をついてると言うんですか」

「もし事実と食い違いがあったり、見方によっては別の解釈もできたりしたら、致命的な傷になりかねない。わかるでしょ」

被害者が嫌がらせをしていたのは間違いない。が、その程度はわかっていない。事件の当日、彼が先に手を出したわけでもない。しかも、その現場にいたのはバンドの仲間で、ジュンに不利な証言をするわけがない。

二年の保護観察は事実なのだろう。だが、もし短期間でも少年院に収容されて、退所後に保護観察を命じられていたとしたら……。そういう事態を社の幹部は怖れているのだ。

「ありえませんよ。ぼくは彼らを信じています」

「君が信じていようが、事実誤認があったら、取り返しがつかない。だから、稲岡弁護士から先にコメントを出してもらったほうがいい。上がそう言いだしてる。もし事実と食い違いが出たら、弁護士の責任にできる」

あきれた。手前勝手な理屈だ。

上層部はベイビーバードの歌を守るより、会社に傷がつくことを怖れたのだ。弁護士が事実をつまびらかにしてくれなかった。だから、社は彼らを信じてデビューさせたまでだ。そういう逃げ道を残したがっている。

「急いで社のコメントを出すべきです。対応の遅れは、あとで必ず問題にされます」

「夜までには結論を出してもらう。出なかったら、社長の責任問題になるでしょうから」

やりきれずに通話を終えた。背後に気配を感じた。倉庫の扉が開いたことに、まったく気づいていなかった。

振り返ると、暗い通路にイゾウとジュンが立っていた。手にはスマホがある。電話の話を聞いて、記事を確認したようだった。

「警察にもしつこく言われました。嘘をつくな。必ず嘘はばれるんだぞ。おまえも手を出したんだろ。おれが釈放されたのは、三日後でした。それまでは、二人で留置場に勾留されてました。それが事実です」

イゾウが睨むような目で言った。

「殴りつけたのは自分一人だと、ジュンが事実を言い続けてくれました。もし本当に二対一だったら、もっとあいつをボコボコにしてましたよ。でも、おれは手を出してません。手を出す前に、あいつが倒れて動かなくなったんです。警察に信じてもらうのは大変でしたけど」

「もちろん、ぼくは君たちを信じてる」

その答えをどう受け取ったのか。彼らの本音はわからなかった。

うつむくジュンの肩をイゾウが押した。二人は倉庫の中へ戻っていった。卑劣な記事を目にした直後であろうと、彼らは歌の仕上げを進めるのだ。

修は二人の背中を追った。何ができるという当てはなくとも、一緒に歩く。職務を果たすためではなく、彼らの熱烈なファンの一人だからだ。

# 第九章

午後八時が近づいた。早刷りの記事が手に入ったので、社の共有ファイルにアップしたとメールが届いた。修は一人で部屋を出て、記事を確認した。

四ページにわたる特集だった。サイトに載った記事を補足する内容が多い。主に被害者の証言が長々と書かれていた。

――犯人の石田とは小学校からの同窓だった。彼の弟には障碍があり、世間体と金銭的な理由から、周りに迷惑をかけながらも放置していたので、多くの住民が困っていた。その指摘を同級生の一人として続けていたので、理不尽な怒りを買うことになったようで、残念に思う。

その日の夜は、石田たちと公民館の近くですれ違って、言い争いになった。何を言っても無駄と考えて背を向けたところ、後ろから突然、殴られた。しかも、弁護士の勧めで和解したあとは、たった一度だけ頭を下げられたのみで、今は季節の挨拶すらなく、没交渉になっている。本当に反省しているのかどうかも疑わしい。

少年審判は、よほどの重大事件でない限り詳しい要旨が公表されない。なぜたった二年という短い保護観察ですんだのか、今も納得ができていない――

ジュンは公人扱いで実名を出しながら、矢部は仮名の〝Aさん〟になっていた。本人は素性を伏せたまま責任の及ばない場所から、ジュンを悪し様になじるも同然だった。

記事の作りも巧みで、少年法の理不尽さを盛りこんであった。何度も読み返したが、被害者の発言をのぞけば、事実に反した箇所はひとつもない。取材で得た証言を載せたにすぎず、出版社に非はないとの予防線を張る意図も充分に感じられた。

読者の多くはこの記事を読み、被害者の無念を実感するだろう。改正前の少年法に守られたまま運よくデビューという成功を手にしながら、被害者を顧みずにいるジュンに怒りを抱きたくなるに違いなかった。

非常階段から外へ出て、部長に電話を入れた。

「頭にくるほど、ずるい書き方ですね」

「そこが問題だって、法務部と顧問弁護士が言ってる」

部長は慎重な言い回しをした。

「つまり、カノンが被害者を個人攻撃するような内容のコメントを出したら、必ず世間の非難を浴びる。かといって、表面的な抗議では、傷害事件を起こした事実は否定できない以上、真相が曖昧なままになって、ジュン君とベイビーバードの名誉を守れないおそれがある」

「だったら、今すぐタケシ君のコメントを発表してください。あの文章を読んでもらえれば、多くの人が彼らの気持ちをわかってくれます」

「もう一度、あのコメントを読み直してみなさい。事実関係の裏づけはどこにもなく、ただ被害者の不当性を強調して、自分たちの気持ちを連ねた文章にも受け取れてしまう。頭にくるけど、そういう意見が上で出てる」

情けないほど悲観的な感想だ。修は唇を噛んだ。

少年審判は公開されない。第三者が事実関係を確認するのは難しい。加害者の友人であるイゾウが何を主張しようと、都合のいい弁解だと受け取る者は出てくるだろう。

「社のコメントはまだですか」

「ようやく動きだしてる。やたら多くのメディアから問い合わせが入って、尻をたたかれたんで。もうすぐサイトに載せるって、局長が言ってた。少年法を無視した利益優先の不当な記事を発表した事実は許しがたく、法的手段を考えている。事実関係については、後日あらためて報告させてもらう。こういうケースによくあるお決まりのコメントだけど」

怖ろしくありきたりで、無味乾燥な内容だ。木で鼻をくくったようなコメントを聞かされて、会社とベイビーバードに共感する者がどれほどいるか。弁解できないから、一時逃れのコメントしか出せないのだろう。そう思われるだけではないか。保身にもなっていない。

「うちの社の危機管理能力がここまで欠如してるとは思わなかった……」

「稲岡弁護士と連絡は取れたんですね」

気を取り直して訊いた。事件の詳細を知る数少ない人物だった。

「そっちは法務部が交渉中。記事も転送したけど、社長名で出したコメントと似たり寄ったりの言い方をしてるみたい」

依頼人の立場を守るのが、弁護士の務めだ。が、彼らは法に反したことのみに抗議はしても、自ら相手方を攻撃はしない。あくまで対抗できる手段を探し、アドバイスをしたうえで、依頼人の代わりに手続きを取るにすぎなかった。

「大きな声じゃ言えないけど、局長が手を回して、よその週刊誌の記者を動かそうと画策してる。第三者に調査してもらって、事実を突き止めたほうが、よほど信憑性につながるでしょ」

趣旨はわかるが、疑問も浮かぶ。これから調査に動くのでは、遅い。たとえ被害者の悪い評判を集められても、その間にベイビーバードの評判は地に落ちる。アニメにも影響が出かねない。

「テレビ局もコメントを出すと言ってるけど、うちと似たり寄ったりの内容だと思う。製作委員会のほうは、代理店が及び腰で、静観するしかないと言ってる。ただ、監督はメディアからの問い合わせに、たとえサポートメンバーの一人が傷害事件を起こしていたとしてもセカンドチャンスは与えられるべき、と言ってくれてる。その旨のコメントをあらためて出してもらえないか、これから直談判に行ってくる」

「お願いします」

アニメの制作陣は、テレビ局や代理店の上層部より年齢層が遥かに若い。だから、柔軟な考え方ができる。そういうスタッフの応援があれば、アニメのファンには理解が広がるだろう。

「タケシ君のコメントは素晴らしいと、誰もが認めてる。けど、発表はもう少し待つべきだって、上は言ってる。焦らないで、彼らにしっかり寄り添っていなさい。下手に声を上げさせるのは、絶対にダメ。いい？」

納得はできなかった。もどかしくて、叫びたくなる。

事態に備えたシミュレーションは、局長ともどもしてきたつもりだ。が、実際に事が起こると、多くの関係者が予想を超える反応を見せ、状況が刻々と変化する。全治三ヵ月の重傷と聞けば、腰が引ける者が出てもしかたないのだろう。だが、被害者の一方的な言い分なのだ。ジュンたちにどう伝えたらいいのか。悩みながら部屋へ戻った。

ドアを開けると、二人の姿が消えていた。ベッドの上にメモが残されていた。また薄暗く肌寒い地下の倉庫へ行って、コーラスのブラッシュアップを進めているのだった。

従業員用のエレベーターで地下二階へ下りた。ケージを出ると、狭い廊下の先からギターの音色と二人の歌声が流れてきた。

歩きだしてすぐ、足が止まった。制服姿の女性が三人、肩を寄せて倉庫の中を見ていた。一人が胸の前で軽く手拍子を取っている。

眼鏡の女の子が気づいて、修に一礼してきた。夕方までフロントにいた子だ。同僚の二人は、ジュンとイゾウの歌にじっと聴き入っている。彼女たちがベイビーバードを知っていたかどうかは、関係ない。ただ歌とコーラスの素晴らしさに触れ、倉庫の前から動けずにいるのだ。

ジュンの事件がなければ、彼らは満員のコンサート会場を埋めていたろう。それが今は、倉庫の中でたった三人の見知らぬファンを前に歌うしかない。

悔しかった。涙がこぼれ落ちた。これほど人の心を打つ歌なのに、表舞台に立つことは叶わない。それでも彼らは歌を作っていく。

事件が知られたので、彼らが素性を隠す必要はもうなくなった。この苦しい状況を乗り越えた暁には、あらためて四人のバンドとして再出発できる気がする。そうなのだ。雨降って地固まる、というじゃないか。きっと事態は好転していく。希望の光が、わずかに見えた気がした。

午後八時二十分。従業員のリーダーらしき中年の男性が下りてきたところで、地下倉庫のコンサートは終わった。

「もしかしたらプロのかたたちですか。応援します」

彼女たちは惜しみない拍手と激励を送ってくれた。が、イゾウは大真面目な顔で短く首を振った。正直に打ち明けたら、SNSなどで情報を発信される危険があるからだった。頑張ります。二人は短く答えて、古いギターを倉庫の棚にそっと戻した。

コーラスの練習がかなりできたためか、部屋に戻ると二人はルームサービスを初めて取った。その食事が届く前に、修のスマホがまた震えた。タケシからの着信なので、早くコメントを発表してくれとのリクエストだろう。

「芝原さん、たった今、三上さんから電話がありました。別の週刊誌の記者がムーサを訪ねてきたんです」

まくし立てる勢いでタケシは言った。早くもメディアが裏取りに走りだしたのだ。

「三上さんはインタビューに答えたんだね」

「はい。しかも、カメラの前で、です。隠す必要はないから、正直に話したと言ってました」

部長の言葉が思い出される。西野局長が別の週刊誌に手を回し、事実関係の調査に動くと言っていた。早くも成果が表れたらしい。三上であれば協力してくれる、と踏んだに違いない。

反撃の狼煙(のろし)が上がった。うまくすれば、今夜中にも、三上の証言がネットにアップされる。

ただし、彼が知るのは矢部太一の評判にすぎない。あくまで伝聞なのだ。信憑性に乏しいと反論されるかもしれない。が、被害者の主張に疑問を投げかける一矢になってくれるはずだ。

直ちに確認の電話を三上に入れた。

「出しゃばったまねをして、すみません。ですけど、あんな記事は許せませんよ。事実をどこまで調べたのか、疑わしいじゃないですか。ジュン君のためになればと思って、知ってることはすべて話しました」

「うちの社から依頼があったのでしょうか」

修が尋ねると、三上は即座に否定した。

「いいえ。こっちじゃ、うちはそこそこ名のあるライブハウスですから。まず地元の情報を聞き出そうとして来たようで。自分がカノンに彼らを紹介したと言ったら、カメラを回していいかと言われたんです」

週刊ダイレクトの女性記者だったという。

被害者の執拗な嫌がらせが事実と認定されたから、ジュンは軽い処分になった。しかも、知り合いの政治家を使って、殺人未遂容疑で裁けと検察に圧力をかけた事実がある。地元の商店街を回って話を聞けば、誰もが証言する。そう三上は強く訴えた。

「大丈夫ですよ、芝原さん。すぐ矢部の嘘がばれるに決まってる。罪を犯した事実は残っても、ジュン君は立派に更生している。音楽活動をして何が悪いっていうんですか。多くの人がわかってくれます」

ジュンはスマホを受け取り、何度も礼の言葉を告げた。イゾウは実家に電話を入れたが、記者はまだ訪ねてきていないという。

夜更けまで、修はネットの反応をチェックした。まだ三上の証言は出ていない。脳内出血という事実のインパクトが強いため、裏切られたというアニメファンの書きこみが多かった。青春アニメのテーマソングを歌うなど許せない。店頭から即刻CDを回収すべきだ。強硬な意見も目立った。

数は少ないものの、ジュンたちの地元に住む者からのコメントも見つけられた。

——兄が石田さんの同級生でした。何か事件を起こしたらしいと聞いていたそうです。でも、単なる喧嘩だったんで、軽い処分ですんだと言ってました。あの記事、どこまで本当なのかな。

——被害者を知ってます。商店街を取り仕切っていた町内会長の息子で、かなり悪さをしてた人でしたよ。あまりに評判が悪くて、今は一家でどこかへ越してます。

——それって、矢部のことかな。仲間に万引きさせて、暴力事件も起こしてたよな。

本当に悪いことはできないものだ。今はＳＮＳによって、過去の不品行までが簡単に暴かれる。学生時代の悪質ないじめを過去のインタビューで語ったアーティストも、ＳＮＳによって非難が広まり、音楽活動を休止せざるをえなくなっている。

知り合いの記者を動かすまでもなかったようだ。マスメディアは、行政、立法、司法と並ぶ、第四の権力と言われる。が、今やＳＮＳの世論も、権力のひとつとなりうる大きな影響力を持ち始めていた。

翌朝、テレビの情報番組を手当たり次第にチェックした。

アニメを放映するテレビ局は、少年法を遵守しない出版社の姿勢に抗議を表明する、と型どおりのコメントを出した。少年法の理念から事実関係を明らかにできない面はあるものの、当事者は深く罪を反省し、ベイビーバードのメンバーにも加わってはいない。アニメの制作陣は彼らの音楽活動に理解を示し、今後もテーマソングを担ってもらいたい、とコメントを寄せてくれた。

イゾウはテレビの前で感激していた。

「芝原さん。今すぐアニメスタジオに飛んでいって、お礼を言いたいですよ。隠し事をしてたようなものなのに、こんなに温かい言葉をもらえるなんて思ってもいませんでした」

「彼らは君たちと同じで、物作りのプロだからね。素晴らしい作品を作る者へのリスペクトがあるんだよ」

別のテレビ局では、少年法の改正に合わせた観点から、週刊誌の記事を取り上げていた。現状は十八歳で成人と見なされ、実名の報道が許される。当時は二十歳になるまで少年法に守られていたが、現状との公平感に欠けた部分はいなめない。そうコメンテイターの大学教授がしたり顔で発言していた。

司会者やゲストのタレントも似た意見だった。脳内出血という大怪我をさせた事実は重い。音楽活動を続ける機会を奪ってはならないと思うが、青春アニメの主題歌にふさわしいかどうかは多くの意見を聞いてみたい。そう否定的な立場からの発言をした。

ジュンはしばらく部屋から出てこなかった。不安になったイゾウが電話を入れると、よく眠れたとは思えない顔つきで、修たちの部屋に現れた。

「大丈夫です。少しは休めました」

あらたまった表情を見せて言い、修を見つめた。

「タケシのコメントは発表されましたか」

「そろそろだと思う」

希望をこめて答えると、ジュンは手のスマホに視線を落とした。

「できれば、ぼくのコメントも一緒に出してください」

言いながら、指先を画面に走らせた。同時に修のポケットでスマホが短く震えた。メールが届いたのだ。


――大変お騒がせしております。

わたくし石田俊介が十九歳の夏に元同級生を殴って重傷を負わせたのは事実です。その理由をあらためて述べたところで、自己弁護にしかならないでしょう。今はただ自分の軽はずみな行動を深く反省するのみです。

逮捕後に家庭裁判所で少年審判を受けた結果、二年の保護観察という処分ですんだのは、ひとえに弁護士さんをはじめとする多くのかたに支えていただけたおかげだと思っています。保護観察期間を終えたあと、ベイビーバードの三人から、以前と同じように音楽活動を続けようと誘われました。彼らは、あやまちを犯した幼なじみの更生に手を貸そうと声をかけてくれたのです。

彼らとすごした時間は、自分にとってかけがえのないものです。けれど、みんなが望んでいたデビューがいよいよ決まるとわかった時点で、自分はベイビーバードに参加する資格はないと考えました。自分がメンバーに加わったのでは、彼らの歌をけがしてしまうと思えたからです。

今ここであらためて言うまでもなく、ベイビーバードの三人は傷害事件と無関係です。わたしは今後もベイビーバードのファンの一人として、彼らの活動を応援し、ささやかながらでも手助けしていけたら幸いだと思っています。

最後になりましたが、深い傷を負わせてしまった元同級生の友人と、そのご家族にあらためて心よりお詫び申し上げます——

修は読み終え、ジュンにうなずいた。彼の気持ちに応えるのが自分の責務だった。ありきたりな励ましなど、彼は望んでいない。社内メールでジュンのコメントを丹羽部長に送信した。

電話があるまで四十分近くもかかったのは、社内に話を通す手続きが必要だったからだろう。修は部屋を出て、スマホをタップした。

「誤解してほしくないんだけど、上はまだ慎重な見方をしてる」

ジュンのコメントは、事件の事実関係に触れていない。だから、その記述に問題がひそんでいるとは思えなかった。つまり上層部はまだ、タケシのコメントを発表していいものか、確信が持てていないのだ。

「部長もネットの反応は見ていただけましたよね」

「もちろん、社の幹部も確認してる。ただ、伝聞ばかりだし、地元のファンだったら彼らを応援しようと相手を悪者にして、大げさに書くかもしれない。三上さんが受けたインタビューも、人から聞いた話が多くなってる。でも、いくつかのメディアが動いてるのは事実だから、必ず近いうちに真実が明らかになると思う」

「それまで彼らのコメントを出さないつもりですか」

「週刊誌は今日の発売だから、その後でも決して遅くはないでしょう。あまりに早くコメントを出したら、用意しておいたのかと疑う人だって出てくる。要はタイミングで、その見極めをしていこうと局長も言ってた。わかるでしょ」

「いいえ、わかりません。彼らを信じることの何がいけないんでしょうか。我々が手をこまねいていると思われたら、彼らは独自にSNS上で発表します」

そこまではジュンたちに言われていなかった。が、上層部の尻をたたくためにも脅し文句をつけ加えた。

「よく考えなさい。この先もしベイビーバードに不利な証言が出てきたら、取り返しがつかなくなる。すでに我々は億を超える宣伝費をそそぎこんでる。君の責任問題だけですむ話じゃないことぐらい想像できるでしょ」

「彼らを信じるのが、ぼくの仕事です」

「当たり前でしょ。あの局長だって信じてるし、覚悟は決めてる。けど、役員たちは会社だけじゃなく、所属アーティストすべてと社員を守るためにも、慎重に判断するしかないと言ってる。もっと広い視野を持って、現実を見つめなさい。連絡するまで、絶対に動かないこと。頼んだからね」

望んでいたレコード会社に入社できたことを、ただ喜んでいる時期はとっくにすぎていた。カノンの一員としての責務は、修のみならず、全社員に課せられている。

時に上層部は、冷徹にアーティストを切り捨てる。彼らの不祥事はセールスに多大な影響を及ぼす。どれほど才能を見こまれて契約した者であろうと、赤字を生む根源を見すごせはしない。

理想と数字の狭間に立たされながら、A&Rはアーティストとともに戦っていく。組織に守られた立場に安住はできない。たとえ会社を敵に回そうと、最後まで味方となってアーティストを守る。

部屋に戻ってジュンたちに告げた。

「恥ずかしい話だけど、会社はまだ判断に迷ってる。君たちに不利な証言が飛び出してきたら、取り返しがつかなくなるという意見があるみたいだ」

「おれたちが嘘をついてるんじゃないかって疑う人がいるわけですね」

イゾウがすぐさま目の色を変えた。

「言い訳に聞こえると思うけど、疑うのとは少し違う。西野局長も丹羽部長も君たちを信じて、会社に掛け合ってる。でも、このままコメントを出すのが遅れていけば、逃げてると思う人が多くなるだろうね。だから、君たちが決めるべきだと思う。タケシ君とジュン君のコメントをいつ出すのが最善なのか」

「決まってますよ。今すぐですよ。なあ」

イゾウが勢いこんで言い、ジュンを振り返った。

考えるような間を取ってから、ジュンが口を開く。

「芝原さんがまずい立場になりませんか」

「気にしなくていい。君たちの未来がかかってる。ぼくも同じ意見だ。喜んで協力する」

カノンのSNSは、デジタルビジネス部が管理する。サイトに割りこむのは難しい。が、ベイビーバードの名でSNSに登録さえすれば、今すぐにコメントは発表できる。タグをつければ、必ず気づいてくれるファンがいて、広く拡散されていく。

「本当に大丈夫なんですか」

今誰よりも気遣われるべき立場にあるのに、ジュンは修の立場をまだ案じていた。イゾウも本心を問う目を向ける。

「よし。ぼくに任せてくれ。責任は取る」

修は言って、スマホを握った。

自分の名前で新たにアカウントを登録した。迷わず、指は動く。CDを買い、彼らの歌をダウンロードしてくれたファンたちのためでもあるのだ。

メッセージを書こうとした時、スマホが震えた。珍しくコアラからの着信だった。

「うちの施設に——週刊誌の記者が来ました。管理部長が駐車場の前でインタビューに答えてたって、同僚が教えてくれたんです」

声をひそめていた。が、コアラらしくもない慌ただしさだった。

「どこの記者か訊いたろうね」

「受付の記録には、週刊ダイレクトとあったそうです」

三上の前に現れたのと同じ週刊誌だ。

「何を訊いていったか、わかるかな」

「実は管理部長も、島田の出身なんです。だから、ぼくらのことも学生時代から何となく知っていたとかで。ずっと応援してくれてました」

「じゃあ、矢部太一のことも……」

「はい。ジュンが逮捕されて長く顔を出せなくなった時、コウちゃんの状態が少し悪くなってしまい。心配した管理部長がジュンたちのお母さんに詳しく話を聞きました。なので、ぼくからも事情を伝えたんです。そしたら、矢部のことをよく知ってました。地元では、親子そろって名が知られてましたから」

週刊誌は本腰を入れて取材に動いていた。これほど絶好の証人を見つけるとは、仕事が早い。三上に続いて、ジュンの弟を世話する施設の者が証言をしてくれたのはありがたい。

「芝原さん……」

コアラの声は低いままだ。人目のある場所から電話しているとは考えにくい。話が話なのだ。

「実は……タケシが少し気になることを言ってました。週刊誌に出た写真の一枚ですけど……。あれ、録音スタジオ前の路上じゃないでしょうか」

週刊誌の記事を思い返す。スタジオ前でカメラマンが張っていたとすれば、かなり前から情報を得ていたに違いない。

「写真のジュンはダウンのハーフコートを着てました。冬場に写真を撮られたってことになりますよね」

デビューの二ヵ月ほど前になるだろうか。

「冬の終わりごろに事件のことをつかんで、準備を進めていた。つまり、ぼくらのデビューを待って、記事をぶつけてきたわけですよね。でも、デビューの前から、どうやってジュンの事件を知ることができたんでしょうか」

「彼らは多くの情報網を持ってるんだろう。ぼくが事件のことを知らされたのは、三上さんの会社の関係者が君たちの存在を知って、心配したからだった。その周辺の人が、週刊誌に情報を流したのかもしれない」

「そうだといいんですが……」

声の暗さに、修は虚を突かれた。

「――待ってくれ。君は違う可能性を考えてるのか」

コアラは黙っている。その答えを認めたくなくて、口にするのをためらったのだ。

ジュンたちを知る地元の者が、ベイビーバードのデビューを聞きつければ、事件のことを吹聴したがっても不思議はなかった。少年審判は公開されずとも、近しい人であれば噂は耳にしたろう。その信憑性を確かめたくて、週刊誌に伝えた可能性はあった。

けれど、地元のほかにも、事件を知る者は存在する。

カノン・ミュージックの関係者だ。

「タケシ君がカノンの社員を疑ってるのか」

胸に兆(きざ)した不安を、修は言葉に換えた。

なぜカノンはコメントをすぐに発表しないのか。三上と施設の管理部長の前に、同じ週刊誌の記者が現れたのは、偶然とは思いにくい。誰かが情報を与えたとすれば……。

コアラはまだ返事をしない。ベイビーバードへの批判が増せば、のちに発表されるタケシの誠実なコメントはより効果的になる。そのタイミングを見ている可能性はないのか……。

真相が明らかになれば、必ず世間の同情が集まり、話題はより盛り上がってくれる。

――世間やメディアは、お涙ちょうだいのエピソードが大好きなんだ。感動の秘話を用意しとけよ。

ふと局長の声が耳に甦る。ヒットを生むには起爆剤が必要だ。そうも常から言っていた。

修は大きく首を振り、言葉にした。

「――ありえないよ」

「ぼくもそう思います。ですから、早くタケシのコメントを発表してください。お願いします」

「今準備を進めていたところだ。ぼくを信じて、任せてほしい」

修は言った。通話を終えると、待っていたかのようにイゾウが回りこんでくる。

「タケシは何を疑ってるんです」

「ごめん。確かめたいことがある。コアラ君の勤め先を教えてくれるか」

ベッドに腰を下ろすジュンを振り返った。彼は答えず、イゾウがまた迫る。

「何を確かめたいのか、教えてください」

「もちろん、今回の記事の情報源を調べるためだ」

修が言うと、ジュンが意を決したように立ち上がった。ドアへ歩く。

「ぼくが案内します」

「おれも行くに決まってるだろ」

イゾウも後ろから追いかけてきた。


タクシーの車内から、丹羽部長に報告の電話を入れた。

「……そういうわけで、施設の管理部長が彼らと出身が同じで、矢部のことも知っていたというんです」

「確かに朗報かもね。ジュン君の弟を矢部がずっといじめてたって証言してくれたら、向こうの話の信憑性が疑わしくなってくる」

「そのうえで局長が手を回してくれた記者が真相を突き止めたら、万全だと思います」

「社の対応を急がせないとまずいかもしれない……。社長のとってつけたようなコメントだけじゃなくて、タケシ君のものも発表しろって上に嚙みつかないと」

「お願いします。それと、局長が調査を依頼した記者は、どこの人でしょうか」

部長の返事は早かった。

「東西新報の人だって言ってた。あの新聞社は週刊誌も持ってるでしょ」

「いざとなったら、タケシ君たちのインタビューも頼めないかと思いまして」

「いいかもしれない。新聞でも取り上げてくれたら、心強い弁護団になってくれる。すぐ局長に相談する」

通話を終えても、イゾウとジュンは何も質問してこなかった。二人とも修が何を訊きたかったのか、見当をつけたのだろう。

安倍(あべ)川の河川敷にさしかかったところで、スマホに部長からのメールが届いた。

『週刊ダイレクトのサイトに早くもアップされてる。要チェック』

修は二人に知らせて、サイトを開いた。

ベイビーバードの事件を知る人物の証言を入手。赤太字の下に、三上と管理部長らしき男性の写真が貼りつけられていた。修は三上の証言を再生した。

『――脳内出血って聞くと、かなりの重傷に思えますよね。でも、被害者の子は手術の一週間後にはもう退院して、仲間と酒を飲みに出歩いていたんですからね』

『全治三ヵ月ってのも疑わしいもんですよ。慰謝料目当てに、わざわざ知り合いの医師に頼んで診断書を書いてもらったんでしょう。だから、ジュン君は二年という短い保護観察の処分ですんだんです』

三上の証言はすべて伝聞だった。が、ベイビーバードを守るため、怒りの口調で熱く語ってくれていた。

続いてもう一人の証言も再生する。静岡南あゆみ園の管理部長はまだ三十代の半ばに見えた。ジュンたちとはひと回りほどの年齢差だろう。

『――はい。俊介君の弟さんは、うちに入所して八年になります。入所時には家庭環境調査というものがありまして、ご家族から詳しく話をうかがいました。幼いころから周囲の人の理解を得られずに、かなり苦労をしてきたと聞きました』

『どういういじめに彼があってきたのか、実はうちでも近隣の調査をさせてもらったんです。たまたまわたしが、俊介君と同じ市内で生まれ育ったもので、当時の状況を理解しやすいだろうと、担当を任されました』

『――ええ、その時の調査で、今回の被害者とされている人の名前も聞きました。俊介君の弟さんは音楽が好きで、よく一人で歌っていたそうです。その歌声がうるさいと、被害者の子が毎日、嫌がらせのように文句を言ってきてたんです。町中で見かければ、足をかけて転ばせたり、時にはペットボトルの水を頭からかけたこともあったと知りました。その点は警察も確認していたと思います』

『先ほども言いましたように、わたしも地元の出身なので、被害者といわれる子のよくない評判は、ずいぶんと耳にしていたんです。たちの悪い仲間を引き連れて万引きをくり返して補導されたのに、彼だけはおとがめなしで釈放されました。というのも、彼の父親が地元の県会議員を支援していたので、その人の力を借りたからだと言われてました。近所の人なら誰もが知ってる話です』

当時の状況を知る、まさしく絶好の証人だった。記事が出た直後に、よくぞ探り当てたものだと本当に感心する。

『あの日も、被害者の子にかなりひどいことを言われたそうです。もちろん、暴力を振るった俊介君に落ち度があります。でも、被害者の話は大げさすぎますよ。彼ら親子は県会議員を使って、俊介君を少年審判でなく、正式な裁判にかけるべきだと、かなり強く主張したんです。けど、弁護士さんの調査によって、被害者側の嘘が次々と暴かれました。だから、彼ら一家は恥ずかしくなって、よそへ引っ越していったんです』

　完璧だった。あらかじめインタビューされると予期していたかのように、管理部長は堂々と語った。しかも、午前中に取材して、昼すぎにはもうアップされていた。発売された記事に合わせるためとしても、見事な早業だ。

　ジュンとイゾウも感想を口にしなかった。支援の証言が、これほど早く出てきたことに驚きを隠せずにいるのだろう。

　修はフロントガラスの先を見つめながらジュンに訊いた。

「管理部長という人が、君の弟の身辺調査をしたというのは事実だよね」

「はい。その後、ぼくが二ヵ月ほど鑑別所ですごすことになったんで、弟はかなり動揺してたんです。だから、母が事件のことを話さないわけにいかなくて……」

「少年審判の処分についても詳しく伝えたわけかな」

「いえ、二ヵ月ほどで、ひとまず自由の身になれたので、すぐ弟の顔を見に行きました。その時、保護観察になったことをコアラが打ち明けたと記憶してます」

　管理部長の証言に事実と違う点はないようだった。ベイビーバードのためとはいえ、知りもしないことを怒りの熱をこめて話せはしない。管理部長はあくまで善意の第三者なのだ。

　サイトを表示させたままのスマホが震えた。丹羽部長からまたメールが届いた。

『三上さんたちのインタビューを見て、ようやく上が決断してくれた。準備ができ次第、タケシ君とジュン君のコメントを特設サイトにアップする』

　強力な証言を得られて、ようやく腹を固められたのなら問題はない。もし、このインタビューを心待ちにしていたのであれば……。

続いて大森からもメールが届いた。

『社内が喜びに沸き返ってる。これでベイビーバードは心配ないな。支援の意味もあるらしく、MVやダウンロードの数字が伸びてる。ショップからもオーダーが入りだした。その数字を見て、局担が情報番組のPに電話をかけてる。上の指示もあったらしい。怖いぐらいの反応になるかもしれないぞ』

昨夜から、ベイビーバードはSNSのトレンド入りしていた。若者たちの注目を集めているのは間違いない。サイトの閲覧数も増えていた。ここへ来てダウンロードが上昇に転じたのは、大森が言うようにベイビーバードを応援するためと思われる。

願ってもない展開だった。が……一抹の不安が胸に巣くう。

静岡南あゆみ園は、安倍川の河川敷に近い田園地帯の一角にあった。遠く信濃の山々と富士が見渡せるロケーションで、広々とした庭は多くの花に彩られていた。

タクシーを降りると、修は二人に言った。

「君たちはここで待っていてくれるか」

なぜだと問い返すこともなく、二人は無言のままうなずいた。

避暑地の別荘を思わせる大きな茶色い屋根が特徴的な本館だった。スロープの先に自動ドアがある。手を消毒して中へ入った。右手に受付が見える。

「こんにちは」

車椅子を押す介護士が目の前を通り、にこやかに声をかけてくれた。不意をつかれて、修は返事が遅れた。

車椅子に座る三十代らしき女性の首が真上に曲がり、視線もどこを見ているかわからなかった。彼女の胸には、赤ん坊のような涎掛けがある。いけない。修は焦って驚き顔を消した。予期していなかった自分が悪い。

「ご面会ですか」

受付から声をかけられた。

振り返ると、度の強そうな眼鏡をかけた年配の男性が、ブレザーのボタンをはめながらカウンターへ歩いてきた。通りすぎた女性介護士はパステルグリーンの制服を着ていたので、事務の職員だろう。修は姿勢を正さずにはいられなかった。

「突然お邪魔してすみません。カノン・ミュージックの芝原と申します。管理部長さんに直接お礼を伝えたくてまいりました。もしお手すきの時間があれば、いつでもかまいませんので、ご挨拶させていただけませんでしょうか」

「ああ……カノンって、新居君たちのCDを出してる会社ですよね」

急に職員が頬をほころばせた。

五十代の男性という、若者たちの歌からは少し遠そうな年代でありながら、ベイビーバードを知っていた。昨夜からの騒ぎのせいもあるだろう。

「少々お待ちください。管理部長は今、三号棟の打ち合わせに出てまして。あと十分ほどで終わると思うんです。訊いてみますね」

言いながら奥のオフィスルームへ戻っていった。待たせていただきますから大丈夫です。修はひと声かけたが、笑顔で手を振られた。内線電話をかける声が洩れ聞こえてくる。

「——あ、小川さんに、カノンの人がお礼を言いたいって来てるんです。……そうそう、新居君がやってるバンドの会社。じゃあ、お願いしますよ。待たせたら、悪いからね」

職員はすぐに戻ってきた。笑顔のまま、ふた回りほども年の若い修に腰を折り、廊下の先へ導いた。

「こちらへどうぞ。すぐ駆けつけると思いますから。さあ……」

これほど歓待されるとは思ってもいなかった。介護士の仲間がデビューしたと知り、我がことのように喜んでいた。ベイビーバードは今や、彼らの誇りともなっているのかもしれない。

応接室に通された。若い女性職員がコーヒーを持ってきてくれた。

「新居君の歌のうまさは、園内でも有名なんです。みんな彼の大ファンだから、ベイビーバードの歌を聴いて、気づいた人が多いんです」

立ち去り際に、女性がトレイを胸に頭を下げてきた。

「ありがとうございます」

修も立ち上がって、礼を告げた。熱烈なファンを、すでにコアラは職場で持っていた。簡単に仕事を辞めるわけにはいかない。その気持ちが、あらためて理解できる。

二分も待たずに、小川管理部長が小走りで応接室へやってきた。彼はパステルブルーの制服に身を包んでいた。

「わざわざおいでいただけるとは思ってもいませんでした。少しでも新居君たちの手助けになったなら、いいんですが」

「本当にありがとうございました」

「いいえ。あんな記事はひどすぎますよ。こっちで少し取材すれば、本当のことがわかるのに。あれじゃあ、コウスケ君のお兄さんを最初から悪者にしたがってるようなものですから」

「急なお願いに応えていただき、社の者はみな感謝いたしております」

修は頭を下げて、核心に触れる言葉をさりげなく投げかけた。管理部長の表情を見逃すまいと、視線を送る。

「当然のことをしたまでです。新居君のためにもなることですし。喜んで協力させていただきました」

管理部長は憤然と週刊誌への怒りを口にした。〝急なお願い〟という修の言葉を受け止め、異を唱える素振りは見せなかった。

つまり、どこからか急な依頼があったのだ。顔と名前を出してのインタビューに応じてくれ、と。そう認めたも同じだった。しかも、カノンの社員がお礼のために足を運んできたことを驚いてもいない。

気持ちを顔に出さず、名刺を差し出した。

「もし、ほかの媒体からインタビューの依頼が入った場合は、ご面倒でもわたしのほうにご連絡いただけますでしょうか。今後は、わたしが交渉の窓口として対応させていただきます」

「わかりました。うちの幹部も、新居君がデビューしていたと聞いて驚いてました。けれど、音楽活動を続けていくことには理解を示しています」

管理部長は当然のように名刺を受け取った。修の肩書きを確かめようともしなかった。ほかにも、カノンの社員が彼に連絡を取っていたから。そうとしか考えられない。信じたくなかった。けれど、管理部長には周知の事実なのだ。カノンの社員から依頼を受けたので、インタビューに答えたのだ。

社内で、ジュンの事件を知る者は多くない。修。丹羽部長。西野局長。あとは法務部の担当者ぐらいのものだ。その人物は、どこから小川管理部長の存在を知ったのか。

答えはひとつしかない。

ジュンの事件を知って驚き、独自に調査するか、人を雇って調べさせたのだ。すでに会社は大金を投じていた。もし発覚すれば、責任問題になる。今のうちに事実を確かめておいたほうが無難だった。

幸いにも、矢部が札つきのワルだったとわかった。障碍を持つジュンの弟を、昔からいじめていたという。父親の評判も悪く、一家は事件後に転居している。

ジュンの罪が暴かれた場合、有益な証言をしてくれそうな人はいないか。弟が施設に入っているので、その関係者なら入所者の身内の事件を知っているはずだ。地元出身の職員がいてくれたら、願ってもない証人となる。

呆然とたたずんでいたらしい。黙ったままの修を見て、管理部長が笑顔を見せた。

「あ――新居君は今、入所者の入浴支援で手が離せません。あと二十分ほどで終わると思うんですが」

「いえ、仕事の邪魔をしてはご迷惑でしょう。今日はこれで失礼させていただきます」

声を震わさずに、よく言えたと思う。

修は先に応接室を出た。事実を受け止めきれず、足取りが怪しくなった。丸まりそうな背を、無理して伸ばした。一歩が重い。

呼吸を整えた時、耳に覚えのあるメロディが、ふと耳に届いた。足が止まる。

ベイビーバードの歌だった。間違いない。

ただし、歌詞はよく聴こえてこない。ハミングでもスキャットでもなく、まるで唸るような重苦しい男性の声だ。が、間違いなくデビューシングルのサビを歌っている。かすれがちで、音程にも乱れはあった。が、担当A&Rが聞き違えるわけがない。

遠く誰かが、ベイビーバードの歌を口ずさんでいる。

「お気づきになりましたか」

小川管理部長も立ち止まった。応接室の奥へ続く廊下の先を振り返った。頬に作り物とは思えない笑みが浮かぶ。

「――コウスケ君ですよ」

「え……ジュン君の弟さんですか」

「最近の彼のお気に入りです」

言われて、ようやく理解できた。ジュンの弟は幼いころから歌が好きで、言葉は口にできずとも、ずっと一人で歌を楽しんでいたと聞いた。

「どなたか伴奏してくれているようですね」

廊下に流れてきたのは、歌声だけではなかった。タケシのアレンジに近いキーボードの音も小さく耳に届く。

「驚かないでください。実は、コウスケ君が弾いてるんです」

自慢げに管理部長が言った。

耳を疑う。廊下の先をじっと見つめる。

「コウスケ君は話すことが苦手ですけど、ぼくらがびっくりするくらい、キーボードを上手に弾くんです」

ひざが震えた。事実だとすれば……。

歌は苦手でも、キーボードの演奏ができる。タケシのアレンジに似せて弾きこなす技量の冴えを持つ。にわかには信じられない。

「新居君が根気よく教えたんです。うちに来た時は、コードって言うんですか、和音をただ押さえながら歌ってました。けれど、今はピアニストなみに弾いてみせるんですから、驚かされます」

「本当なんですね……」

「ええ、もちろん」

自然と足が廊下の先へ進んでいた。後ろから管理部長が説明してくれる。

「ただ、昼間はずっとキーボードを弾いているものですから、音が洩れにくい倉庫で演奏してもらうようにしてるんです」

倉庫――。

ひとつの光景が浮かぶ。ホテルの地下倉庫でハーモニーを練り上げるジュンとイゾウ。

二人は仕方なく倉庫の中で歌っていたのではない。ジュンの弟を真似て――彼に負けまいとして――地下の倉庫へ足を運んだのだ。

「でも、ご安心ください。うるさいからって、彼を閉じこめてるわけじゃありません。出入りは自由ですし、冷暖房も完備されてます。新居君と俊介君が自費でエアコンを設置して、フロアマットも用意したんです。快適な部屋になってます」

廊下の突き当たりがT字路になっていた。左手のほうから、ベイビーバードの歌が聴こえる。照明は薄暗い。洞窟の先から何かの呪文が流れてくるような錯覚におちいる。

管理部長が先に立って左に曲がった。防火扉のような金属製のドアが見えた。

「ごめんよ、コウちゃん。お客さんが来たんだ。新居君のお友達なんだよ。お邪魔するね」

ノックもせずに、管理部長はドアを開けた。

中は倉庫から連想させる薄暗さとは無縁だった。エアコンのほかにも、空気清浄機がドア横に置いてあった。棚に囲まれた部屋の真ん中に、薄紅色の丸いフロアマットが敷かれ、あぐらをかく格好で二十歳ぐらいの若者がキーボードを弾きながら小刻みに体を左右に揺らし、一心不乱に歌っていた。

胸を揺さぶられた。目の前で聴くと、歌というより悲鳴に近い。ジュンたちが与えたキーボードなのか、五オクターブの六十一鍵。音色も自在に変えられる高機能タイプだ。が、コウスケの視線はあちこちに揺れて、鍵盤をとらえてはいない。それでも、指は自在に動き回って、ほぼミスタッチもなく、曲をなめらかに奏でていく。並みの演奏力ではない。

彼の着るスウェットには、食べこぼしとわかる染みがあった。あぐらをかいた姿が不安定に見えて、いつ倒れるかとハラハラさせられる。フロアマットが敷かれているのは、椅子に座ることが難しいせいかもしれない。表情が乏しいため、ジュンと似ているとも思えなかった。

管理部長が呼びかけても、彼は修たちを見なかった。ただキーボードを弾き、歌い続ける。

自分の世界にひたりきっている。

「コウスケくんは、歌っていれば上機嫌でね。新居君の歌声も、彼は大好きなんです。よく二人で一緒に歌ってるんです。――お邪魔したね。晩ご飯にまた呼びに来るよ。じゃあね」

管理部長は優しく呼びかけてからあとずさり、そっとドアを閉めた。

胸が苦しくてならなかった。

コウスケは幸せを実感しながら歌っているのだろう。多くの人々に守られて、彼は歌の世界の中で日々をすごしている。この環境にある限り、彼はおそらく幸せなのだ。

踏ん切りをつけて、歩きだした。ふいに、歌が変わった。

イントロもなく、急に転調したのだ。驚くほどスムーズに、別の曲へとキーボードの演奏が移っていった。

待てよ。この曲は……。

足が動かなくなった。どういうことなのだ。

自分の耳が信じられなかった。あらゆる可能性を、一気に思い浮かべた。最初にベイビーバードの歌を聴いた時より、強い衝撃に身を包まれた。まさか……。

自分で出した答えが信じられなかった。ありえない。そう思うが、現にコウスケがベイビーバードの歌を奏でている。これが現実であり、真実なのだ。

管理部長が修を見て、どうかしたのかと目で問いかけてきた。修は短く首を振った。心を落ち着け、歩きだす。

そうか。そうだったのか……。

廊下を右に曲がる。角の先に、一人の男が待っていた。誰かに電話をしていたらしく、手にはスマートフォンが握られている。小川管理部長がまた笑顔になった。

「あ、新居君。もう終わったのか、フクシマさんの入浴」

「はい。無理を言って、少し時間をもらいました」

制服を着たコアラが深刻そうな顔で答えた。パステルグリーンの胸元や袖口が、仕事の大変さを物語るように、ぐっしょりと濡れていた。

コアラはスマホをポケットに戻した。修を見つめると、すまなそうに視線を落とした。

「君が頭を下げることはないよ。勝手にぼくがコウスケ君に会わせてもらったんだ」

修は言い訳を口にした。コアラは黙ったまま、今度はあらたまるように一礼した。

ゆっくりと歩み、修は言った。

「そういうことだったんだね」

「――はい。実はそうでした」

彼らがひた隠しにしていた真実を、修はようやく知ったのだった。

# 第十章

コアラが深刻そうな顔で電話していた相手は、ジュンだった。修がコウスケに会ったとわかり、慌てて連絡を取ったようだ。すると、イゾウと二人で施設の前にいると聞き、事態を悟ったのだろう。

「すみません。休憩時間を代わってもらえるように頼んできます。タケシにも連絡をつけましたから、少し待っていていただけないでしょうか」

コアラは頭を下げて言うなり、返事を聞かずに背を向けた。自動ドアでさえぎられた廊下の奥へと小走りに消えた。こういう結果を怖れたから、入浴支援を終えて駆けつけたのだ。

修はロビーへ戻った。ジュンとイゾウが受付で面会申請をしているところだった。

彼らはもう職員と顔なじみのようで、若い女性があふれんばかりの笑顔になっていた。おそらくタケシも一緒に、この施設を訪れていたのだろう。

二人が修に気づき、向き直った。そろって姿勢を正した。真相を語らずにきたことを詫びでもするように、頭を下げた。

イゾウがすまなそうに言った。

「タケシも今、こっちに向かっています」

「コアラ君から聞いたよ。出ようか。彼らの仕事の邪魔になるといけない」

人前ではできない話が多くなる。修は管理部長と職員に礼を告げると、二人をうながしてロビーを出た。

園の周囲は、ちょっとした散歩コースになっていた。芝生の中に石畳の遊歩道が延びる。小さなベンチも置かれ、花壇の花が波立つ心を癒やしてくれた。

修はベンチの端に腰を落ち着けた。二人は立ったままだ。

「君たちのことを、ぼくは何も知らなかった。担当A&Rとして恥ずかしいよ」

ジュンが大きく首を振った。

「いえ、ぼくたちが悪いんです」

「ちっとも悪くない。君の弟さんのことや、コアラ君の仕事も聞かされていたのに、その関連をまったく想像もしなかった。誰よりもコアラ君の仕事先を隠しておく必要があるんで、名前と顔を出したくなかったわけだよね」

「コアラには、ホント頭が下がりますよ」

イゾウが施設を振り返って言った。

ジュンが長身を縮めるように、うなずいた。

「疲れた顔ひとつ見せず、弟の世話をずっとしてくれてます。あいつが優しく見守ってきてくれたおかげもあって、ぼくたちは音楽活動を続けられているんです」

「驚いたよ……。コウスケ君もベイビーバードの一員だったんだね」

「はい……。コウスケが本当のリーダーだと言っていいのかもしれません」

ようやくジュンが、目と表情を和ませて言った。

倉庫でキーボードを弾きこなすコウスケを見て、修は衝撃を受けた。目を見張るほどに易々と演奏しながら唸るように歌っていたのは、まだスタジオ録音もされていないベイビーバードの新曲だった。

しかも、一曲を通して歌ったのではなかった。別の曲のAメロやサビが次々と、違和感なく転調されたうえで、奏でられていったのだ。

どうして彼が、まだ録音もされていない新曲を知るのか。

あの倉庫の中で兄が歌い、そのメロディを覚えていた可能性はあった。彼の中で別の曲とごちゃ混ぜになり、次々と気まぐれに演奏していたとも考えられる。もしそうであっても、彼は兄に教えられた歌を耳で聴き取り、自在にアレンジをほどこしたうえで演奏できるテクニックを持つ。

絶えず体を小刻みに揺らし、じっと座っていることが難しい。言葉をうまく話せないのに、キーボードの演奏はプロ並みの技術を持つ。修は導き出した解答を、二人に確かめた。

「彼は……サヴァン症候群なんだろうね」

何らかの障碍を持ちながらも、特定の分野に突出した能力を発揮する者が、ごくまれに存在する。

膨大な量の文章を一度読んだだけですべて記憶し、逆さに読み上げてみせる。即座に間違いなく複雑な暗算ができる。音楽や美術などの芸術分野で特出した才能を発揮する。『レインマン』という有名なハリウッド映画がある。名優ダスティン・ホフマンが図抜けた記憶力を有するサヴァンの男性を演じ、数々の主演男優賞に輝いていた。

一台のタクシーが、施設のエントランスに到着した。会計事務所からそう遠くない距離だったらしい。ドアが開き、慌ただしくタケシが降り立った。

「こっちだ、おい。早かったじゃないか」

イゾウが大きく手を振った。

タケシが気づき、修を認めるなり、動きを止めた。一度背筋を伸ばしてから、ゆっくりと歩きだした。その背後で、施設のエントランスから走り出る人影があった。コアラだ。

タケシが立ち止まり、二人は短く言葉を交わしたあと、並んで修たちのほうへ走ってきた。

二人ともに表情が硬い。

「仕事中にすまなかったね。でも、これでベイビーバード五人がそろったわけだ」

修はベンチから立って、笑顔で二人を出迎えた。距離は少し離れていたし、施設の壁にも隔てられていた。が、彼らの心は今もつながっている。ともに音楽活動をずっと続けてきたのだ。

「隠し事をして、本当に申し訳ありませんでした」

タケシが丁寧なお辞儀とともに言った。

修は首を振った。彼らは隠し事をしていたのではない。ただコウスケを守ろうとしたにすぎなかった。

「介護の資格を取る時、講師の先生から教えてもらいました。まず間違いなくコウスケは、サヴァン症候群だと思います」

コアラが言って、修を見つめた。

「生まれつき特殊な才能を持つ者のほか、少しずつ学んでいくことで得意分野の能力が格段に磨かれていくケースもあるんです、コウスケのように」

「彼の介護をしていて、気づいたんだね」

修の問いかけに、コアラは我がことのように自信あふれる顔でうなずいた。

ジュンがためらいがちに口を開く。

「……弟は、小さいころから言葉を話すのが苦手で、情緒もかなり不安定でした。けれど、テレビやラジオから歌が流れてくると、体を揺らして一緒に歌うようになったんです。その時だけは気分がいいようで、ずっと笑顔でした。ところが——ひとたび歌が聴こえなくなると、叫んだり暴れたりすることもあって……。ぼくたち家族も困ってました」

運悪く、矢部一家が近所に住んでいた。迷惑だと、執拗に文句を言い連ねてきたのだ。周囲も持て余すような目を向けていたのだろう。

「一時期はやった音楽プレーヤーを中古で買ってきて、弟に渡してみました。好きな音楽を聴いていれば、おとなしくなるんじゃないかって。けど、ああいう機材を使いこなすのは、弟には無理で。すぐに壊してしまい……。どうしたらいいか悩んでたら、イゾウが電子ピアノを持ってきてくれたんです」

横に立つイゾウに目を向けた。

「妹が使ってたお古ですよ。ピアノなら鍵盤を押すだけで音が出るから、あの子一人でも楽しめるんじゃないかってね」

「三オクターブの鍵盤しかない小さな電子ピアノでした。でも、その日から弟の大切な友だちになったんです。それこそ朝から晩まで、ずっと熱心に弾いて、音を楽しんでました」

「でもね、電子ピアノの音はボリュームの調整ができるけど、コウスケの歌はどうあっても外に響いてしまうんです。なので、矢部とはよく言い争いになりました。一度は、殴り合いにもなってしまい――」

「君が矢部と……」

修が尋ねると、イゾウは肩をすくめるような仕草で、青い空を振り仰いだ。

「父親が借金作って逃げちまったもんで、あのころのおれはふてくされてろくに学校も行かず、誰彼かまわず喧嘩を吹っかけてました。でも、お古の安っぽい電子ピアノを嬉しそうに毎日弾いてるコウスケを見てたら、だんだん自分が恥ずかしくなってきて……。意を決して、先輩の修理工場で働かせてもらうことにしたんです。甘っちょろい考え方しかできなかったおれの目を、コウスケが開かせてくれたんです」

倉庫の中で見たコウスケの姿からは、ただ音楽が好きでたまらないのだろうと、ひと目でわかった。純粋で無垢な姿を前にすれば、嫌でも人は自分を省(かえり)みずにはいられなくなる。矢部のような、どうしようもない一部の例外をのぞいては。

「でもね、おれが矢部と派手な殴り合いを演じたせいで、警察が駆けつけてきて……。事情を知った福祉課の人が動いてくれて、このあゆみ園の世話になることができたんです。何が幸いするかわかりませんよね。しかも、そこでコアラと出会えたんですから」

コアラはあゆみ園に職を得て、コウスケの担当となった。

「ぼくはずっと引っ込み思案で、一人じゃ何もできない半人前でした。歌が趣味なのに、人前に出るのが苦手で、カラオケ屋へ通っては一人で憂さ晴らしをしてました。そんな時、古い電子ピアノを片時も手離さない入所者がいると知ったんです」

「コアラは自分から進んで弟の担当を引き受けてくれたんです」

ジュンが当時を懐かしむような目で言った。

「だって、コウちゃんはずっと、一人で電子ピアノを弾いて楽しんでたから。あの時は簡単なコードぐらい弾けるようになってたし、担当になれば、彼と一緒に何かを学べるかもしれないと思えたんで」

「だからスゲーんだよ、おまえは。そういう考え方ができるんだから」

イゾウが感慨深げに腕を組んでみせた。

コアラは苦笑まじりに話を続けた。

「言葉をうまく話せないせいもあって、歌のほうは今と同じで聴きにくかったけど、コードの演奏はそれなりにできていたんで、感心したんです。そこで試しに、ドミナントや代理コードを使って、何曲か弾いてみました。そしたらコウちゃん、すぐ得意そうな顔になって、あっさり弾いてみせたんです。あの時は、自分の目と耳を疑いましたよ。しかも翌日には、ナインスやサスフォーを教えたところ、そっくり真似たうえ、楽しそうに弾くんです。これは絶対音感どころじゃないと思って、ジュンにすぐ報告しました」

コウスケはもしかしたらサヴァン症候群ではないのか。

「サヴァンなんて初めて聞く話でした。でも、弟はコアラの歌に合わせて電子ピアノを弾きこなしました。まだうまくはなかったけど、入所する前とは明らかに違ってました。そこで、タケシを呼び出したんです」

ジュンが言って、タケシに右手を振った。

「ぼくが昔ピアノを習っていたのを、覚えてくれてたんです。けど、イゾウと同じで父親が事業に失敗したせいで大学に進めなくなり、あのころのぼくも腐ってました。暇を持て余してるなら、弟にピアノを教えてやってくれないか、そう声をかけられたんです」

これでベイビーバードの五人がそろったのだ。

タケシが目を細めながら言う。

「本当に驚いて、最初は声が出ませんでした。コウスケの発達障碍のことは聞いてましたけど、まさかサヴァンだなんて、思いもしませんでしたから。でも、水を得た魚どころか、大容量のスポンジみたいに、コウスケは教えたことを即座に吸収して、ちょっとチャレンジをくり返しただけで、弾きこなすようになっていったんです」

「で、おれと同じで、こいつも目が覚めたってわけですよ」

イゾウが笑って、タケシの腕をひじでつついた。

「あの時は、本当に自分が恥ずかしくなったよなあ……。努力さえすれば、自分にはまだまだできることがあるのに、って。コウスケに負けてなるか。そう考え直して、高卒認定試験に挑戦しようと決めたんです」

彼ら四人をまとめ上げていたのは、コウスケだった。彼との出会いが、弱々しい雛鳥たちを奮起させて、雄々しく羽ばたかせたのだ。

「そんな時に、あの事件が起きたわけだね」

見えてきた真相を胸に、修は四人を見回した。

「公民館の近くで矢部と出くわしたと言ってたよね。もしかすると、施設の外でコウスケ君と音を合わせていたんじゃないかな」

そう考えると、すべての辻褄が合ってくる。

ジュンが充血した目をまたたかせた。

「ギターやベースを施設に持ちこむわけにはいかなくて……公民館の小ホールを借りました」

「あの日はコウちゃんと初めてバンド演奏を楽しんだんです」

コアラが言って、当時の痛みを思い返したのか、口元を引きしめた。

ジュンが悲しげに眉の端を下げた。

「そしたらあいつ、本当に嬉しそうで……。次々と驚くほど耳に心地よいメロディが飛び出してきたんです。これは本物だ。キーボードの演奏だけじゃなくて、作曲の才能もある。みんなで確信しました。けど、その帰りに矢部が待っていたんです」

「待っていた？」

疑問に思って、訊いた。

ジュンが小さく肩をすくめた。

「あとで知って、どれほど恨み言を口にしたかわかりません。あの公民館の事務員に、矢部のワル仲間の恋人がいたなんて、知りませんでした。でたらめな歌を演奏してうるさい連中がいるけど、もしかしたら矢部の同級生じゃないのか。そう矢部に知らせたんです……」

偶然の出会いではなかった。待ち伏せをしての嫌がらせだったのだ。

最初からコウスケたち兄弟を笑いものにしようと思ってのことだった。だから、少年審判でも被害者側にも非があると認められた。

イゾウが石畳を蹴りつけて語気を強めた。

「本当にたちの悪いやつですよ、矢部は。おれたちが帰るのをわざわざ近くで待ってたんですからね。あいつはおれたちが楽器を持ってるのを見て、あざ笑ったんです。弟に感化されて、バンドの真似事かよ。周りに迷惑かけるのが、そんなに楽しいのか、ってね」

ジュンが悔しげに声音を落とす。

「コアラは仕事があって途中で帰りました。タケシはバイトの時間が迫ってたから、先に公民館を出てました。で、ぼくらがあいつに出くわしたわけです。もちろん、相手になんかせず、黙って横を通りすぎました。その態度を見て、かえって腹を立てたんでしょう。矢部は、コウスケが大事に抱えていた電子ピアノを蹴ったんです」

イゾウが話の先を引き取った。

「古いピアノだったんで、蹴られた拍子に鍵盤のひとつが外れて、地面に落ちました。コウスケからすると、大事なピアノが壊れてしまったと思ったんでしょう。落ちた鍵盤を懸命に戻そうとしたけど、直らなくて。ピアノを抱えて泣きだしたんです……。その姿を見て、矢部は気が晴れたのか、背を向けて立ち去ろうとしたら――」

悲しい予感は、的中していた。修は先をうながすことができなかった。胸が痛い。

ジュンが大きく息を吸い、しぼり出すように言った。

「泣いていたコウスケが近くに落ちてた石を握りしめて、矢部に向かっていくのを、ぼくらは止められませんでした」

矢部に重傷を負わせたのは、ジュンではなかった。弟のコウスケだったのだ。

「普段はあんなことをするような子じゃないんです」

ジュンの声が重く耳を打つ。

イゾウの声が悔しげに震えた。

「もう辺りは暗くなってて、近くに人がいなかったのが幸いでした。急いでタケシに電話して、無理を言って呼び戻しました。タクシーでコウスケを送り届けてもらったんです。それから、矢部を殴りつけた石を遠くに捨てて、救急車を呼びました」

どうして兄が身代わりになったのか。

コウスケが犯人であれば、未成年者であるうえ、心神喪失と判断された可能性は高い。しかし、精神的な障碍を持つ者が罪を犯した場合、刑罰を言い渡される代わりに、二度と同じ行為を犯さないように治療を受ける決まりがあったと思う。

タケシが解説してくれた。

「コウスケが犯人だとわかったら、まず間違いなく、措置入院の処分が下されるでしょう。そうなったら、彼は大好きな電子ピアノを取り上げられてしまう。いくら家族がピアノを弾かせてやってほしいと頼みこんでも、まず何より治療が優先されるでしょう。収容先でもしピアノを取り上げられでもしたら、コウスケはまた暴れだすに決まってます。結果、入院期間ばかりが長引くことになりかねない。あいつの音楽の才能は、そこで絶たれてしまうんじゃないか……」

だから、ジュンが罪を被ったのだ。自分も未成年で、前科はつかない。被害者の矢部にも非があるのは疑いない。きっと軽い処分ですむ。

タケシが一途な目を修に向けた。

「ぼくたちはコウスケと出会って、ともに歌うことを楽しめたから、どうにか今の暮らしができてるんです」

イゾウもタケシも、懸命なコウスケの姿を見て、自分の甘さを悟ることができた。コアラも介護の仕事に向き直れた。

「知ってますか、芝原さん」

イゾウが眉の端を下げ、修を見た。

「サヴァンは成長していくと、急に能力が消えることもあるんです」

まったく知らなかった。そもそもサヴァンの詳しい知識も、修にはない。

「サヴァンは、早産で生まれた者に多いみたいなんです。早く生まれすぎた子の命を救うために、よく高濃度の酸素が与えられます。その酸素と反応することで、脳の一部が急激に発達するのではないか、と言われています」

さらに、男性のほうが女性より五倍もサヴァンの症例は多い、とコアラは言った。

「男性ホルモンの一種が、大脳皮質の発達を遅らせてしまうという研究成果があるそうです。そもそも大脳皮質は、右側より左側のほうがあとで発達していく、と言われてます。左脳は言語や文字の認識や、情報処理の能力などをつかさどっている。けれど、その機能が何かのきっかけで破壊されてしまうと、発達保障といって、脳を守ろうとニューロンの急激な移動が起きて、右脳が優位発達をしていくわけです」

右脳は確か、音楽や図形の認識を受け持つはずだった。

早産児の治療として高濃度の酸素を供給することで、ホルモンの分泌が崩れる。遅れて発達するはずの左脳の機能が弱まってしまう。代わりに、右脳が飛び抜けて発達して、サヴァンが発症するという説があるのだという。

つまり、遅れて発達する左脳が、機能訓練などで少しずつ回復することで、再びニューロンの移動が発生して、右脳の優位発達が消えてしまう、ということなのだろう。

「コウちゃんの音楽の才能は、いつ消えるかわからないんです」

コアラが重く言い添えた。

ジュンが目に涙をにじませる。

「弟はこの先も施設の中で暮らしていくんだと思います。せめて、彼の作りだす素晴らしいメロディを世に送り出せないか。そうぼくらは考えました。あいつがこの世に生まれてきた証拠のひとつとして、何かを残してやりたいんです」

だから、彼らは演奏の腕を磨いた。コウスケのメロディを歌に仕上げて、レコード会社へ送った。デビューが決まるとわかって会社を設立したのも、印税を自らの手で管理して、コウスケの将来に役立てたかったからなのだ。そのために、タケシは経済大学へ進み、会計士の職を選んだ。

すべてはコウスケのために。

「お願いがあります」

ジュンが踵を合わせて修に視線を据えた。

「コウスケがベイビーバードの一員だってことは、絶対に知られたくありません」

気持ちは想像できた。修は問い返さず、四人の視線を受け止めた。

「弟が音楽の才能に恵まれたのは、幸運でしかありません。ここの入所者の中には、日々を生きるだけで精いっぱいな人もいるし、多くの悩みを今も抱えて、苦しむ家族もいます。事件のことを美談に使われたのではたまりませんし、障碍のことを宣伝に使われたんじゃ、申し訳なくてなりません。それに――」

ジュンが迷うように声を途切れさせた。

「――実は障碍を持つ者が曲を作っていたと知ったら、変わらず応援するって言う人もいるでしょうけど、悪く言いたがる人もいると思うんです。サヴァンという神様から与えられた才能を利用して金儲けをする気かとか、障碍をＰＲに使ってるとか、聞きたくもない雑音が絶対に届きます」

「どんなに歌が素晴らしくたって、いろいろ言いたいやつはいるに決まってるものな」

イゾウも肩に力をこめて言い切った。

悲観的すぎる見方だ。そう言いたくても、修は反論の言葉を持てなかった。それが今日まで、コウスケを見守ってきた彼らの実感なのだ。否定したくても、悲しいかな、世の中は善意だけで動いてはいない。

タケシが暮れ始めた空を見上げた。

「今を精いっぱいに生きる。そのことをぼくらはコウスケから教わったんです。彼の才能は、神様から与えられた贈り物なのかもしれません。けれど、才能なんかなくたって、家族と一緒に笑ってすごせたほうが、よっぽど幸せですよね。せめてぼくらが彼を守って、ただ音楽に囲まれた幸せな時間をすごさせてやりたいんです」

「お願いします。このことは芝原さんの胸の中だけにしまっておいてください」

「約束するよ」

深々と頭を下げるジュンに、修は言った。

担当A&Rだから、ではない。コウスケから素晴らしい歌という贈り物を与えられた者の一人として、誓って言えた。必ずベイビーバードを守る。コウスケが守られてこそ、ベイビーバードは羽ばたいていけるのだ。

修の胸で、彼らの歌がまた新しい音色を帯びて聞こえてきた。


高層マンションの前には引越会社の大きなトラックが二台停まり、若い作業員が緩衝材に包まれた家具を荷台に積みこんでいた。

御堂タツミがマンションを引き払い、仙台へ拠点を移す。突然そう知らされて、修は伊佐と二人で駆けつけた。エレベーターで高層階へ上がると、空っぽになったリビングの中央で御堂は大切なギターを壁から下ろしているところだった。

「何だよ。来たのか。迷惑だって言ったじゃないか」

さらりと不平を洩らしながらも、御堂は作り物とは見えない笑みを浮かべた。

「来るに決まってるじゃないですか。本気なのかって思いましたよ」

伊佐の語気は荒かった。修に連絡してきた時は、契約違反も同じだと息巻くほどだったのだ。

「考えつくして出した結論だ。地元に腰を落ち着けて、ツアーに全力をそそぐつもりだよ」

御堂のアルバムは期待を大きく下回る数字になっていた。が、一部の評論家はシンガーとしての実力を知る名盤と言ってくれた。ファンの評判も悪くはなかった。

まだ結果は出ていない。長く売っていけば、必ず数字はついてくる。数年後に、このアルバムが御堂タツミの転機だった、と多くの人が再評価する作品となる。その確信は今も変わっていない。

「せっかく芝原君が動いてくれたんだ。おれは悪い話じゃないと本気で思ってる」

御堂は晴れやかな表情を見せた。

今回のプロモーションで、修はしつこく仙台の放送局を訪ねた。ミニ・ライブの開催もあったので、代理店やライブハウスとも交渉を重ねた。その成果と言えるのかもしれない。

御堂に二件のオファーが舞いこんだ。

どちらも仙台でのパーソナリティーだった。ひとつがFM局の新番組で、毎週末の二時間枠。もうひとつがAM局の深夜三十分の番組。どちらもライブに招待したプロデューサーが、御堂の声とトークを見直したと言ってきたのだ。

さらにライブハウスのオーナーも、定期的に出演してもらうことはできないか、と問い合わせてきた。地元の人気は根強い。安定した集客を見こめると判断されたのだ。

「都落ちみたいに思わないでくれよな。仕事の都合で、しばらく転勤するだけだから」

御堂は笑い飛ばすように言った。

修は丹羽部長から詳しく話を聞いている。地元に腰を落ち着ける潮時だと思ってるんだ。反対はしないよね。自分を売り出してくれた恩人に、そう御堂は思いの丈を吐露したという。

さらに修は、FM局のプロデューサーからも裏話を聞かされた。

――丹羽さんからも強烈なプッシュがあったんだよね。御堂君が仙台で仕事をしたがってる。そろそろ故郷に恩返しをしていきたいって――

地元であれば、新たな仕事が必ず見つかる。そう部長は考えたすえ、一人で根回しを続けたのだった。

自分が見出し、売りこんだアーティストだから、何としても生き延びてもらいたい。十五周年のアルバムを出すため、地道な活動を大切にしてほしい。担当を外れても、部長はまだ御堂のA&Rであり、熱烈なファンの一人でもあるのだ。

「しつこく仙台にうかがわせていただきます。十五周年の記念アルバムがひかえてるんですから、お願いしますよ」

修は言った。絶対に数字を稼いでみせる。次こそシンガー御堂タツミを本格的に売り出すアルバムになる。そう心の底から信じていた。

「それより、犯人捜しはどうなったんだよ」

御堂がばつの悪そうな顔で話題を変えた。伊佐も目でうかがってくる。

「おかしなことを言わないでください。犯人なんかいませんから」

社内の一部で噂が流れた。ジュンの事件を週刊誌に伝えたのは、カノンの者ではないか、と。

それほどまでに記事の効果は絶大だった。ベイビーバードの名は一躍広まり、デビュー曲は大ヒットとなった。アニメも続編が決定した。

記事が出た当初は、被害者の怪我の重さに驚いた人が多く、批判の声が殺到した。が、静岡南あゆみ園の管理部長のインタビューが週刊誌のサイトに出ると、世間の反応は百八十度反転した。さらに、ジュンは追加のコメントを出し、どうか被害者を責めないでほしい、と訴えた。彼を殴った自分に何より罪があるのだ、と。

テレビの情報番組も、こぞって騒動を取り上げた。デビュー曲はチャートの一位へ上りつめ、その座を四週にもわたって守った。カノンは直ちに第二弾シングルを発表し、テレビ局もアニメの新オープニング曲に採用した。今もヒットチャートを上昇中だ。

事件の発覚が、かえって幸いしたのだ。こういう事態を予期して、自ら週刊誌に情報を流したに違いない。そうささやく者が出たのは当然だったろう。

——おい、局長の仕業だろ。ほかに考えられるかよ。

大森ははっきり西野を名指しした。確かに西野なら、ヒットのためにあらゆる手を打つ。

修は笑って否定した。上層部が手をつくして当時の関係者を探し、インタビューに答えてもらったのだ。仕掛けなんて、とんでもない。

——証拠もなく疑惑を広めないでください。先輩だって、容疑者の一人と言われてるんですから。ベイビーバードにテーマソングを取られたこと、かなり恨んでたじゃないですか。

——おいおい、濡れ衣もいいところだよ。Ｍ１局の中には、本気でおれを疑うやつもいるんだから、やめてくれよ。

大森なら、修の動きを間近で見ていた。ベイビーバードの秘密に気づけた可能性はあったかもしれない。

けれど、情報を流した者はほかにいる。その証拠を探し出すのは困難だった。犯人は絶対に認めはしない。週刊誌も口を割ることはない。ひとつの推測はできている。


真っ赤な高級車で御堂が旅立つのを見送ったあと、修は一人で静岡へ向かった。駅からタクシーに乗り換え、ライブハウス・ムーサへ直行した。

今日の夜、ベイビーバードが初めてのライブを開催する。その準備が進められていた。

事件が広まったことで、彼らは顔と名を隠す必要がなくなった。大ヒットのお礼を兼ねて、ライブを開催しよう。そういう声が社内で高まるのは自然な成り行きだった。

リーダーのタケシが言った。

「最初のライブは、ムーサでやります」

たった三百人の収容能力しかない。それでも、彼らの意思は固かった。

ムーサのエントランスに駆けつけると、防音扉の奥からベイビーバードの歌が聴こえた。

「遅かったじゃないですか。もう先にセッションは始まってますよ」

扉が開き、三上義実が顔をのぞかせた。ベイビーバードの演奏と素晴らしいメロディが一気に修を包む。

ステージの前へ二人で歩いた。スポットライトが照らす中、ベイビーバードのメンバー五人がそろっていた。

修に気づいたジュンが、ピックを持つ右手を挙げた。が、メンバーの演奏は止まらない。イゾウがベースを弾き、タケシがシンセの音色で応じる。コアラとジュンがハーモニーを奏でてリズムを取る。

ステージの中央には、緑色のフロアマットが敷かれている。新品のキーボードを前に、コウスケが歌いながら演奏する。彼の自由な発想からあふれ出るメロディが、ライブハウス全体へ広がっていく。

音の厚みに圧倒され、ステージへ近づいた。

——リハーサルの前に、少しだけ時間をください。コウスケと一緒にステージ上で演奏するのがぼくらの夢だったんです。あいつに力いっぱい、心ゆくまで好きな歌を歌わせてやりたいんです。

ジュンは言った。三人もお願いしますと頭を下げた。

ムーサのステージにコウスケを上げるとなれば、三上に事情を打ち明ける必要がある。それでもいいのか。そう訊くと、タケシが笑い返した。

——三上さんはとっくに気づいてました。だから、デイリーコムの記事が出るとわかって、自分からインタビューを受けようと、ダイレクトの記者を呼んでくれたんです。

——じゃあ、管理部長のインタビューも……。

——はい、三上さんが依頼したんです。

週刊デイリーコムに事件の情報が流れたのは、カノンの者の仕業ではなかったらしい。仕組まれていたのではないか。修の読みは幸いにも外れていたのだ。

イゾウの素行に問題があると、最初に電話をくれたのは三上だった。彼も静岡に長く住み、現地で調査を進めるつてを持っていてもおかしくはなかった。ジュンの弟が障碍を持つと知り、あゆみ園を訪ねて話を聞き出したという。

だから、小川管理部長も三上に頼まれて、彼をカノンの関係者と思いこんだのだ。そのために、修の問いかけを当然と受け止めた。

カノンが裏で動いたわけではなかった。三上が情報を流すはずもない。ベイビーバードのヒットは望んでいただろうが、直接ムーサの利益にはならないからだ。週刊誌は地元の噂をどこからか聞きつけ、取材をスタートさせたとしか思えなくなる。

修は恨みがましく言った。どうして教えてくれなかったんです。三上は笑って答えた。

——だって、彼らから口止めされてましたから。

ベイビーバードにとって、三上はもう一人の、信頼すべきA&Rだったのだ。

今や状況は一変していた。ジュンがメンバーから外れる理由はなくなったと言える。傷害事件を起こしていようと、保護観察を終えている。たとえ前科に該当していても、音楽活動は続けていいはずなのだ。ファンからは支援の温かい声が次々と届いている。

だが、ジュンは新たなコメントを発表した。自分はサポート・メンバーのままでいる、と。正式な一員にならずとも、ベイビーバードへの協力はできる。自分にはそれで充分だ、と。

修だけは密かな決意の言葉を聞いている。

――コウスケと一緒に、同じ立場からサポートするのもいいな、って思ったんです。あいつもベイビーバードの一員も同じなんですから。

次にコウスケがステージに上がり、仲間と共演できる機会はいつ訪れるのだろう。

修は五人の演奏を目に焼きつけた。コウスケの歌に合わせて、コアラがハーモニーを重ねていく。そこにジュンとイゾウが加わり、音の厚みが増す。

これが真のベイビーバードなのだ。

耳の奥から体中にグルーブが伝わり、心地よさに酔いしれる。隣で三上も全身でリズムを刻んでいた。修は我慢できず、ステージへ駆け上がった。ライブの前なら、裏方仕事の自分も彼らと一緒に音を楽しめる。

四人が笑顔を向ける。今、自分は生きているとの実感に包まれる。心ゆくまでベイビーバードの音にひたっていたい。

彼らの歌は、素晴らしい。

本作品を執筆するにあたり、音楽業界で働くかたがたから実に貴重な話をうかがわせていただきました。心より感謝いたします。ありがとうございました。

なお、今回はある理由から参考文献を呈示していませんが、いくつかの著作から自分の乏しい知識をあらためて教えられるとともに、多くの事実を学ばせていただきました。が、ここでことわるまでもなく作中の記述で事実にもとる箇所があるとすれば、すべて作者の誤解や筆のいたらなさによるものです。

作者

本作品はフィクションであり、実在する場所、団体、個人等とは一切関係ありません。

本作は学芸通信社の配信により、陸奥新報、千葉日報、苫小牧民報、上越タイムス、三陸新報、東海愛知新聞、留萌新聞の各紙に２０２２年６月～２０２４年１月の期間、順次掲載されたものを加筆修正の上、単行本化しました。

連載時のタイトルは「魂の歌を」でしたが、単行本化に際し当初考えていたタイトルに戻しました。

**真保裕一**（しんぽ・ゆういち）

1961年東京都生まれ。'91年『連鎖』で第37回江戸川乱歩賞を受賞し作家デビュー。'96年『ホワイトアウト』で第17回吉川英治文学新人賞、'97年『奪取』で第10回山本周五郎賞、第50回日本推理作家協会賞長編部門、2006年『灰色の北壁』で第25回新田次郎文学賞を受賞。近著『百鬼大乱』『英雄』『真・慶安太平記』『シークレット・エクスプレス』『ダーク・ブルー』のほか、「行こう！」シリーズ、小役人シリーズなど著書多数。

# 魂の歌が聞こえるか

第一刷発行　二〇二四年三月二十五日

著者　真保裕一
発行者　森田浩章
発行所　株式会社講談社
〒112-8001
東京都文京区音羽2-12-21
電話　出版　03-5395-3505
　　　販売　03-5395-5817
　　　業務　03-5395-3615
本文データ制作　講談社デジタル製作
印刷所　株式会社KPSプロダクツ
製本所　株式会社若林製本工場


ISBN978-4-06-534944-1
N.D.C.913　350p 19cm